Die Villa am Gardasee
Susan de Winter

Impressum

© Susan de Winter
von-Tschirsky-Weg 12
D-32602 Vlotho
www.susandewinter.de

ISBN: 9783757993139
Lektorat: Peggy Günther, Jutta Lemcke, Daniela David
Covergestaltung: Christiane Baurichter
Buchsatz: Susan de Winter
Herstellung und Vertrieb: tolino media

1.   Auflage: August 2021
Überarbeitete Neuauflage bei tolino media: Januar 2024

Herstellung und Druck über tolino media GmbH & Co. KG, Albrechtstr. 14, 80636 München. Printed in Germany. Fragen zu Produktsicherheit an: gpsr@tolino.media.

Susan de Winter

Die Villa am Gardasee

Roman

Nicht wir haben Geheimnisse,
die wirklichen Geheimnisse haben uns.

Carl Gustav Jung

Kapitel 1

Die Worte des Notars hallten wie ein Echo in meinem Kopf wider. Ich musste mich verhört haben. Die letzten Sätze, die fast wie Donnerschläge erklungen waren, konnten einfach nicht wahr sein. Doch die anderen schienen sie ebenfalls gehört zu haben. Der Bruder des Grafen hatte scharf die Luft eingesogen, seiner Frau war ein spitzer Schrei entfahren. Seitdem hatte niemand auch nur ein einziges Wort gesagt.

„Könnten Sie …", meine Stimme klang kratzig, mir war ein bisschen schwindelig. Am liebsten wäre ich aufgestanden und hätte die Fenster weit aufgerissen, um frische Luft in das triste Notarzimmer zu lassen. Vielleicht würde sich dann alles auflösen. Alle würden lachen, als sei es nur ein Scherz gewesen. Ich würde mich verabschieden, bei Luigi ein Eis essen und den Blick auf den glitzernden See genießen. Aber niemand lachte in diesem düsteren Zimmer. Es herrschte eisige Stille, als ich zum zweiten Mal dazu ansetzte, meine Bitte hervorzubringen.

„Könnten Sie den letzten Absatz noch einmal vorlesen?"

Der Notar sah mich mit einem Anflug von Missbilligung über den Rand seiner Hornbrille an. Dann seufzte er vernehmlich und las die letzten Sätze noch einmal langsam vor.

Die Villa Baldini mit all ihrem Interieur vererbe ich Giulia Boracher. Allerdings mit einer Bedingung: Sie hat vom Zeitpunkt meines Todes an ein Jahr lang Zeit, das Geheimnis zu entschlüsseln, das mein Großvater Salvatore der Familie hinterlassen hat. Sollte ihr dies nicht gelingen, geht die Villa an meinen jüngeren Bruder Carlo.

Kaum hatte der Mann geendet, sprang Carlo Baldini von seinem Stuhl auf und baute sich schneller, als man es seiner Leibesfülle zugetraut hätte, vor dem Schreibtisch des Notars auf.

„Das werde ich anfechten. Mein Bruder war wohl nicht ganz bei Trost. Die Krebsmedikamente müssen seinen Geist benebelt haben. Das ganze Testament ist ungültig."

Carlos Stimme war immer lauter geworden. Er drehte sich um und zeigte mit zitterndem Zeigefinger und vor Wut rot angelaufenem Gesicht auf mich. „Wir sind noch nicht mal verwandt mit der da. Auf keinen Fall erbt sie die Villa. Das Haus gehört mir."

Ich senkte den Kopf und wünschte mich auf eine möglichst weit entfernte Karibikinsel. Schließlich hatte der Mann völlig recht. Ich war nicht mit den Baldinis verwandt. Angelo Baldini war der beste Freund meines verstorbenen Vaters gewesen und ich war in meiner Kindheit oft zu Besuch bei ihm gewesen. Aber das war es auch schon. Im Leben hätte ich nicht damit gerechnet, überhaupt irgendetwas von „Onkel Angelo", wie ich ihn früher genannt hatte, zu erben. Schon gar nicht seine prächtige Villa.

Der Notar räusperte sich und sah nun ebenfalls so aus, als sei er lieber sonst wo, bloß nicht in seiner Kanzlei in Riva. Ich schielte unauffällig zu den Männern hinüber und wartete gespannt auf die Antwort des Notars.

„Es tut mir leid, Signor Baldini, aber Ihr Bruder hat das Testament in vollem Besitz seiner geistigen Kräfte verfasst. Ich war Zeuge. Es ist absolut rechtskräftig."

„Das wollen wir doch mal sehen", brüllte Carlo Baldini. „Sie hören von meinem Anwalt."

Ohne mich eines weiteren Blickes zu würdigen, rauschte er aus dem Zimmer. Seine Gattin folgte ihm eilig und die Tür fiel mit einem lauten Knall hinter ihnen ins Schloss.

Stille. Der Notar atmete auf und ließ die Schultern sinken. Dann setzte er die Brille ab und lächelte mich an.

„Möchten Sie wissen, was es mit dem Geheimnis auf sich hat?"

Kapitel 2

Erding, zwei Wochen vorher

„Giulia! Dein Ex hat schon wieder den ganzen AB voll-
gequasselt. Willst du es dir anhören oder soll ich es lö-
schen?" Meine Mutter stand im Flur und hielt das kleine
Funktelefon von sich, als wäre es von der Pest befallen.
Ich kam aus der Küche und stöhnte auf. Warum konnte
Berthold nicht einfach Ruhe geben?

„Du kannst es löschen."

Meine Mutter drückte auf das rote Knöpfchen und
legte das Telefon zurück auf den Dielenschrank.

„Wir haben dir gleich gesagt, dass dieser Mann nichts
für dich ist. Aber du wolltest ja nicht auf uns hören."

Den Satz kannte ich inzwischen auswendig.

„Dein Vater hat immer gesagt, der Typ ist ein Selbst-
darsteller, der wird unsere Tochter nicht glücklich machen. Und er hat recht behalten."

Das stimmte leider. Meine Eltern waren gleicherma-
ßen entsetzt gewesen, als ich ihnen Berthold vorgestellt
hatte. Professor Dr. Berthold Sandelroth. Er war mein
Professor an der Uni in München und satte 24 Jahre älter
als ich. Mich hatte der Altersunterschied nie gestört.
Berthold hielt Vorlesungen in Bildkünste und Architektur und mindestens die Hälfte aller Studentinnen
schwärmte für ihn. Was kein Wunder war. Berthold sah
gut aus, war weltgewandt und charmant und besaß all

4

das, was unsere gleichaltrigen Kommilitonen nicht hatten: einen schwarzen Porsche 911, maßgeschneiderte Anzüge und immer einen freien Tisch in den besten Restaurants von München. Das alles war es aber nicht, was mich an ihm faszinierte. Es war seine unstillbare Leidenschaft für die Kunst, für geniale Architektur, für die Hinterlassenschaften der großen Meister. Wenn er in den Vorlesungen darüber sprach, hing ich an seinen Lippen und hätte stundenlang zuhören können.

Ich hatte meinen Bachelor in Kunstgeschichte bereits in der Tasche und befand mich im Masterstudiengang, als Berthold mich eines Tages ansprach und auf einen Kaffee einlud. Vor lauter Überraschung sagte ich sofort zu und erlebte daraufhin die inspirierendsten Stunden meines ganzen Studentenlebens. Berthold brillierte mit seinem Wissen und seinen Erfahrungen, ohne dabei in irgendeiner Weise wichtigtuerisch zu wirken. Ich hätte ewig mit ihm an diesem Tisch sitzenbleiben können, aber irgendwann musste er ins nächste Seminar.

„Sehen wir uns wieder?", fragte er. Und ich nickte. Bald trafen wir uns regelmäßig. Wir gingen zusammen ins Theater und in Kunstausstellungen, aßen in den feinsten Restaurants und irgendwann landeten wir zusammen im Bett.

Die ersten Monate mit Berthold waren ein Traum. Er trug mich auf Händen und ich fühlte mich wie eine Prinzessin. Es galt zwar das ungeschriebene Gesetz, dass Professoren nichts mit ihren Studentinnen haben sollten, aber Berthold setzte sich nonchalant darüber hinweg.

5

„Du hast doch sowieso bald deinen Master in der Tasche und dann sind wir Kollegen", hatte er gesagt. Trotzdem hängte ich unsere Beziehung nicht an die große Glocke, nur meine besten Freundinnen wussten davon. Dazu gehörte auch Carina. Sie war es, die zuerst die dunklen Vorzeichen sah.

„Pass nur auf, dass dein Professor nicht bald dein ganzes Leben bestimmt", meinte sie pessimistisch, nachdem ich wieder mal kurzfristig eine Verabredung mit ihr abgesagt hatte, weil Berthold mich sehen wollte. Es stimmte schon. Ich richtete mein Leben mehr und mehr nach seinen Plänen aus. Und er manipulierte mich auf so subtile Weise, dass ich es am Anfang gar nicht merkte.

Einmal hatte ich ihm erzählt, dass ich am Abend zusammen mit Carina in die Pizzeria um die Ecke und anschließend ins Kino gehen wollte. An jenem Nachmittag stand er dann mit geheimnisvollem Gesichtsausdruck an der Tür meiner Studentenbude und überreichte mir ein edel eingepacktes Paket. Darin befand sich ein teures, schwarzes Abendkleid. „Für heute Abend. Ich habe noch zwei Karten für die Oper bekommen." Dabei strahlte er mich so glücklich an, dass ich gar nicht anders konnte, als Carina abzusagen.

Wenn wir ausgingen, bemerkte ich, dass es Berthold war, der die bewundernden Blicke genoss, die andere Männer mir zuwarfen. Ganz so, wie ihm die neidvollen Mienen von Autofans Vergnügen bereiteten, wenn er in seinen Porsche stieg. Mit all dem hätte ich noch leben können. Schlimm wurde es jedoch, als er immer besitzergreifender und eifersüchtiger wurde. Einmal beobachtete ich, dass er mein Handy kontrollierte, als ich aufstand, um zur Toilette zu gehen. Nach und nach machte er meine Studienfreunde schlecht, wollte mir verbieten, mich mit ihnen zu treffen. Ich sollte Zeit für ihn haben, wann immer er wollte. „Zieh doch zu mir und gib endlich diese armselige Bude auf", verlangte er. Doch da hatte ich mich innerlich schon etwas von ihm zurückgezogen. Natürlich merkte er es. Erneut trudelten Geschenke für mich ein. Berthold schien ein Wesen mit zwei Seelen zu sein. Mal gab er den großzügigen Charmeur, dann wieder den strengen Professor.

„Trenn dich endlich von ihm, der Typ macht dich doch total fertig", riet Carina mir. Sie hatte natürlich recht, doch mir fiel es schwer, den richtigen Zeitpunkt, die gute Gelegenheit, die richtigen Worte zu finden. Seitdem mein Vater ganz plötzlich an einem Herzinfarkt gestorben war, hatte Berthold auch ein wenig seinen Platz eingenommen. Zumindest hatte ich nun eine starke Schulter, an die ich mich anlehnen konnte. Einen Mann, der die Entscheidungen für mich traf. Der alles für mich regelte.

„Du hast dich völlig verändert. Merkst du gar nicht, dass du inzwischen schon Bertholds Sklavin geworden bist?" Carinas Worte rüttelten mich auf, doch den Absprung fand ich noch immer nicht. Ich redete mir alles schön. Erst als Berthold wenig später in aller Seelenruhe verkündete, dass er meinen Vermieter angerufen und die Wohnung in meinem Namen gekündigt hatte, erkannte ich, dass Alarmstufe Rot längst erreicht war. Tatsächlich fügte Berthold sogar noch hinzu, dass ich Watson, meinen kleinen, süßen Mischlingshund, ins Tierheim bringen sollte, weil er keine Hundehaare in seiner Wohnung haben wollte. Ein grober Fehler.

Ich trennte mich noch am selben Abend von Berthold. Er schien erstaunt, aber nicht weiter beunruhigt. Fast hatte ich das Gefühl, dass das Spiel für ihn nun erst richtig begann.

Meine Mutter stand noch immer kopfschüttelnd vor mir. „So schnell wird dein Professor nicht aufgeben, scheint mir. Wenn das so weitergeht, brauchen wir eine neue Telefonnummer."

Ich sah sie unglücklich an. Meine Handynummer hatte ich längst gewechselt, aber seitdem hatte Berthold schon einige Male in meinem Elternhaus in Erding angerufen. Nachdem ich meine Masterarbeit vor einer Woche abgegeben hatte, war ich wieder bei meiner Mutter eingezogen und hatte meine kleine Studentenbude aufgegeben.

„Wir könnten seine Nummer sperren lassen", sagte ich.

„Gute Idee. Kümmerst du dich drum?"

Ich nickte und blickte auf ihre Sporttasche, die auf dem Boden stand.

„Fährst du zum Tennis?"

Meine Mutter war schon immer eine Sportskanone gewesen. Während mein Vater und ich die schönen

Künste liebten, kletterte meine Mutter auf Berge, ging Windsurfen, spielte Tennis oder schwitzte im Fitnessstudio. Seitdem mein Vater gestorben war, hatte ich das Gefühl, sie lebte mehr oder weniger im Tennisclub.

„Ja, hab' mich zu einem Match mit Martina verabredet. Aber wir können vorher noch einen Kaffee zusammen trinken."

„Okay, den mache ich", antwortete ich und wollte in die Küche zurückkehren, da klingelte es an der Haustür. Wie immer machte Watson einen Höllenlärm, als müsse er uns vor dem Schlimmsten bewahren.

„Dieser Hund ...". Meine Mutter verdrehte die Augen und öffnete die Tür. Es war der Briefträger und er brachte neben einem Stapel Werbung einen Trauerbrief an die Familie und einen offiziell aussehenden Brief, der an mich gerichtet war. Beide Schreiben kamen aus Italien.

„Auweia, wenn das mal nicht Angelo ist." Mama wedelte mit dem Trauerbrief auf und ab, folgte mir in die Küche und holte Milch aus dem Kühlschrank. Während der Kaffeeautomat unter lautem Zischen zwei Kaffee ausspuckte, öffnete sie den Brief und bestätigte ihre Vermutung.

„Habe ich es mir doch gedacht. Angelo Baldini ist gestorben. Bestimmt wegen seiner elenden Qualmerei. Ich habe es ihm immer gesagt, dass das mal zu seinem Verhängnis wird."

Ich nahm ihr die Karte aus der Hand und während ich die wenigen Zeilen las, sah ich Angelo Baldini vor mir, wie er die Tür zu seiner Villa öffnete und uns willkommen hieß. „Giulia, meine wunderhübsche Principessa", rief er, hob mich in die Luft und wirbelte mich um sich herum. Meine Eltern lachten und umarmten ihn, nachdem er mich wieder heruntergelassen hatte. Was folgte, waren unbeschwerte Ferientage in seinem alten Palazzo hoch über dem Gardasee. Ich wusste nicht, wie oft ich als Kind mit meinen Eltern bei Onkel Angelo zu Besuch war, aber es waren auf jeden Fall die schönsten Erinnerungen meiner Kindheit. Fast konnte ich in unserer Küche den Duft aus seinem Garten riechen – eine Mischung aus Rosmarin und Lavendel.

Nach der Begrüßung zogen sich Angelo und mein Vater meist in die Bibliothek des Hauses zurück, um ‚einen guten Schluck' zu trinken und um über Kunst und Antiquitäten zu fachsimpeln. Beide Männer waren im Antiquitätenhandel tätig und hatten sich bei einer Auktion kennengelernt, bei der sie zuerst Gegner waren und später Freunde wurden. Meine Mutter, die Antiquitäten sterbenslangweilig fand, warf sich in ihre Badesachen und fuhr zum See hinunter und ich blieb mir selbst überlassen – was nicht weiter schlimm war. Denn ich liebte es, durch die prächtigen Räume der Villa und den verwunschenen Garten zu streifen und mir dabei geheimnisvolle Geschichten auszudenken.

„Er hat Papa nicht lange überlebt", sagte ich traurig und legte den Brief auf den Küchentisch. Bei der Beerdigung meines Vaters vor einem Dreivierteljahr hatte ich Angelo zuletzt gesehen. Auch damals hatte er schon krank gewirkt, aber ich hatte nicht groß darüber nachgedacht, weil ich selbst so gefangen in der Trauer um meinen Vater war.

„Das stimmt. Mein Gott, wenn ich überlege, wie lange die beiden befreundet waren und wie oft wir alle drei bei Angelo am Lago waren." Meine Mutter schüttelte nachdenklich den Kopf.

„Die Beerdigung ist in einer Woche. Da müssen wir hinfahren", sagte ich.

Meine Mutter riss die Augen auf. „Aber da kann ich nicht. Ich fahre mit Britta und Monika in den Wellnessurlaub in den Bayerischen Wald. Das haben wir schon vor Wochen gebucht."

„Aber Mama ... Es ist Angelo. Du kanntest ihn ewig. Wir müssen dahin."

Sie schüttelte vehement den Kopf. Den Ausdruck in ihren Augen kannte ich. Da war nichts zu machen.

„Nee, Giulia. Ich werde nicht dorthin fahren. Aber du hast doch jetzt Zeit, du kannst mich vertreten. Und was steht denn überhaupt in dem anderen Brief?"

Den hatte ich fast vergessen. Er stammte von einem Notar aus Riva und war in Italienisch verfasst. Doch das war kein Problem, ich sprach fließend Italienisch und hatte die wenigen Sätze im Nu gelesen.

„Angelos Notar lädt mich zur Testamentseröffnung im Anschluss an die Beerdigung ein", teilte ich meiner Mutter mit.

„Dann musst du auf jeden Fall hinfahren. Scheint so, als habe er dir etwas hinterlassen. Du mochtest doch

11

einige Dinge aus seinem Haus so gerne. Wie schön, dass er an dich gedacht hat."

Ich zuckte die Schultern. „Mir wäre lieber, er würde noch leben und ich könnte ihn in Tremosine besuchen."

„Natürlich." Meine Mutter drückte mir kurz den Arm. „Aber da Angelo keine Kinder hatte und soviel ich weiß, nur diesen unseligen Bruder, glaubte er bestimmt, dass du auch ein Erinnerungsstück aus der Villa haben solltest."

Ich holte tief Luft und nickte. Es war einige Jahre her, dass ich zuletzt am Gardasee gewesen war. Eigentlich konnte ich mir nichts Schöneres vorstellen, als die kurvigen Straßen nach Tremosine hochzufahren und von der Terrasse der Villa aus auf den blauen Lago zu schauen. Bestimmt war es dort schon viel frühlingshafter als bei uns in Erding, wo vor einer Woche noch Schnee gelegen hatte. Ein paar Tage Italien wären perfekt. Nur wäre diesmal kein Angelo da, der mich mit seinem warmherzigen Lachen begrüßen würde.

Kapitel 3

„Meine Güte, Sie sind ganz blass geworden, Signorina Giulia." Der Notar musterte mich besorgt und griff zum Telefon. „Zwei Espressi und eine Kanne Wasser bitte."

Ich atmete tief durch. Die Testamentseröffnung und Carlos Theater hatten mir wirklich zugesetzt. Ich wünschte immer noch, dass ich einfach die Fenster aufreißen könnte.

Als wenn der Notar meine Gedanken erraten hätte, stand er auf und winkte mich zu einer kleinen Sitzgruppe am Fenster. „Kommen Sie, wir setzen uns hierher und trinken einen Espresso, während ich Ihnen die Einzelheiten von Angelos Testament erkläre. Wissen Sie, er war nicht nur mein Klient, sondern auch mein Freund und Sie können sich sicher denken, dass auch ich höchst erstaunt war, als er mir seinen letzten Willen darlegte."

Der Notar öffnete ein Fenster. Endlich. Gierig sog ich die frische Luft ein und spürte, wie die Benommenheit von mir wich. Leise öffnete sich die Tür und die Vorzimmerdame des Notars erschien mit einem Tablett, auf dem zwei winzige Tassen, Zucker, Gläser und eine Karaffe mit Wasser standen.

„Danke, Sophia", sagte der Notar und nickte seiner Angestellten zu, die wortlos verschwand. Er selbst schenkte uns das Wasser ein, lehnte sich zurück und begann zu erzählen.

13

„Wie Sie sicher wissen, entsprang Angelo Baldini einem alten, weitverzweigtem Adelsgeschlecht. Der Graf, wie ihn hier alle nannten, war jedoch keineswegs reich. Alles, was er von seinem Vater geerbt hatte, waren der Adelstitel und die alte Villa. Zum Glück war Angelo ein fähiger Geschäftsmann, er war fleißig und kannte sich gut mit Kunstgegenständen aus. So florierte sein Geschäft und er konnte sich einen gewissen Lebensstil und die Instandhaltung des Palazzos leisten."

Ich lauschte den Worten des Notars und genoss in kleinen Schlucken den brühendheißen Espresso, der mich wieder munter werden ließ. Bis jetzt hatte der Notar nichts erzählt, dass ich nicht schon wusste.

„Tatsächlich war die Familie Baldini zu Zeiten von Angelos Großvater und auch vor dessen Zeit sehr wohlhabend gewesen. Es wird erzählt, dass sich wertvoller Schmuck und Goldmünzen in ihrem Besitz befunden haben."

Ich sah auf. „Wirklich? Aber was ist daraus geworden? Hat jemand diese Sachen verkauft?"

Der Notar zuckte mit den Achseln. „Niemand weiß Genaues. Aber es wird erzählt, dass Angelos Großvater, Salvatore Baldini, die wertvollsten Familienstücke im Jahre 1916 irgendwo versteckt hat. Damals wurde der Erste Weltkrieg als erbitterter Stellungskrieg rund um das nördliche Gardaseeufer geführt. Gut möglich, dass Salvatore Angst davor hatte, dass die Österreicher weiter vorrücken und die Schätze der Villa plündern könnten."

Ich starrte ihn an. „Das hat Angelo mit dem Geheimnis gemeint, das ich lösen soll?"

Der Notar nickte. „Er war besessen von der Idee, dass die Schätze der Familie irgendwo in der Villa oder in der näheren Umgebung verrotten. Jede freie Minute widmete er der Suche nach seinem wahren Erbe."

Ich versuchte, mich zu erinnern, ob Angelo mit meinen Eltern oder mir über diese Dinge geredet hatte, aber mir fiel beim besten Willen keine solche Begebenheit ein.

„Er hätte doch eher mit mir darüber sprechen können. Warum hat er nie etwas gesagt?"

„Auch ich habe erst kurz vor seinem Tod von seiner jahrelangen Suche erfahren. Angelo war bei seinen Recherchen äußerst vorsichtig vorgegangen. Er wollte verhindern, dass andere – wie soll ich sagen – ‚Schatzsucher' auf die Sache aufmerksam werden."

Das hätte zu ihm gepasst, dachte ich. Auch bei seinem Handel mit Antiquitäten hatte sich Angelo nie in die Karten schauen lassen. Mein Vater hatte oft erzählt, was für ein schlauer Fuchs Angelo sei und dass er selbst ihm – seinem besten Freund – so manches wertvolle Stück vor der Nase weggeschnappt habe.

Wir schwiegen einen Moment. Von weitem drang das Brummen eines Bootsmotors herüber und im Garten summten die Bienen. Ich zwang meine Gedanken zurück in den düsteren Raum.

„Ich weiß immer noch nicht, was ich von der Sache halten soll. Der arme Carlo. Ich kann verstehen, dass er stinksauer ist. Schließlich ist doch eigentlich er der rechtmäßige Erbe."

„Wenn man nach der Blutsverwandtschaft geht, dann ja. Aber ...", der Notar zögerte einen Moment. „Kennen Sie Carlo? Ich meine, haben Sie ihn vor heute schon einmal getroffen?"

Ich schüttelte den Kopf. „Ich wusste, dass Angelo einen jüngeren Bruder hatte und zwei Neffen. Aber das war alles."

Der Notar seufzte. „Ich kenne Carlo noch aus seiner Jugendzeit. Er ist – entschuldigen Sie bitte den Ausdruck – ein Idiot. Schon als Kind war er ein Angeber, der nichts auf dem Kasten hatte, sondern nur gut darin war, das Geld seiner Eltern auszugeben. Später soll er sogar ein paar krumme Dinge gedreht haben, bis ihn seine Eltern schließlich rausgeschmissen haben. Er hat sich in allerlei Berufen ausprobiert, war aber nirgendwo erfolgreich. Soviel ich weiß, hat Angelo ihn oft genug aus dem Schlamassel geholfen – etwa, wenn er mal wieder irgendwo Spielschulden gemacht hatte."

„Ach du meine Güte. Dann hatte Angelo sicher Angst, dass Carlo die Villa nach seinem Tod verkauft, um schnell an Geld zu kommen."

Der Notar nippte an seinem Espresso und nickte. „Das war Angelo absolut klar. Deswegen hat er ja auch Ihnen die Villa vermacht."

„Trotzdem ...", ich lehnte mich zurück und schloss für einen kurzen Moment die Augen. „Ich gehöre nun mal wirklich nicht zur Familie. Und außerdem könnte ich die Villa ja schließlich auch verkaufen ..."

„Können Sie nicht. Das verhindert eine weitere Klausel im Testament."

„Aha. Und wieso sollte ausgerechnet mir in einem Jahr etwas gelingen, dass Angelo sein ganzes Leben lang nicht geschafft hat?"

Der Notar hob lächelnd die Hände. „Diese Frage kann ich Ihnen nicht beantworten, aber offenbar hielt Angelo große Stücke auf Sie. Wenn es jemand schafft, dann dieses Mädchen – das hat er zu mir gesagt."

Onkel Angelo, was hast du dir nur dabei gedacht? Fast konnte ich ihn vor mir sehen, wie er verschmitzt den Zeigefinger hob und sagte „Nun stell dich nicht so an, Giulia! Du bist clever, du hast einen siebten Sinn für Altertümer und du hast auch noch Kunstgeschichte studiert. Also enttäusch mich nicht!"

„Also, was denken Sie", fragte der Notar. „Werden Sie die Herausforderung annehmen? Für ihr Alter ist die Villa noch ganz gut in Schuss, aber wie das bei so alten Häusern ist, werden Sie immer mal wieder etwas hineinstecken müssen. Das kann teuer werden. Sie werden Geld beziehungsweise diesen geheimnisvollen Familienschatz brauchen, wenn Sie das Haus vor dem Untergang bewahren wollen. Das ist wohl auch der Grund, warum Angelo Ihnen diese Jahresfrist gesetzt hat. Er wollte nicht, dass Sie sich wegen der Villa in irgendwelche Schulden stürzen."

„Wie nett von ihm", antwortete ich im sarkastischen Tonfall. „Ich glaube eher, dass er sich jetzt – wo immer er auch sein mag – gerade ordentlich ins Fäustchen lacht, weil ich hier mit Herzklopfen sitze und nicht weiß, was ich tun soll."

Mein Gegenüber schmunzelte. „Da könnten Sie recht haben. Wissen Sie was, Giulia, überlegen Sie sich das Ganze und sagen Sie mir einfach in ein paar Tagen Bescheid. Ich werde Angelos Haushälterin Bescheid geben, dass sie Ihnen ein Zimmer in der Villa fertig macht. Wäre das für Sie in Ordnung?"

Ich zuckte mit den Achseln. „Ich habe für ein paar Tage ein kleines Apartment in Tremosine gemietet. Eigentlich kann ich auch dort bleiben."

„Ganz wie Sie mögen. Auf jeden Fall sollten Sie der Villa einen Besuch abstatten, bevor Sie sich endgültig entscheiden, ob Sie das Erbe annehmen. Ich gebe Ihnen den Schlüssel."

Mit diesen Worten erhob er sich und ging zu seinem Schreibtisch herüber. Ein Stilmöbel aus handpoliertem Mahagoni, das konnte ich sogar von meinem Stuhl aus sehen. Ich stand auf, folgte ihm und nahm den Schlüssel der Villa entgegen, die nun mir gehören sollte. Er fühlte sich fremd und kalt an.

Kapitel 4

Watson flog mir in einem Riesensatz mit geballter Hundepower entgegen und versuchte, mir durchs Gesicht zu lecken, als ich mich zu ihm herunterbeugte. Er bellte und winselte und ich bekam sofort ein schlechtes Gewissen, weil ich ihn so lange allein gelassen hatte.

„Ist ja gut, du kleines Ungetüm", wehrte ich ihn ab, insgeheim froh, dass es in dieser Welt voll eifersüchtiger Freunde, alter Geheimnisse und einer wütenden Baldini-Familie so etwas Normales wie einen kleinen Hund gab, der sich freute, wenn man nach Hause kam. Ich schaute mich kurz in dem kleinen Apartment um, doch Watson schien keinen Unfug getrieben zu haben. Alles sah noch so aus wie vor ein paar Stunden, als ich zur Beerdigung aufgebrochen war.

„Wir gehen sofort, Dr. Watson", versprach ich dem überglücklichen Fellknäuel, das unablässig um mich herumsprang. „Ich muss mich nur schnell umziehen, dann geht's los."

Ich zog das schwarze Kostüm und die Pumps aus, warf mich in Jeans und T-Shirt, schlüpfte noch schnell in meine geliebten Turnschuhe und machte mich dann zu einem Spaziergang mit Watson auf. Ich hatte ein Apartment in Tremosine gebucht, das nicht weit von der Villa entfernt lag. Auch von hier hatte man einen grandiosen Ausblick über den Gardasee. Die Großgemeinde

Tremosine bestand aus 18 Dörfern, die alle, außer einem, auf einer Hochebene über dem Lago thronten. Während unten am See ein mediterranes Ambiente herrschte, hatte die üppig grüne Landschaft hier oben einen eher alpinen Charakter. Wir spazierten eine kurvige Straße hoch, bogen in einen Feldweg ein und hörten schon von weitem das Muhen von Kühen. In den Wiesen blühten bunte Frühlingsblumen und die Sonne wärmte meine Haut. Nach und nach fiel das unangenehme Gefühl, das ich während der Beerdigung und bei der Testamentseröffnung gehabt hatte, von mir ab.

„Du glaubst nicht, was ich heute alles erlebt habe", erzählte ich Watson. Doch der hatte ein Mauseloch entdeckt und wühlte lieber darin herum, als mir zuzuhören. Ich hätte gerne mit jemandem über die ganze Sache geredet. Am liebsten mit meinem Vater. Doch der war nicht mehr da, ebenso wenig wie Berthold. Meine Mutter rannte sicher gerade schwitzend über den Tennisplatz und meine Freundin Carina saß immer noch an ihrer Masterarbeit und hatte bestimmt keine Zeit.

Ich pflückte im Vorbeigehen ein paar Grashalme und dachte darüber nach, was ich mit meinem Leben anfangen sollte. Berthold hatte mir geraten, mich direkt bei der Uni in München zu bewerben. So könnten wir zusammen in seiner Eigentumswohnung leben und gemeinsam an der Universität arbeiten. Eine Zeitlang hatte ich diese Idee ziemlich gut gefunden. Doch nun kam dieser Plan natürlich nicht mehr in Frage. Ich wollte Berthold nie wieder sehen. Am besten wäre es, wenn ich mich an einer Universität bewerben würde, die weit von München entfernt wäre. Aber bis ich einen guten Job bekäme, würde es sowieso dauern.

„Eigentlich hätte ich wirklich Zeit, dem Geheimnis der Villa auf die Spur zu kommen. Was meinst du, Watson?"

Der Hund zog seine staubüberzogene Nase aus dem Erdloch und sah mich mit schiefgelegtem Kopf an.

„Ich sehe, du bist ganz meiner Meinung. Also dann, Watson, lass uns den alten Kasten mal genauer ansehen."

Wir liefen zurück zum Apartment, stiegen ins Auto und fuhren sofort los.

***

Den Weg zur Villa Baldini hätte ich im Schlaf gefunden. Sie lag gut einen Kilometer abseits des nächsten Dorfes auf einem Felsen hoch über dem Lago. Eine schmale Straße schlängelte sich durch Wiesen und Wäldchen und schraubte sich in engen Kurven immer höher, bis schließlich rechts ein hohes Tor auftauchte, das meistens offenstand. Es gab den Weg zu einer schattigen Allee mit Pinien frei, die direkt zur Villa führte.

„Gleich sind wir da", rief ich Watson zu, der mit seinen braunen Hundeaugen aufmerksam aus dem Fenster spähte. Wie jedes Mal, wenn ich hierherkam, übte der Palazzo eine ganz besondere Faszination auf mich aus. Doch diesmal war das Gefühl noch viel stärker, denn mir wurde bewusst, dass ich die Besitzerin dieses prächtigen Baus sein könnte.

Ich parkte mein Auto direkt vor der großen Eingangstreppe, stieg aus und ließ Watson heraus. Es schien niemand da zu sein. Überhaupt machte das Haus einen etwas verwahrlosten Eindruck. Auf der Treppe lagen noch einige verwelkte Blätter vom letzten Herbst und an einigen Stellen hätte sie schon längst repariert werden müssen. Schritt für Schritt erklomm ich die von Moos bewachsenen Stufen und versuchte nicht daran zu denken, wie ich früher immer fröhlich hinaufgestürmt war. Oben angekommen, nestelte ich den Schlüssel aus meiner Handtasche und schob ihn ins Schloss. In einem Gruselfilm müsste sich die Tür nun mit einem lauten Quietschen öffnen und den Blick in eine mit Spinnweben überzogene Halle öffnen. Doch wir befanden uns in der Realität. Der Schlüssel ließ sich kinderleicht umdrehen. Mit einem leisen Klacken glitt die Tür auf und brachte mir mit einem Schwall vertrauter Eindrücke unzählige Kindheitserinnerungen zurück. Wie durch einen Gezeitennebel vernahm ich meine eigene, piepsige Kinderstimme.

Onkel Angelo, fahren wir gleich mit deinem Boot auf den See?

Wir sind da! Gibt es heute Ravioli mit Pilzen zu essen?

Onkel Angelo, können wir heute noch schwimmen gehen?

Ich sah mich selbst mit kurzen Hosen und Ringel-T-Shirt in die Halle rennen. Und Angelo, der mich mit breitem Lächeln hoch in die Luft hob. Der Erinnerungsfetzen schwebte noch einen Moment in der Luft, bevor er sich auflöste. Heute war hier niemand, der auf mich wartete. Es war still im Haus, viel zu still für einen sonnigen Abend im Frühling. Ich holte tief Luft und betrat die Eingangshalle. Der verblichene Marmor des Fußbodens schien erst vor kurzem gewischt worden zu sein. Die runden Säulen, auf denen die gewölbte Decke ruhte, hatten mir als kleines Mädchen zum Spielen gedient. Ich drehte mich einmal im Kreis und betrachtete die mit der Zeit immer dunkler gewordenen Ölgemälde, die an den Wänden hingen. Sie zeigten Mitglieder der Baldini-Familie. Ob auch Salvatore dabei war? Angelos Großvater, der angeblich einen Schatz versteckt hatte?

Ich versuchte, mich zu erinnern, was Angelo uns über seine Familie erzählt hatte. Alles, was mir einfiel, war, dass seine Eltern schon lange tot waren und er mit seinem Bruder nichts zu tun haben wollte. Von einem Salvatore hatte er nie gesprochen, da war ich mir sicher.

Von der Eingangshalle ging es rechts in die Küche und ins Esszimmer. Auf der linken Seite befanden sich ein Wohnzimmer – groß wie ein Ballsaal – und eine Bibliothek sowie ein Gäste-WC. Alle Schlafräume und Badezimmer waren im oberen Stockwerk untergebracht. Durchschritt man die Eingangshalle, gab es direkt gegenüber dem Eingang eine weitere, zweiflügelige Tür.

Dorthin trieb es mich nun. Ich zog den Riegel zurück, öffnete die Tür und sofort flutete Sonnenlicht das ganze Haus. Ich atmete die frische Luft ein und betrat meinen Lieblingsplatz: die große Terrasse.

Hier hatten wir Sommerfeste gefeiert, faule Nachmittage lesend im Liegestuhl verbracht und opulente Abendessen bei Kerzenschein genossen. Ich überquerte die Terrasse und lehnte mich über die Mauer, die davor schützte, dass man viele hundert Meter tief in den Abgrund stürzte. Unter mir glitzerte der blaue Gardasee in all seiner Pracht.

Bei der Beerdigung vor wenigen Stunden hatte ich nicht weinen können, doch nun liefen mir Tränen die Wangen hinab. Wie hatte ich das Leben und meine Kindheit an diesem Platz genossen. Mit meinem Vater und Angelo über Kunst und Malerei diskutiert. Über die Schönheit italienischer Architektur philosophiert. Und nun waren sie beide nicht mehr da. Ich weinte um all das, was einmal war und nie wiederkommen würde.

Als meine Tränen getrocknet waren, rief ich Watson zu mir und ging ins Haus zurück. Ich schloss die Tür hinter mir – im gleichen Augenblick öffnete sich die Haustür. Vor Schreck stieß ich einen kleinen Schrei aus, Watson bellte aufgeregt. Doch im gleichen Moment wurde mir klar, dass ich mich nicht zu fürchten brauchte. Luisa war gekommen. Angelos Haushälterin, die ich seit vielen Jahren kannte und mit der ich während der Beerdigung leider nur ein paar Worte hatte wechseln können.

„Giulia! Du bist schon da. Bitte entschuldige, dass ich erst jetzt komme. Als der Notar mich anrief, hatte ich noch Besuch. Ich bin so schnell losgefahren, wie es ging. Und ich kann dir sofort dein altes Zimmer herrichten, wenn du magst."

„Ach Luisa, es ist so schön, dich zu sehen!" Ich legte die paar Schritte zu der Frau zurück, die mir in jeden Ferien meinen Lieblingskuchen gebacken hatte, und nahm sie fest in die Arme.

Luisa lachte leise und strich mir über den Rücken.

„Du bist viel zu dünn, mein Kind. Ich glaube, ich muss mal wieder etwas Schönes für dich kochen."

Sie schob mich ein Stückchen von sich weg und sah mir prüfend ins Gesicht. „Du hast geweint, Giulia. Ach, kein Wunder. Ich kann es auch immer noch nicht fassen. Die Villa ohne den Grafen ... wie soll das gehen?"

Ich nickte und betrachtete verstohlen ihr Gesicht. Luisa war älter geworden. Wie lange hatte ich sie nicht gesehen? Während meines Studiums war ich nicht mehr an den Gardasee gefahren, aber natürlich war auch hier das Leben weitergegangen.

„Hat der Notar dir von Onkel Angelos Testament erzählt?"

Sie nickte. „Carlo muss doch getobt haben wie ein Verrückter, oder nicht?"

Sie kannte ihn offenbar gut.

„Du hättest ihn sehen sollen. Wenn Blicke töten könnten, wäre ich auf der Stelle umgefallen. Andererseits ... Ich kann verstehen, dass er sauer ist."

25

Luisa zog die Stirn in Falten und stieß einen Schwall von Flüchen aus, die allesamt dem Bruder des Grafen galten.

Watson hatte sich auf sein Hinterteil gesetzt und sah jaulend zu Luisa hoch. Sie unterbrach ihre Schimpftirade und musste lachen.

„Ist das deiner? Er mag es wohl nicht, wenn man sich aufregt."

„Ja, das ist Watson. Den Namen hat er von Papa. Er hat mich ja gerne mal Sherlock genannt, weil ich es schon als Kind geliebt habe, irgendwelche Rätsel zu knacken. Deswegen meinte er, der Hund könnte einfach nur Dr. Watson heißen. Den Doktor lasse ich aber weg, sonst wird der kleine Köter noch eingebildet."

Luisa schüttelte immer noch schmunzelnd den Kopf.

„Dein Vater war ein toller Mann, Giulia. Ich habe ihn sehr gemocht. Es ist schlimm, dass er so früh sterben musste."

Ich holte tief Luft und starrte nach oben an die gewölbte Decke des Palazzos. Hoffentlich würde Luisa das Thema nicht vertiefen, sonst kämen mir gleich wieder die Tränen.

„Wie geht es deiner Mutter?"

„Sie war ja schon immer ziemlich sportsüchtig. Nach Papas Tod ist es noch schlimmer geworden. Sie trainiert wie eine Irre. Aber wenn es ihr hilft, besser damit fertig zu werden, soll es so sein."

Luisa sah mir aufmerksam ins Gesicht, dann nickte sie.

„Hast du deine Sachen schon dabei? Ich beziehe dir das Bett und dann kannst du gleich einziehen."

Panik stieg in mir hoch, als ich daran dachte, die Nacht allein in der Villa zu verbringen.

„Ach was, das brauchst du nicht, Luisa. Ich habe ein Apartment in Tremosine gemietet. Da sind auch meine Sachen und ich werde auf jeden Fall heute Nacht dort schlafen."

„Na gut, du musst es wissen." Luisa stand unschlüssig in der Halle und schien zu überlegen.

„Aber gegessen hast du doch bestimmt noch nichts. Was hältst du davon, wenn ich uns Pasta koche und wir zusammen hier in der Küche essen. Ich habe alle Zutaten für ein gutes Abendessen dabei."

Als ich an Essen dachte, fing mein Magen sofort an zu knurren. Luisa hörte es und schmunzelte. „Dann wäre das also abgemacht!"

Wenig später deckte ich den Tisch in der Küche, während Luisa selbstgemachte Spagetti ins kochende Wasser gab. Die Küche war immer einer der liebsten Räume der Villa für mich gewesen. Und sie hatte sich seit meinem letzten Besuch nicht großartig verändert. Angelo hatte sie mit viel Geschmack und dem nötigen Kleingeld so eingerichtet, dass sie eine Brücke zwischen der alten und der neuen Zeit schlug. Es gab die neuesten Küchengeräte – einen chromblitzenden Gasherd, der jeden Hobbykoch neidisch gemacht hätte, einen Backofen der aktuellen Generation, eine Mikrowelle und eine bestimmt sündhaft teure Siebträger-Espressomaschine. Zugleich hatte die Küche den besonderen Charme eines großzügigen Palastes bewahrt. Die Wände waren in einem hellen Ockerton gestrichen, der Fußboden bestand aus groben, roten Ziegelsteinen und die Decke war mit hellem Eichenholz vertäfelt. Die alte Feuerstelle, die noch aus den Anfangsjahren der Villa stammen musste, war erhalten geblieben. Moderne Stühle – jeder sicherlich ein Designer-Einzelstück – umgaben einen mindestens hundert Jahre alten Eichentisch. In den Regalen stapelten sich Kochbücher neben Behältern für Kräuter und Gewürze.

Angelo war ein guter und leidenschaftlicher Koch gewesen. Ich erinnerte mich an Abende, als meine Eltern und ich hier bei Kerzenschein am Tisch gesessen hatten, während eine CD von Pavarotti lief und Angelo uns bekochte. Dann gab es Vorspeisen wie ein Tatar von der Gardaseeforelle oder eine einfache Bruschetta. Hauptgerichte wie Penne mit Auberginen, schwarzen Oliven, frischen Tomaten und Parmesan. Und niemals durfte bei Angelo ein köstliches Dessert fehlen. Ich liebte sein Tiramisu.

Ich seufzte, als ich an die alten Zeiten dachte, und verteilte Teller und Besteck auf dem Tisch. „Trinken wir einen Rotwein auf Angelo?" Ich sah Luisa fragend an. „Er würde es bestimmt gutheißen, wenn ich an seinen Weinkeller gehe, oder was meinst du?"

Luisa lächelte. „Soweit ich weiß, ist es nun dein Weinkeller, Giulia."

Ich brummte etwas Unbestimmtes vor mich hin und machte mich auf den Weg in den Keller. Mit Ausnahme der Tatsache, dass es hier seit Jahren nun auch elektrisches Licht gab, hatte sich der Weinkeller seit Errichtung des Palazzos nicht verändert. Als Kind hatte ich eine Heidenangst gehabt, ihn zu betreten. Überall gab es dunkle Ecken mit Spinnweben. Das spärliche Licht der Glühbirnen beleuchtete nur die Weinregale, die rechts und links des Ganges standen und so manche Kostbarkeit enthielten. Hinter ihnen war es zappenduster. Angelo und mein Vater waren Weinkenner gewesen und hatten oft über verschiedene Rebensorten und Jahrgänge philosophiert. Ich mochte zwar gerne Wein, hatte aber keine Ahnung davon.

So schlenderte ich auch jetzt etwas ratlos zwischen den Regalen umher. Ob Angelo auch hier nach dem Schatz seiner Familie gesucht hatte? Was für eine blöde Frage, schoss es mir sofort durch den Kopf. Vermutlich gab es in der gesamten Villa keinen einzigen Platz, an dem Angelo nicht gesucht hatte. Ich knipste die Taschenlampe meines Handys an und leuchtete über die staubbedeckten Etiketten der Weinflaschen. Schließlich entschied ich mich für einen Barolo aus dem Piemont. Den Namen hatte ich schon einmal gehört. Als ich in die Küche zurückkehrte, schlug mir eine angenehme Wärme entgegen.

„Ich habe die Heizung ein bisschen aufgedreht", sagte Luisa. „Jetzt im Frühling wird es abends noch empfindlich kalt und wir wollen ja nicht frieren." Sie hatte auch ein paar Kerzen angezündet. Zusammen mit der köstlich duftenden Tomatensoße, die auf dem Herd vor sich hin blubberte, sorgte die ganze Atmosphäre dafür, dass die Anspannung des Tages langsam von mir abfiel. Ich entkorkte den Rotwein und goss uns zwei Gläser ein.

„Ich weiß, Angelo würde mir die Ohren langziehen, weil ich den Wein erst atmen lassen müsste, aber was soll's? Komm, lass uns schon mal etwas trinken." Ich reichte Luisa ein Glas und stieß mit ihr an.

„Auf Angelo", sagte ich.

„Auf Angelo", wiederholte sie.

Wir nickten uns feierlich zu und tranken den Wein, der ziemlich gehaltvoll war.

„Die Pasta und die Soße brauchen noch ein paar Minuten, aber ich habe auch einen kleinen Wildkräutersalat vorbereitet. Den können wir schon essen", sagte Luisa und deutete auf den Tisch. Ich war so froh, dass Luisa den Abend mit mir verbrachte. Sogar für Watson hatte sie eine Kleinigkeit gefunden. Er hatte sein Mahl bereits verschlungen und sich nun unter dem Tisch für ein kleines Nickerchen zusammengerollt.

Wir aßen in friedlicher Stimmung und unterhielten uns über die schönen Erlebnisse, die wir in den vielen Jahren, die wir uns kannten, gemeinsam gehabt hatten. Schließlich hatten wir alles aufgegessen, wobei ich tatsächlich den Löwenanteil verspeist hatte, und Luisa stellte das Geschirr in die Spülmaschine. „Noch einen Espresso, mia cara?"

Ich nickte und ging zu ihr, um mir anzusehen, wie sie die todschicke Siebträgermaschine bediente. „Hat dir der Notar eigentlich auch von der Bedingung erzählt, die mit meinem unverhofften Erbe verknüpft ist?"

Luisa schüttelte den Kopf und sah mich mit großen Augen an. „Ich weiß nur, dass du die Villa geerbt hast und dass Angelo meinen Lohn für ein Jahr festgelegt hat, sodass ich mich weiter um die Villa kümmern werde. Aber eine Bedingung? Erzähl!"

Ich berichtete ihr kurz von dem Ultimatum, das Angelo mir gestellt hatte und zum zweiten Mal an diesem Tag ging Luisas Temperament mir mir durch. „Dieser alte Gauner! Das darf doch wohl nicht wahr sein! Jahrelang hat er die Villa auseinandergenommen auf der Suche nach diesem verdammten Schatz. Und du sollst es nun in einem Jahr schaffen? Dio mio!"

Die Kaffeemaschine zischte und das Aroma von Kaffeebohnen erfüllte den Raum. Luisa reichte mir mit vor Aufregung zitternden Händen den Espresso und bereitete sich selbst auch einen zu.

„Keine Ahnung, wie ich das schaffen soll. Allerdings könnte ich mir die Instandhaltung dieses Hauses ohne eine Finanzspritze, wie sie durch den Verkauf wertvoller Dinge zustande käme, auch gar nicht leisten. Ich habe ja bis jetzt studiert und muss mir erstmal eine Arbeitsstelle suchen. Großartige Ersparnisse kann ich leider nicht vorweisen."

Luisa kippte sich großzügig Zucker in ihren Espresso und trank ihn dann in kleinen Schlucken.

„Trotzdem. Ich weiß nicht, was Angelo sich dabei gedacht hat."

„Weißt du, wo er schon überall nach dem Familienschatz gesucht hat? Dann könnte ich mir die Suche dort sparen ..."

Sie zuckte die Achseln. „Am Anfang hat er alles heimlich gemacht. Aber nachdem er die Bibliothek durchwühlt und im Wohnzimmer alle Bodendielen selbst hochgenommen und den Raum darunter abgesucht hatte, war ich natürlich misstrauisch geworden und habe ihn gefragt, was das soll. Erst wurde er wütend, dann verlegen und schließlich hat er mir die Sache von diesem angeblichen Familienschatz erzählt und dass er irgendwo versteckt sein müsse. Das ist alles schon ein paar Jahre her. Der Graf war wie besessen von der Idee. Bis zu seinem Tode hat er nie aufgehört zu suchen."

Wir hatten uns wieder an den Tisch gesetzt, draußen war es inzwischen dunkel geworden. Der Wind fuhr ums Haus und die Kerzen flackerten. Entweder waren die Fenster doch nicht mehr so dicht, wie sie sein sollten, oder irgendwo stand noch eines offen.

„Hat Angelo denn nie darüber nachgedacht, dass dieser Schatz auch außerhalb der Villa versteckt sein könnte?"

„Doch, natürlich. Er ist in ganz Tremosine unterwegs gewesen und hat versucht, mit den Leuten zu reden. Es gibt ja keine Zeitzeugen mehr, aber natürlich Nachkommen von Menschen, die über die Zeit damals Bescheid wissen könnten. Aber glaubst du, dass die ausgerechnet mit ‚dem Herrn Grafen' reden wollten?" Luisa lachte. „Die haben ihn nett angelächelt und gesagt, dass sie rein gar nichts darüber wüssten."

Ich seufzte. „Die berühmte Kluft zwischen Adel und Normalos ..."

Luisa nickte. „Angelo ist da regelrecht vor eine Wand gelaufen. Mit einer Ausnahme ..."

Ich wurde hellhörig. „Was meinst du damit?"

„Damit meine ich Francesca." Luisa lächelte hintergründig. „Den Tipp hatte er sogar von mir bekommen, obwohl er Francesca selbst von früher kannte. Sie war mal seine Jugendliebe gewesen. Aber er wusste nicht, dass sie seit einiger Zeit wieder in Pieve lebte. Ich erzählte ihm, dass Francesca sich bestens mit der Vergangenheit in dieser Gegend auskenne. Hätte ich bloß meinen Mund gehalten ..."

„Warum, was ist denn passiert? Hat Angelo etwas von ihr erfahren können?"

Nun riss Luisa in ihrer typisch temperamentvollen Art wieder beide Hände in die Luft und schnaubte. „Anfangs hat sie ihm einiges von seinem Großvater Salvatore erzählt, Dinge, die sie von ihrer eigenen Großmutter wusste. Angelo, dieser Idiot – scusi – fing an, mit ihr anzubandeln und hoffte, schnell mehr zu erfahren. Doch Francesca ist ja nicht blöd ..." Luisa warf mir einen verächtlichen Blick zu und schüttelte den Kopf. „Irgendwann hat sie gemerkt, dass Angelo es überhaupt nicht ernst mit ihr gemeint hatte. Ich fürchte, dass sich die Ärmste da schon richtig in ihn verliebt hatte."

„Ach du meine Güte. Und dann?"

„Na, es war Schluss mit den beiden. Weitere Informationen über seinen Großvater konnte Angelo sich danach abschminken."

Ich musste schmunzeln. Meine Eltern hatten oft darüber gesprochen, dass Angelo früher ein richtiger Schürzenjäger gewesen war. Er sah gut aus, war charmant und hatte dann auch noch einen Adelstitel – was sollte da schiefgehen? Angeblich hatten sich die Damen über Jahrzehnte hinweg die Klinke in die Hand gegeben. Geheiratet hatte Angelo jedoch nie.

„Lebt diese Francesca noch in Pieve?"

„Natürlich. Ich gebe dir gerne ihre Adresse. Doch, ob du etwas von ihr erfährst, ist fraglich. Schließlich bist du hier eine Fremde und auf Freunde von Angelo ist sie bestimmt nicht gut zu sprechen."

Ich beschloss, es trotzdem zu versuchen. Denn – auch wenn ich es mir selbst noch nicht ganz eingestanden hatte – lief alles darauf hinaus, dass ich Angelos Herausforderung annehmen würde.

Kapitel 5

Er starrte auf die Zeichnung in seiner Hand und traute seinen Augen nicht. Das Papier war alt und zerknittert, die Zeichnung im Laufe der Jahre verblasst. Und doch konnte man die Markierungen und Hinweise deutlich lesen. Er hatte schon beim ersten Blick erkannt, wo sich die Stelle befand, die der Urheber dieses Plans aufgemalt hatte.

Er setzte sich auf den alten Drehstuhl vor seinem Schreibtisch und blickte aus dem Fenster. Das Sonnenlicht, das durch die Scheiben fiel, ließ den Staub in der Luft golden glitzern. Er atmete tief durch. Wenn es stimmte, was er dachte, könnten sich all seine Sorgen mit einem Mal in Wohlgefallen auflösen. Am liebsten wäre er sofort losgerannt und hätte nachgesehen, ob es stimmte. Ob der Schatz der Grafenfamilie die Zeit an diesem Ort überdauert hatte. Aber er war nicht dumm. Das wäre viel zu gefährlich. Was, wenn ihn jemand beobachten würde? Jemand aus dem Dorf oder vielleicht auch nur ein Tourist, der dämliche Fotos mit seinem Handy knipsen würde? – Nein, er würde abwarten, bis es dunkel war.

Der Mann dachte darüber nach, wie er als Kind die Gespräche seiner Großeltern belauscht und sich vorgenommen hatte, den Schatz zu suchen und zu finden. Später dann, als Jugendlicher, hatte er die Geschichten als dummes Geschwätz alter Leute abgetan. Inzwischen waren seine Großeltern längst gestorben. Und nun stellte sich heraus, dass sie doch recht gehabt hatten.

Er lächelte, als er darüber nachdachte, dass der Graf sein halbes Leben damit verbracht hatte, nach den Hinterlassenschaften seiner Familie zu suchen – ohne Erfolg. Heute war er begraben worden, eine Ironie des Schicksals. Angelos Bruder würde nie erfahren, dass es die Goldmünzen und den Schmuck der Baldinis tatsächlich gab. Denn bevor irgendjemand sie finden könnte, würde er die Sachen aus ihrem dunklen Versteck holen. Noch heute Nacht.

Es war kühl und ein bleicher Mond schien auf die Straße, die sich durch die Berge und Täler von Tremosine schlängelte. Um diese Zeit kam ihm kaum ein anderes Auto entgegen. Er hatte die Idee verworfen, sich zu Fuß auf den Weg zu machen – so wie einst der Urheber jenes Plans, den er erst heute Nachmittag durch Zufall gefunden hatte. Eine Schublade des schweren Eichenschreibtisches, der sich seit Generationen im Besitz seiner Familie befand, klemmte. Als er versucht hatte, die Ursache dafür zu finden, hatte er entdeckt, dass der Schreibtisch ein Geheimfach besaß, das hinter der Schublade versteckt war. Den Schlüssel dazu besaß er zwar nicht, aber nachdem er das Fach mit einem Schraubenzieher aufgebrochen hatte, gab es sein Geheimnis preis. Ein unscheinbares Papier auf den ersten Blick. Eine Schatzkarte, die seit über hundert Jahren im Verborgenen schlummerte, auf den zweiten.

Ihm war sofort klar gewesen, was er in den Händen hielt und wer diesen Plan gezeichnet hatte. Wer, wenn nicht er, war der rechtmäßige Besitzer dieser Karte? Sie war genau zur richtigen Zeit in seine Hände geraten. Mit ihrer Hilfe konnte er sein Erbe bewahren.

Er war nun fast da. Ein Blick nach vorne und ein weiterer in den Rückspiegel zeigte ihm, dass weit und breit niemand unterwegs war. Vorsichtshalber schaltete er dennoch die Scheinwerfer aus und ließ den Wagen langsam in einen Feldweg rollen. Dann schaltete er den Motor aus, schloss leise die Tür und ging die letzten paar hundert Meter zu Fuß. Vorbei an der windschiefen Hütte der ‚Verrückten‘ in den Wald hinein. Jetzt konnte es nicht mehr weit sein. Zur Sicherheit holte er die Karte heraus und leuchtete mit der Taschenlampe seines Handys darauf. Nach hundert Metern ging es links von Weg ab in dichtes Gebüsch. Die Bäume rauschten leise im Wind. Es roch nach feuchter Erde und Tannennadeln. Jetzt kannte der Mann nur noch ein Ziel. Er achtete darauf, zwischen dem mit Moos bewachsenen Felsgestein nicht ins Stolpern zu geraten. Noch 50 Meter. Nun hatte der den Bach erreicht, den Paolo eingezeichnet hatte. Hier musste es sein. Links von ihm befand sich eine Felswand, an der er sich entlangtastete. Und dann war er da: Versteckt hinter einer großen Tanne lag der Eingang zu einer Höhle.

Sein Herz schlug schneller. In wenigen Sekunden würde sich sein Schicksal wenden und er wäre ein reicher Mann. Er leuchtete in den hintersten Teil der Höhle.

Dort, begraben unter einer dünnen Schicht Erde, sollte sich der Familienschatz der Baldinis befinden. Der Mann stolperte vorwärts, schneller jetzt. Er konnte es nicht erwarten und stürzte auf das Ende der Höhle zu. Dann stieß er einen ungläubigen Schrei aus. Vor ihm tat sich ein dunkles, leeres Loch auf.

Als er sich von dem Schock erholt hatte, leuchtete er die ganze Höhle mit der Handylampe ab. Altes Laub bedeckte den Boden. In einer Ecke hatte sich ein Tier ein Lager aus Zweigen und Moos bereitet. Die Höhle wirkte, als habe sich seit vielen Jahren kein Mensch mehr in sie verirrt. Doch irgendjemand musste hier gewesen sein. Jemand war ihm zuvorgekommen. Aber wer konnte das gewesen sein und wann?

Der Mann sah sich noch einmal um, dann schaltete er die Taschenlampe aus und kehrte zu seinem Auto zurück. Wieder zu Hause goss er sich einen Whisky ein. Den hatte er eigentlich zur Feier des Tages trinken wollen. Nun brauchte er ihn, um die Enttäuschung zu verdauen. Alles hätte so schön sein können. Er holte tief Luft und stieß sie mit einem Seufzer aus. Denk nach, befahl er sich selbst. Konnte es sein, dass Salvatore, der Großvater des Grafen, den Schatz aus dem Versteck geholt und woanders vergraben hatte? Wer könnte heute noch darüber Bescheid wissen?

Er nahm noch einen Schluck Whisky und genoss das rauchige Aroma auf der Zunge. Der Alte war tot. Garantiert hatte sein idiotischer Bruder den Palazzo geerbt.

Soviel er wusste, hatte der bereits sein ganzes Vermögen durchgebracht. Bestimmt würde es nicht lange dauern, bis er auch die Villa verscherbelt und den Erlös verjubelt hätte.

Der Mann überlegte. Wenn es noch eine Chance gab, die Kostbarkeiten zu finden, dann musste er sich so schnell wie möglich in der Villa umsehen. Vielleicht hatte er mehr Glück als Angelo.

Kapitel 6

Professor Berthold Sandelroth drückte das Gaspedal herunter und sein schwarzer Porsche 911 gab ein tiefes Röhren von sich. Mühelos zog der Wagen auf der linken Spur an den anderen Fahrzeugen vorbei. Schneller als gedacht, hatte er Innsbruck erreicht. Wenn es weiter so gut lief, war er schon bald am Gardasee. Giulia würde Augen machen, wenn sie ihn sehen würde. Vielleicht würde sie anfangs etwas zurückhaltend reagieren – so wie es ihre Art war – aber schließlich würde sie sich doch freuen. Diese dumme Meinungsverschiedenheit, die sie auseinandergebracht hatte, musste einfach aus der Welt geräumt werden. Dann durfte sie ihren schrecklichen Köter eben doch mit in seine Wohnung nehmen. Das Tier würde schließlich nicht ewig leben.

Berthold drehte die Musik lauter – das zweite Klavierkonzert in c-Moll von Sergei Rachmaninow – und beglückwünschte sich selbst zu seiner genialen Idee, einfach mal auf gut Glück nach Erding zu fahren. Zwar hatte er Giulia dort nicht angetroffen, und ihre sportverrückte Mutter hatte ihn zunächst auch ziemlich feindselig begrüßt, doch als er ihr dann einen riesigen Rosenstrauß überreicht hatte, war sie doch noch geschmeidig geworden. Sie hatte ihn auf einen Kaffee hereingelassen und immer wieder betont, dass Giulia nicht da sei und auch so schnell nicht wiederkomme.

Als sie in die Küche ging, um einen Kaffee zuzubereiten, hatte er auf der Anrichte im Esszimmer einen Trauerbrief entdeckt und natürlich auch gelesen. So hatte er erfahren, dass der alte Italiener gestorben war, den er erst kürzlich auf der Beerdigung von Giulias Vater kennengelernt hatte. Netter Bursche eigentlich. Beim Beerdigungskaffee hatte er die Gelegenheit genutzt, sein Italienisch wieder etwas aufzupolieren und hatte sich mit dem alten Grafen vom Gardasee unterhalten. Der Comte hatte ihm erzählt, dass Giulia fast so etwas wie eine eigene Tochter für ihn sei. In ihrer Kindheit hatte sie wohl diverse Ferien in seiner Villa verbracht.

Sandelroth schmunzelte und stellte die Lautstärke wieder etwas leiser. Ihm war sofort klargewesen, dass seine Giulia zur Beerdigung des Grafen an den Gardasee gefahren war. Er hatte sich bald danach von ihrer Mutter verabschiedet, die Adresse des Mannes gegoogelt und war losgefahren. Giulias Geschenk lag da schon hübsch verpackt im Handschuhfach: ein funkelnder Diamantring, den er ihr zur Verlobung schenken würde.

Kapitel 7

Mein Zimmer im Palazzo sah noch immer so aus, wie ich es in Erinnerung hatte. Allein die Farben trugen schon dazu bei, dass meine Laune stieg. Zitronengelb gestrichene Wände, hellblaue Vorhänge, ein Himmelbett und eine Kommode im gleichen Ton wie die Vorhänge machten das Flair des Raumes aus. Mein Prinzessinnenzimmer hatte ich es früher genannt. Mir zuliebe hatte Angelo die dunklen Ölgemälde gegen wunderschöne Fotografien getauscht. Wir hatten sie bei einem Ausflug in die Altstadt von Malcesine in einem Fotoatelier entdeckt.

Ich hatte die wenigen Sachen, die ich für meinen *Kurztrip* an den Gardasee eingepackt hatte, in den Schrank gehängt. Meine Vermieter hatten sich gewundert, dass ich das Appartement schon nach einem Tag wieder verlassen wollte, aber Luisa hatte recht: Als Erbin der Villa sollte ich auch darin wohnen.

Watson hatte sich auf dem flauschigen wollweißen Teppich in der Mitte des Raumes zusammengerollt und schien mit dem neuen Domizil bestens zufrieden.

„Komm, mein Lieber", rief ich ihm zu. „Wir machen einen Ausflug nach Limone."

Sofort sprang er auf und wuselte vor mir her die Treppe hinab. Ich wollte ein paar Kleinigkeiten im Ort kaufen, unter anderem ein Buch über den Ersten

42

Weltkrieg am Gardasee. Ein wenig Recherche konnte nicht schaden.

Kaum war ich die Treppe hinuntergegangen, klingelte es an der Haustür. Hoffentlich ist es nicht Carlo, dachte ich und schon bei dem Gedanken an den unangenehmen Bruder von Angelo krampfte sich mein Magen zusammen. Doch die Tür nicht zu öffnen, war keine Option. Mein roter Mini stand unübersehbar direkt vor dem Eingang.

Ich wappnete mich für das Schlimmste, öffnete die Tür und blickte in die verwunderten Augen eines Fremden. Offenbar hatte er ebenfalls mit allem gerechnet, nur nicht mit mir. Er schnappte nach Luft und sagte erstmal gar nichts.

„Buongiorno", begrüße ich den Mann und versuchte im selben Atemzug, Watson davon abzuhalten, ihn anzuspringen.

„He, was für ein netter Hund", sagte mein Besucher und beugte sich hinab, um Watson zu streicheln.

„Tut mir leid, manchmal kann er ganz schön aufdringlich sein", entschuldigte ich mich und versuchte, Watson am Halsband zu erwischen. Doch der Schlingel war schneller als ich und hüpfte um den Fremden herum, als wenn er ihn schon ewig kennen würde.

„Watson!", zischte ich, „lass ihn gefälligst in Ruhe."

Der Mann lachte. Er hatte ein ziemlich sympathisches Lachen. Tief und doch irgendwie jungenhaft. Ich betrachtete ihn genauer. Sein durchtrainierter Körper steckte in Jeans, T-Shirt und einem rot-blau-karierten

Flanellhemd. Die braunen Haare machten einen leicht verwilderten Eindruck. Als er mich nun seinerseits musterte, wurde mir klar, was mich am meisten an ihm faszinierte. Es waren seine Augen. Sie hatten die Farbe von Kastanien. Und als er mich anlächelte, blitzte der Schalk in ihnen auf.

Er reichte mir die Hand. „Buongiorno. Mein Name ist Luca Romano. Meine Familie war eng mit dem Grafen befreundet. Leider hielten mich gestern geschäftliche Termine davon ab, an der Beerdigung teilzunehmen. Deswegen wollte ich heute noch eine Trauerkarte vorbeibringen."

Sein Händedruck war kräftig. Ich spürte Schwielen, die nur von körperlicher Arbeit stammen konnten. Irgendwie wirkte er so gar nicht wie ein Geschäftsmann. Aber warum sollte mich das kümmern?

„Ich heiße Giulia Boracher", stellte ich mich vor. „Falls Sie gehofft hatten, Carlo anzutreffen, muss ich Sie leider enttäuschen."

Er lächelte. „Das ist ganz bestimmt keine Enttäuschung für mich. Aber ich bin neugierig: Gehören Sie denn auch zur Familie?"

Ich schluckte. Was sollte ich diesem Fremden auf die Nase binden und was besser nicht?

„Nicht direkt. Aber mein Vater und Angelo waren beste Freunde und ich war früher in allen Ferien hier zu Besuch."

Er hob die Augenbrauen und nickte. „Verstehe. Dann sind Sie zur Beerdigung angereist und bleiben sicher noch ein paar Tage. Woher kommen Sie?"

Mir wurde bewusst, dass es ziemlich unhöflich wirken musste, den Freund der Familie vor der Tür stehen zu lassen. Der Einkaufsbummel in Limone konnte auch noch ein paar Minuten warten.

„Ich komme aus Erding bei München", sagte ich. „Vielleicht haben Sie Lust auf einen Cappuccino oder ein kaltes Getränk hereinzukommen?"

Er strahlte. „Gerne!"

Ich stieß die Tür hinter mir auf und ließ ihn eintreten. Er hob den Kopf und sah völlig entrückt zu der prächtigen Gewölbedecke empor, ließ die Marmorsäulen, die großen Palmen in den Kübeln und die Galerie der Ölgemälde auf sich wirken. Ich hatte diesen Ausdruck des Staunens schon vorher bei Besuchern bemerkt – immer dann, wenn sie den Palazzo zum ersten Mal betraten. Er schien meine Verwunderung zu spüren.

„Ich bin das letzte Mal als Kind hier drin gewesen. Das ist schon eine ganze Weile her. Diese Halle ist einfach immer wieder beeindruckend. Und wunderschön."

Ich atmete erleichtert auf. Wieder einmal hatte ich Gespenster gesehen, wo gar keine waren. Ich sollte wirklich daran arbeiten, nicht immer so misstrauisch zu sein.

„Kommen Sie, wir gehen in die Küche. Was möchten Sie denn trinken?"

„Ein Cappuccino wäre klasse. Wenn es nicht zu viel Mühe macht."

„Überhaupt nicht. Da kann ich gleich ein wenig damit angeben, dass ich nun auch mit Angelos toller Kaffeemaschine umgehen kann."

Er lachte. Und ich musste zum zweiten Mal feststellen, dass es äußerst sympathisch klang. Er folgte mir zur Anrichte und sah zu, wie ich die beiden Cappuccinos zubereitete. Plötzlich schwitzte ich unter meiner weißen Leinenbluse. Mein Nacken prickelte, als ich mich umdrehte und Lucas Blick in meinem Rücken spürte.

„Bitte sehr. Ihrer ist fertig." Ich reichte ihm die Tasse und ärgerte mich, dass meine Hand dabei leicht zitterte.

Er blickte mich schweigend an und nun sah ich, dass bernsteinfarbene Sprenkel im Kastanienbraun seiner Augen zu tanzen schienen. Verdammt! Der Typ brachte mich völlig aus der Fassung, dabei hatte er bis jetzt kaum etwas gesagt. Wir setzten uns an den Tisch und ich überlegte fieberhaft, welches Smalltalkthema ich anschneiden könnte.

„Giulia", sagte er und ließ meinen Namen dabei regelrecht auf der Zunge zergehen. „Sie sind Deutsche und tragen einen italienischen Namen. Wie kommt das?"

„Bei meinen Eltern drehte sich immer alles um Italien", antwortete ich. „Die beiden haben sich in Venedig kennengelernt, ihre Flitterwochen in Rom verbracht und sind, so oft es nur ging, nach Italien in den Urlaub gefahren. Als ich geboren wurde, war es klar, dass ich einen italienischen Namen haben sollte." Ich zuckte die Achseln. „Es gibt schlechtere, oder?"

Wieder dieser durchdringende Blick, dem ich mich nicht entziehen konnte.

„Er passt perfekt zu Ihnen."

Ich wusste, dass mein Name übersetzt ‚die Süße' bedeutete und noch während ich daran dachte, begannen meine Wangen zu brennen.

„Danke", murmelte ich leise und fand es plötzlich viel zu heiß in der Küche, obwohl ich hier beim Frühstück noch gefröstelt hatte.

Endlich wandte Luca den Blick von meinem Gesicht und schien sich daran zu erinnern, warum er hergekommen war. Er zog einen Trauerbrief aus seiner Hemdtasche und schob ihn mir zu. „Ich weiß nicht, wem ich den geben soll. Vielleicht können Sie ihn Carlo überreichen, wenn er wiederkommt."

Ich hüstelte und hätte mich fast an meinem Cappuccino verschluckt.

„Tja, ehrlich gesagt, weiß ich nicht, ob Carlo wiederkommt oder wann ich ihn das nächste Mal sehe."

Er zog die Augenbrauen hoch. „Das wundert mich. So wie ich ihn in Erinnerung habe, hätte ich gedacht, dass er die Villa so schnell wie möglich verkaufen würde, um an Geld zu kommen."

Carlo hatte hier wirklich nicht den besten Ruf ... Und offenbar dachte jeder, dass er die Villa geerbt hatte. Was ja auch logisch gewesen wäre. Ich seufzte.

„Irgendetwas nicht in Ordnung?"

Ich ließ die Schultern sinken. Und kapitulierte. Irgendwann würden die Leute im Dorf sowieso erfahren, dass ich die Villa geerbt hatte. Wieso sollte ich ein Geheimnis daraus machen? Das würde wahrscheinlich nur dazu führen, dass meine Nachbarn mich für durchgeknallt halten würden. Also konnte ich auch gleich heute damit anfangen, mich zu outen.

„Carlo hat die Villa nicht geerbt. Angelo hat sie mir vermacht."

„Was?" Luca Romano blieb der Mund offenstehen.

Ich zuckte mit den Achseln. „Für mich war's auch eine Überraschung."

Luca schloss den Mund und rang offensichtlich nach Worten. „Das ist ja unglaublich. Tja, dann ... gratuliere ich."

„Danke." Ich holte tief Luft. „Wissen Sie, ich erhole mich auch noch von dem Schock. Ich habe es erst gestern erfahren und ich glaube, ich brauche erstmal ein paar Tage, um mich an den Gedanken zu gewöhnen."

Er nickte. „Kann ich mir vorstellen. Sind Sie denn momentan ganz allein in der Villa? Die meistens Menschen würden sich da bestimmt fürchten ..."

Schon wieder schrillte eine Alarmglocke in meinem Kopf. Sollte ich einem Wildfremden wirklich erzählen, dass ich vorhatte, die nächste Zeit allein mit meinem kleinen Hund hier zu leben? Eine bessere Einladung zu einem Überfall gäbe es wohl kaum. Ich könnte einen Freund oder eine Freundin erfinden, die hier mit mir wohnen würde. Luca wartete auf meine Antwort. Ich sah ihm noch einmal in die Augen – und entschied mich für die Wahrheit. Irgendetwas an diesem Mann gab mir das

48

Gefühl, dass er zu den Guten gehörte. Ich hoffte bloß, dass mich dieses Gefühl nicht täuschte.

„Ja, im Moment wohne ich allein hier, aber das ist kein Problem. Ich kenne die Villa von klein auf und da ich gerade mit dem Studium fertig bin und noch keinen Job habe, kann ich mir hier erstmal in Ruhe überlegen, was ich mit meinem weiteren Leben anstellen möchte."

Er nickte und ich erkannte, dass er mich nun mit neuem Respekt betrachtete.

„Hut ab, Giulia, das würde sich ganz bestimmt nicht jede junge Frau trauen. Wenn Sie hier mal Hilfe brauchen, können Sie mich gerne jederzeit anrufen." Er griff sich erneut an die Hemdtasche und fischte einen Kugelschreiber heraus. Damit schrieb er eine Handynummer auf den Umschlag des Totenbriefes.

„Falls Sie irgendetwas brauchen oder etwas repariert werden muss, rufen Sie an. Vieles kann ich bestimmt selbst und ansonsten kenne ich genügend Leute hier, die helfen könnten. Sie können mich aber auch anrufen, wenn Ihnen einfach nach ein bisschen Gesellschaft zumute ist." Er zwinkerte mir zu und ich verspürte ein Kribbeln in der Magengegend. „Watson ist bestimmt ein prima Kumpel, aber manchmal vielleicht ein wenig schweigsam?"

Wir lachten beide. Es fühlte sich gut an. So, als hätte ich einen neuen Freund gewonnen. Aber was wusste ich eigentlich von Luca Romano? Ich war mir sicher, dass ich ihn bei all meinen Ferienaufenthalten noch nie gesehen hatte.

„Ihre Familie war also mit Angelo befreundet? Schade, dass wir uns bis jetzt noch nie begegnet sind."

„Das finde ich auch." Wieder dieses Lächeln, das zwei Grübchen in seinem Gesicht entstehen ließ und seinen manchmal etwas verschlossenen Ausdruck aufheiterte. „Allerdings bin ich erst seit kurzem wieder zurück in der Heimat. Ich habe mehrere Jahre in den USA verbracht. In Kalifornien, um genau zu sein."

„Wirklich?" Das war eine Überraschung. „Was haben Sie dort gemacht?"

„Auf einem Weingut gearbeitet." Er trank seinen Cappuccino aus und lehnte sich zurück. „In meiner Familie hier in Tremosine sind alle Weinbauern. Ich bin damit aufgewachsen und sollte unser Weingut einmal übernehmen. Doch dann habe ich mich mit meinem Vater verkracht." Er warf mir ein schiefes Grinsen zu. „Wie das manchmal so ist. Ich hatte andere Ideen, wie man den Wein anbauen und vermarkten könnte, aber mein Vater beharrte auf seine traditionelle Weise und wollte nichts davon wissen. Es gab Streit und ich bin abgehauen. Ein paar Jahre lang haben wir überhaupt nicht mehr miteinander gesprochen. Ich ging nach Kalifornien, arbeitete auf verschiedenen Weingütern und habe eine Menge dazugelernt. Dinge, die ich hier vielleicht nie erfahren hätte ..." Er schwieg einen Moment und schien über seine nächsten Worte nachzudenken. „Und außerdem habe ich auch dieses Lebensgefühl in Kalifornien genossen. Diese Freiheit. Sie wissen schon ..."

Sie wissen schon? Sofort stellte ich mir vor, wie Luca braungebrannt in bunten Badeshorts und mit einem Surfbrett unterm Arm über den Strand lief – ein Dutzend hübscher Mädchen im Schlepptau. Der Gedanke gefiel mir überhaupt nicht. Immerhin: Er war zurückgekehrt. Warum eigentlich?

„Was ist dann passiert?" Ich beugte mich ein wenig vor und roch mit einem Mal Lucas herbes Aftershave. Wieder prickelte mein ganzer Körper. Ich hoffte, dass er nichts davon bemerken würde.

„Eines Tages rief mein Vater mich an und bat mich zurückzukommen. Ich glaube, vorher hatte es endlose Diskussionen mit meiner Mutter gegeben, die endlich ihren Sohn zurückhaben wollte. Jedenfalls war mein Vater plötzlich damit einverstanden, dass ich einige Neuerungen auf unserem Weingut einführte. Inzwischen hat er es mir sogar überschrieben und sich weitgehend aus dem Geschäft zurückgezogen."

„Wie schön, dass Sie sich wieder mit Ihrer Familie vertragen haben", rief ich. „Bestimmt sind Ihre Eltern inzwischen stolz auf Sie und froh, dass Sie das Familienunternehmen weiterführen."

Ein Schatten glitt über Lucas Gesicht. Vorhin, als er über seine Zeit in den USA gesprochen hatte, war er ganz anders gewesen – viel unbeschwerter. Vielleicht war das Verhältnis zu seinen Eltern immer noch schwierig? Bevor ich mir länger Gedanken darüber machen konnte, präsentierte er wieder sein Sunnyboy-Lächeln.

51

„Da haben Sie recht. Wenn Sie mögen, kann ich Ihnen das Weingut einmal zeigen."

„Das wäre toll. Aber nur, wenn Sie wirklich Zeit haben. Ich kann mir vorstellen, dass es auf einem Weingut immer jede Menge zu tun gibt."

„Das stimmt. Aber für Sie würde ich mir sehr gerne Zeit nehmen."

Er warf mir einen herausfordernden Blick zu.

„Giulia?"

Mir wurde bewusst, dass ich ihn nur angestarrt und nicht geantwortet hatte. „Ja wenn das so ist, dann natürlich gerne." Ich setzte noch ein „Jederzeit" hinzu und er nickte.

„Gut. Dann will ich mal wieder los. Ich melde mich wegen der Besichtigung."

Wir erhoben uns und standen uns etwas unbeholfen gegenüber. Ich kam mir auf einmal vor wie ein Teenager vor dem ersten Date, dabei hatte mich der Typ doch bloß zu einer Besichtigung eingeladen.

„Geben Sie mir noch Ihre Handynummer, damit ich Sie erreichen kann?"

Er zückte sein Smartphone und sah mich lächelnd an. Mein Herz wummerte. Wahrscheinlich war der Röstgrad der Kaffeemaschine einfach viel zu stark eingestellt. Woher sollte dieses blöde Herzrasen sonst kommen? Immerhin wusste ich meine neue Telefonnummer inzwischen auswendig und diktierte sie ihm ins Handy.

„Danke, Giulia. Es hat mich sehr gefreut, Sie kennengelernt zu haben", sagte Luca etwas steif und hielt mir erneut seine Hand hin. Meine fühlte sich schwitzig an. Ich wischte sie schnell an meiner Jeans ab, bevor ich sie ihm reichte. Watson begann, um uns herumzutanzen.

„Er ist auf einen Spaziergang aus", entschuldigte ich meinen Hund. Luca beugte sich zu ihm hinunter und streichelte ihn.

„Das machen wir ein anderes Mal", sagte er. „Nun muss ich leider wieder los." Während wir zum Ausgang gingen, blickte er sich aufmerksam um, als würde er die ganze Umgebung abscannen. Merkwürdig. Ich blieb in der Tür stehen und sah ihm nach, wie er die Treppe hinunterstieg und zu seinem Pick-up ging. Kurz bevor er sein Auto erreicht hatte, drehte er sich noch einmal um.

„Ach, Giulia? Mögen Sie Motorradfahren?"

Ich zuckte die Achseln. „Hab' noch nie auf so einem Ding gesessen."

Ein verführerisches Grinsen breitete sich auf seinem Gesicht aus. „Dann wird es aber Zeit. Wir machen eine kleine Gardasee-Erkundungsfahrt und danach zeige ich dir mein Weingut. Das nächste Mal hole ich dich mit meinem Motorrad ab."

Er war zum Du übergegangen, als wäre es so abgesprochen gewesen. Zu einer Antwort kam ich nicht mehr. Ehe ich auch nur den Mund geöffnet hatte, war er in seinem Auto verschwunden und hatte die Tür zugeknallt. Der Motor sprang dumpf-grollend an und Sekunden später verschwand der Pick-up in der Auffahrt.

Ich blieb noch einen Moment in der Tür stehen und lauschte dem hellen Vogelgezwitscher. Luca Romano. Was für ein charismatischer Mann. Ich hatte mich von der ersten Sekunde an zu ihm hingezogen gefühlt, und doch war da auch etwas Geheimnisvolles, das ihn umgab. Ganz offensichtlich war er völlig überrascht gewesen, mich hier anzutreffen und nicht jemanden aus Carlos Familie. Er hatte sich ziemlich negativ über ihn geäußert. War er wirklich gekommen, um eine Trauerkarte abzugeben? Die hätte er auch mit der Post schicken können. Ich starrte immer noch auf die Allee, auf die der Pick-up verschwunden war. Warum war Luca hier gewesen?

Watson war die Treppe heruntergesprungen, drehte sich um und sah bellend zu mir hinauf. Frauchen, jetzt komm endlich, hieß das.

„Bin schon unterwegs", murmelte ich und holte nur noch meine Handtasche aus dem Haus. Bevor ich ins Auto einstieg, fiel mir ein, dass ich meine Mutter noch gar nicht angerufen hatte. Höchste Zeit, dass sie endlich von meiner unerwarteten Erbschaft erfuhr.

„Mama? Du glaubst nicht, was gestern hier passiert ist", meldete ich mich bei ihr.

„Natürlich weiß ich das. Angelos Beerdigung", entgegnete meine Mutter. Und dann ließ sie mich kaum noch zu Wort kommen. „Gut, dass du erst jetzt anrufst, etwas früher wäre es peinlich geworden. Stell dir mal vor, wer eben hier gewesen ist?"

Die Stimme meiner Mutter klang nach höchster Alarmstufe und mir schwante Böses. „Doch hoffentlich nicht Berthold?"

„Genau der. Aber weißt du was, so schlimm fand ich ihn jetzt gar nicht mehr. Er hat mir einen Riesenstrauß Rosen mitgebracht. Die müssen ein Vermögen gekostet haben. Und er war wirklich nett."

Ich schluckte. Eine unsichtbare Schlinge schien sich um meinen Hals zu legen und ihn abzuschnüren. „Du hast ihm doch wohl hoffentlich nicht erzählt, wo ich mich aufhalte?!"

„Natürlich nicht!" Mamas Entrüstung war nicht zu überhören. „Ich habe ihm sofort gesagt, dass er dich hier nicht finden wird. Aber stell dir vor, er hat gar nicht weiter nachgefragt, wo du denn bist. Ich soll dich einfach schön grüßen, wenn wir uns sprechen."

„Tatsächlich?" Das passte gar nicht zu Berthold. Trotzdem entspannte ich mich wieder etwas. Vielleicht hatte er den Besuch bei meiner Mutter einfach als eine Art Abschiedstreffen geplant. Und da ich nicht zugegen war, hatte er den Strauß abgeliefert und war abgerauscht. Ich atmete tief durch, während meine Mutter davon erzählte, dass sie gleich in ihren Wellnessurlaub fahren würde.

Ob Berthold wohl schon eine Neue am Start hatte? Wenn es so sein sollte, war es bestimmt eine Junge und Hübsche von der Uni. Eine, mit der er sein Image noch ein bisschen mehr aufpolieren könnte. Mir wurde klar, dass es mir nicht das Geringste ausmachen würde, wenn

Berthold eine neue Freundin hätte. Ganz im Gegenteil. Es wäre sogar eine Riesenerleichterung für mich. Unsere Trennung und seine ständigen Versuche, mich zurückzugewinnen, hatten mich in den letzten Wochen viel Kraft gekostet. Ich hatte die ganze Zeit in Angst gelebt, dass er plötzlich wieder bei mir aufkreuzen und mich in irgendeiner Art und Weise bedrängen könnte. Nun merkte ich, dass eine gewaltige Last von meinen Schultern fiel. Das Kapitel Professor Berthold Sandelroth war abgeschlossen. Für immer und ewig.

Ich erzählte meiner Mutter noch kurz von meiner irren Erbschaft und schaffte es damit tatsächlich, sie in ihrem Redeschwall über den Wellnessurlaub zu unterbrechen.

„Was?!", hauchte sie völlig konsterniert ins Telefon. „Das gibt's doch wohl nicht. Was machst du denn jetzt?"

„Ich bleibe erstmal hier und genieße ein paar schöne Ferienwochen am Gardasee. Und wer weiß? Vielleicht finde ich diesen merkwürdigen Familienschatz sogar?"

„Da muss ich erstmal drüber nachdenken. Das ist ja wohl wirklich ... ich glaub's einfach nicht."

Meine Mutter schien einigermaßen geschockt zu sein. „Mach dir keine Sorgen, Mama. Mir geht's gut. Und wenn du Lust auf Sonne, See und Pasta hast, dann kommst du mich einfach besuchen."

***

Die Urlaubssaison hatte noch nicht begonnen und so genoss ich das Privileg, durch Limone zu schlendern, ohne mich in einem Pulk von Touristen zu bewegen. Das malerische Örtchen am nordwestlichen Ufer des Gardasees musste man einfach mögen. Übereinander geschachtelt klebten die Häuser hier an einem steilen Felsen, in den verwinkelten Gassen der Altstadt warteten hübsche Boutiquen und Läden, in denen man alles kaufen konnte, was irgendwie mit Zitronen zu tun hatte. Ich liebte den Limoncello-Likör vom Gardasee und hatte mir früher meistens eine Flasche aus Limone mitgebracht.

Als Kind dachte ich immer, dass der Name Limone von den urigen Zitronengärten oberhalb des Dorfes abgeleitet worden war. Doch Angelo hatte mich irgendwann aufgeklärt, dass Limone in Wirklichkeit vom lateinischen Wort Limes, also Grenze, herrührte, weil hier früher mal die Grenze zwischen Österreich und Italien verlief. Nichtsdestotrotz wussten die findigen Einwohner ihr Örtchen geschickt zu vermarkten, was ihnen natürlich nicht zu verdenken war. Heute war ich allerdings froh, dass es noch relativ ruhig in den Gassen war. Da ich nur wenige Sachen für meine Beerdigungsreise eingepackt hatte, wollte ich mir noch ein paar T-Shirts und eine Chino kaufen. Als ich dann allerdings in einer der Boutiquen stöberte, sah ich plötzlich ein korallenrotes Sommerkleid und konnte nicht anders. Ich probierte es an und wusste sofort: Dies war mein Kleid. Die Miene der Verkäuferin bestätigte meine Vermutung. „Perfetto!", strahlte die Italienerin und deutete auf einen mannshohen Wandspiegel. Ich erkannte mich kaum wieder. Nach dem ganzen Stress mit Berthold hatte ich mich selbst nicht mehr ansehen können. Mein Gesicht war bleich, unter den Augen hatten sich unschöne Ringe gebildet. Doch nun strahlten meine Augen wieder, mein Teint war rosig und das auf Figur geschneiderte Kleid betonte meine Taille, die Gott sei Dank schlank war, obwohl ich nicht viel Sport trieb.

„Ich nehme es!", teilte ich der Verkäuferin mit, noch bevor ich überhaupt aufs Preisschild geguckt hatte. Sie nickte und begann im gleichen Moment in einer anderen Ecke des Geschäfts herumzuwühlen.

„Dafür brauchen Sie aber auch hübsche Schuhe", entschied sie und hielt mir einen Augenblick später hochhackige Sandalen aus feinstem Leder in der gleichen Farbe wie das Kleid vor die Nase.

Ob ich damit überhaupt laufen konnte? Normalerweise trug ich immer bequeme, flache Schuhe. Sei's drum. Ich schlüpfte in die Sandalen und warf noch einmal einen Blick in den Spiegel. Selbst wenn ich nicht mit den Dingern laufen konnte, ich musste sie haben! Im Geiste sah ich mich in meinem neuen Kleid mit Luca durch die abendlichen Gassen von Limone schlendern und einen Aperol spritz in einer hippen Bar trinken. Ein warmes Gefühl breitete sich in meinem Magen aus. Das Leben konnte doch so schön sein ...

Später kaufte ich noch zwei Blusen und zwei T-Shirts, Unterwäsche und ein neues Parfum. Schließlich fand ich noch ein Buch über den Ersten Weltkrieg am Gardasee, von dem ich mir einige Anhaltspunkte für meine

Recherche erhoffte. Watson hatte sich am Anfang noch begeistert von einem Laden in den nächsten gestürzt, doch allmählich schien ihm meine Shoppingtour auf den Geist zu gehen. Im letzten Geschäft hatte er sich platt auf die Erde geschmissen und mir einen verzweifelten Blick zugeworfen.

„In Ordnung. Wir machen jetzt noch einen richtigen Spaziergang", versprach ich ihm. Das Wort Spaziergang kannte er. Sofort sprang er wieder auf und zerrte mich an der Leine aus dem Geschäft. Ich verstaute meine Einkäufe im Auto und kehrte mit Watson an die Seepromenade zurück. Nach ein paar Metern bogen wir rechts in die Via Porta ein, passierten die Piazza Garibaldi und spazierten unter den Arkaden des Hotels Monte Baldo hindurch. Im kleinen Hafenbecken dümpelten bunte Fischerboote und ich schoss ein paar Fotos mit meinem Smartphone. Die Via Nova bescherte uns einen kleinen Anstieg hinauf ins Bergland. Wir überquerten einen kleinen Fluss und ich erhaschte immer mal wieder einen Blick auf den schimmernden Gardasee. Ein Schild wies daraufhin, dass nun der Sentiero del Sole begann. Während Watson fröhlich neben mir her trabte, bewunderte ich die Aussicht auf das mächtige Massiv des Monte Baldo, wanderte im Schatten alter Mauern, Olivenbäume und Zypressen. Es duftete nach Pinien und frisch gemähtem Gras und ich genoss die Stille auf dem Pfad hoch über Limone. Nachdem ich mich kurz auf einer Bank am Wegesrand ausgeruht hatte, trat ich den Rückzug an. Meine

Gedanken wanderten immer wieder zu meinem morgendlichen Besucher. Auch jetzt – Stunden später – ließ die Erinnerung an Luca mein Herz schneller schlagen. „Ich hab' eine Idee", teilte ich Watson mit. „Wir besuchen jetzt Luisa. Vielleicht kann sie uns noch etwas über diesen mysteriösen Signore erzählen. Was meinst du?"

***

Luisa und ihr Mann Giuseppe wohnten in einem schlichten Einfamilienhaus in Pieve, einem Ortsteil von Tremosine. Ich klingelte an der Haustür und Sekunden später erschien Luisa, ein Küchentuch in den Händen, an der Tür.

„Giulia! Wie schön, dass du mich besuchst. Komm herein, ich habe gerade deinen Lieblingskuchen gebacken. Ich wollte ihn eigentlich hochbringen, aber nun können wir ja auch hier einen Kaffee zusammen trinken."

Luisa strahlte über das ganze Gesicht und zog mich in ihre Küche, in der Giuseppe am Tisch saß und die Zeitung las. „Buongiorno Giulia", begrüßte er mich und reichte mir seine mächtige Pranke. Giuseppe war stark wie ein Bär. Er arbeitete seit vielen Jahren regelmäßig als Gärtner für Angelo. Als kleines Mädchen hatte er mich immer hochgehoben und auf irgendwelche Bäume gesetzt. Eine Zeitlang hatte ich das ganz toll gefunden, bis er mich mal vergessen hatte und ich nicht wusste, wie ich ohne Arm- oder Beinbruch wieder runterkommen sollte. Auch er schien sich nun an jene Begebenheit vor vielen Jahren zu erinnern.

„Kletterst du immer noch gerne auf Bäume? Heute würdest du auch allein wieder runterkommen!" Seine Augen verengten sich zu kleinen Schlitzen und er ließ ein dröhnendes Lachen ertönen.

„Ach, du!", schimpfte Luisa und gab ihm einen spielerischen Klaps mit dem Küchenhandtuch. Ich lachte. Hier war alles wie immer, als wenn die Zeit stehengeblieben wäre. Watson fühlte sich sofort wie zu Hause, rollte sich unter dem Tisch zusammen und schlief ein. Ich zog mir einen Stuhl heran und setzte mich neben Giuseppe. Die ganze Küche duftete nach Zitronenkuchen. Mir lief schon jetzt das Wasser im Munde zusammen. Luisa kochte Kaffee und stellte ihren traditionellen Zitronenkuchen Crostata Al Limone auf den Tisch.

„Da hast du Glück, Giuseppe, dass du auch ein Stück abbekommst", sagte Luisa und blickte vielsagend auf den mächtigen Bauch ihres Ehemanns. Giuseppe brummte nur und legte sich das größte Stück auf den Teller. Luisa sah mich an und schüttelte mit hochgezogenen Brauen den Kopf. „Er ist ein hoffnungsloser Fall."

Sie reichte mir ebenfalls ein Stück Torte und setzte sich zu uns. „Hast du deine Sachen schon in die Villa gebracht? Ist dort alles in Ordnung oder soll ich nachher nochmal hochkommen?"

Ich schüttelte den Kopf und ließ mir die himmlisch schmeckende Zitronentorte auf der Zunge zergehen. „Mmh – Luisa, die schmeckt einfach göttlich", schwärmte ich. „In der Villa ist alles tippitoppi, du brauchst heute nicht mehr zu kommen. Stell dir mal vor, heute morgen hatte ich schon den ersten Besucher."

„Tatsächlich?" Luisa schaute auf. „Da scheint sich deine Erbschaft ja blitzschnell herumgesprochen zu haben."

Ich winkte ab. „Er wusste gar nichts von meiner Erbschaft. Es war ein Freund der Familie Baldini, der noch einen Trauerbrief vorbeibringen wollte. Luca Romano."

Luisa sah mich verblüfft an.

„Luca Romano? Das ist kein Freund der Familie! Die Baldinis und die Romanos sind seit Generationen verfeindet. Der hat einen Trauerbrief vorbeigebracht? Das kann ich nicht glauben."

Giuseppe hob seine buschigen Augenbrauen und tätschelte die Hand seiner Frau. „Was wissen denn wir, Luisa? Vielleicht haben sie sich wieder vertragen."

„Nie und nimmer", zischte sie ihn an. „Seit der Sache im Krieg wollen die Romanos nichts mehr mit den Baldinis zu tun haben. Sie hassen die Familie und du weißt auch genau, warum."

Ich sah von einem zum anderen. „Warum denn? Könnt ihr mich vielleicht mal aufklären?"

Einen Moment blieb es still. Dann zuckte Luisa mit den Achseln. „Eigentlich ist es eine alte Geschichte.

Aber du weißt ja, wie das ist mit so alten Familienfehden. Sie werden von einer Generation an die andere weitergegeben und kleben an einem fest wie Leim."

Sie nahm einen Schluck Kaffee und beobachtete missbilligend, wie sich Giuseppe das zweite Stück Kuchen auf seinen Teller hievte.

„Anfang des 20. Jahrhunderts waren Salvatore Baldini und Paolo Romano beste Freunde. Man erzählt sich, dass die beiden einfach unzertrennlich waren. Im Ersten Weltkrieg waren sie junge Männer, kämpften beide Seite an Seite hier in den Bergen und verteidigten ihre Heimat. Doch eines Tages verschwand Paolo spurlos und kehrte niemals zurück."

Sie schwieg einen Moment und blickte aus dem Fenster, als befände sich dort ein Tor zur Vergangenheit, das sie die ganze Geschichte sehen ließe. „Natürlich suchten alle nach ihm, man vermutete das Schlimmste. Dass er im Stellungskrieg von einer Handgranate getroffen oder erschossen worden war. Doch man fand keine Leiche."

Ich spürte, wie mir eine Gänsehaut den Rücken herunterkroch. Dieser Paolo musste der Urgroßvater von Luca sein, wenn mich nicht alles täuschte. Luisa fuhr mit ihrer Erzählung fort. „Irgendwann begannen die Leute zu reden. Jemand hatte gesehen, wie Salvatore und Paolo am Abend zusammen weggegangen waren. Jemand anderes erzählte, sie hätten sich gestritten. Fakt war, dass Salvatore nach Hause zurückgekehrt war und Paolo nicht. Es dauerte nicht lange, da begannen die Leute sich zunehmend Gedanken zu machen."

„Sie verdächtigten Salvatore, dass er seinen besten Freund umgebracht hatte?", fragte ich entgeistert.

Luisa nickte. „Natürlich sprach das niemand laut aus. Aber im Verborgenen wurde darüber getuschelt. Und die Gerüchte hielten sich hartnäckig."

„Aber was hat denn Salvatore dazu gesagt? Gab es ein öffentliches Verfahren darüber?"

„Salvatore soll sich an vorderster Front geradezu fieberhaft an der Suche nach seinem Freund beteiligt haben. Man sagt, dass er fuchsteufelswild geworden war, als er von den Gerüchten hörte, er selbst habe seinen Freund getötet und irgendwo verscharrt. Aber bevor es zu einer näheren Untersuchung kommen konnte, musste sich Salvatore selbst dem höchsten Richter stellen."

Ich schluckte. „Salvatore starb auch?"

Jetzt mischte sich Giuseppe in die Unterhaltung ein. „Nur wenige Wochen nachdem Paolo verschwunden war. Ihn hat die Kugel eines Österreichers erwischt."

Luisa nickte. „Danach hatten die Leute noch eine Zeitlang was zu reden, aber allmählich wandte sich ihr Interesse wieder anderen Dingen zu. Die Romanos jedoch glauben noch heute, dass Salvatore ihren Paolo auf dem Gewissen hat. Seit damals ist es der Familie nicht mehr richtig gutgegangen. Sie mussten Land verkaufen, um über die Runden zu kommen. Und natürlich gaben sie den Baldinis die Schuld an allem."

Ich holte tief Luft und dachte an Lucas Gesichtsausdruck, als er sich in der prachtvollen Eingangshalle der Villa umgesehen hatte. Jetzt verstand ich, wie er sich gefühlt haben musste. Aber warum war er überhaupt gekommen, um sein Beileid auszudrücken, wenn seine Familie die Baldinis so hasste? Luisa unterbrach meine Gedanken.

„Luca Romano soll eine Zeitlang in den USA gelebt haben. Er ist erst seit einigen Monaten zurück und hat das Weingut seiner Eltern übernommen." Sie sah mich ratlos an. „Vielleicht täusche ich mich ja doch und er hat den Hass seiner Vorfahren auf die Baldinis in der Zwischenzeit abgelegt. Ich weiß es nicht, aber etwas merkwürdig finde ich seinen Besuch bei dir schon."

Das hatte ich auch gerade gedacht. Die Euphorie, die mich bei meinem Einkaufsbummel in Limone begleitet hatte, war verschwunden. Warum hatte ich mir bloß dieses rote Kleid gekauft? Aus irgendeinem Grund hatte Luca seine wahren Absichten vor mir verborgen gehalten. Er hatte mich sogar angelogen, als er gesagt hatte, dass seine Familie mit den Baldinis befreundet sei. Gut, dass ich ihm die Sache mit dem Familienschatz und dem Ultimatum nicht erzählt hatte. Mit der Erleichterung über meine Vorsicht mischte sich jedoch ein Gefühl von Traurigkeit. Ich hatte mich so leicht und gut in Lucas Gegenwart gefühlt. Ich hatte mich darauf gefreut, ihn wiederzusehen.

Was wolltest du wirklich in der Villa, Luca Romano, fragte ich mich in Gedanken. So sehr ich mich auch zu diesem Mann hingezogen fühlte – ich kannte ihn nicht. Es schien so, als sollte ich mich besser vor ihm in Acht nehmen.

„Noch ein Stück Torte, Giulia?", fragte Luisa und goss mir gleichzeitig einen zweiten Kaffee ein. Wir unterhielten uns noch eine Weile über dies und das, bevor ich mich verabschiedete und zurück zum Palazzo fuhr. Ich musste ständig an den üblen Verdacht denken, der Salvatore anhaftete und der niemals von ihm gewichen war. Seltsam, Onkel Angelo hatte uns nie davon erzählt. Ich bog in die schattige Allee zum Palazzo ein und sah im Geiste Salvatore vor dem prächtigen Gemäuer stehen – mit einem Ausdruck von Wut im Gesicht und einem Gewehr in der Hand. Watson gab ein leises Schniefen von sich und die Nebel der Vergangenheit lösten sich. Ich kehrte in die Gegenwart zurück und schrie auf. Vor dem Eingang der Villa parkte ein schwarzer Porsche.

Kapitel 8

Berthold saß lässig auf dem Kotflügel seines Autos, die Arme verschränkt, sein typisch süffisantes Lächeln auf den Lippen. Als ich aus meinem Mini stieg und auf ihn zukam, nahm er seine Sonnenbrille ab und ließ seinen Blick abschätzend über mich wandern. Sofort wurde mir bewusst, dass meine Bluse verschwitzt wirken musste, die Jeans kein Designerlabel besaß und sich mein Make-up seit heute Morgen wahrscheinlich verabschiedet hatte.

„Hallo Giulia", sagte Berthold, so leicht und ungezwungen, als hätten wir uns erst vor zwei Stunden verabschiedet. Watson war aus dem Auto gesprungen und stieß ein unfreundliches Knurren aus, als er Berthold sah.

Mein Ex warf ihm einen feindseligen Blick zu, hatte sich aber sofort wieder im Griff. „Oh, ich sehe, du hast Dr. Watson auch mitgenommen. Wie schön!"

„Berthold, was willst du hier?"

Mir war bewusst, dass dies ganz und gar keine angemessene Begrüßung war, aber nachdem ich den ersten Schock überwunden hatte, breitete sich ein ganzes Fass voll Zorn in meinem Körper aus. Adrenalin flutete meine Zellen und lebte ich noch in Zeiten des Säbelzahntigers, hätte ich ihn wahrscheinlich zerfleischt oder längst Reißaus genommen – je nachdem, welcher Spezies ich angehört hätte. So aber war ich gezwungen, meinem ehemaligen Geliebten gegenüberzutreten und ihm so zivilisiert wie möglich mitzuteilen, dass er sich zum Teufel scheren sollte.

Bertholds Lächeln erlosch. „Giulia, was ist das denn für eine Begrüßung?" Er schüttelte missbilligend den Kopf. „Ich wollte dich sehen. Ist das so schwer zu verstehen?"

Ich atmete tief durch. „Wie hast du mich gefunden?"

Jetzt grinste er wieder. „Ich hab' erfahren, dass dein alter Kumpel Angelo gestorben ist. Ich habe ihn ja selbst auf der Beerdigung deines Vaters kennengelernt. Du erinnerst dich? – Naja, jedenfalls dachte ich mir, dass du bestimmt zur Beerdigung gefahren bist und nun meine Unterstützung gebrauchen könntest. Schließlich ist es nicht leicht, so einen väterlichen Freund zu verlieren."

Mir wurde fast schlecht, als ich sah, wie Berthold sich erhob, auf mich zuging und mich offenbar in den Arm nehmen wollte. Instinktiv trat ich einen Schritt zurück und Berthold hielt in der Bewegung inne.

„Giulia, was ist denn nur los mit dir? Du tust fast so, als wäre ich eine Bedrohung für dich."

Genau das bist du, dachte ich und ballte die Fäuste.

„Ich habe mich von dir getrennt, Berthold. Bitte akzeptiere das. ich brauche deine Hilfe nicht."

Er blieb stehen und hob beschwichtigend die Hände. „Meine Güte, Giulia. Ich erkenne dich gar nicht wieder. Nur weil wir mal eine kleine Meinungsverschiedenheit hatten, machst du nun so ein Theater. Ich verstehe ja, dass du gestresst warst wegen deiner Masterarbeit, aber jetzt ist es auch mal gut mit dem Getue."

Ich konnte kaum glauben, was ich da hörte. Berthold hatte in einem Ton mit mir gesprochen, in dem man mit einem unartigen, kleinen Kind redete. Das würde ich mir nicht länger gefallen lassen.

„Mir ist egal, was du von mir denkst, ich möchte nichts mehr mit dir zu tun haben. Verschwinde."

Ich drückte auf den Autoschlüssel, um den Mini zu verriegeln. Die Einkäufe würde ich später reinholen, jetzt wollte ich einfach nur ins Haus und die Tür hinter mir abschließen. Ich ging an Berthold vorbei und peilte die Eingangstür an.

Hinter mir erklang ein tiefer Seufzer. „Giulia, es tut mir leid, wenn ich den falschen Ton erwischt habe. Bitte verzeih mir."

Bertholds Stimme klang zerknirscht, ich ging weiter und schob den Haustürschlüssel ins Schloss.

„Ich bin einen weiten Weg gefahren, nur um dich zu sehen. Ich habe rasenden Durst, ich bin müde von der Autofahrt. Dürfte ich wenigstens kurz reinkommen und ein Glas Wasser trinken?"

Dieser Mistkerl. Ich kämpfte innerlich mit mir, ihm zumindest diese kleine Bitte zu erfüllen oder wortlos die

Tür hinter mir zuzuknallen. Die kleine Mutter Teresa in mir siegte.

„Na gut, aber nur ein paar Minuten." Ich hielt ihm die Tür auf und Berthold lächelte mich so dankbar an, dass ich fast schon ein schlechtes Gewissen bekam, weil ich ihn so unfreundlich behandelt hatte. Watson jedoch schien anderer Meinung zu sein. Als Berthold über die Schwelle trat, stürmte mein kleiner Hund laut kläffend hinter ihm her und hätte ihn um ein Haar ins Bein gebissen, wenn ich meinen Fuß nicht blitzschnell dazwischengeschoben hätte.

„Du wohnst jetzt hier in Angelos Palazzo?", fragte Berthold, während er mir folgte und Watson nun einen unverhohlen hasserfüllten Blick zuwarf. Ich nickte nur und beobachtete, wie Berthold die Augen aufriss, als er die Eingangshalle wahrnahm.

„Donnerwetter, dieser Angelo hat aber wirklich nicht schlecht gelebt." In seiner Stimme schwang Bewunderung mit, aber auch ein Hauch von Neid.

Wenn du wüsstest, dass die Villa nun mir gehört, dachte ich und unterdrückte ein Grinsen. Von Angelos Testament würde ich Berthold ganz bestimmt nicht erzählen.

„Lass uns auf die Terrasse gehen, ich hole nur gerade ein Wasser für dich", sagte ich, ging in die Küche und nahm für uns beide eine Flasche Mineralwasser und zwei Gläser mit. Berthold folgte mir auf Schritt und Tritt, dabei glitten seine Blicke über die geschmackvollen Antiquitäten, mit denen das Haus eingerichtet war.

„Wie lange willst du noch hierbleiben?"

Ich zuckte die Achseln. „Mal sehen, das überlege ich mir noch." Ich wies auf die Tür zur Terrasse. „Da geht's lang."

Draußen schlug uns der Duft von Blumen und Piniennadeln entgegen. Die Luft war noch angenehm warm, aber schon jetzt wanderten Schatten über die Terrasse. Berthold schlenderte zur äußeren Mauer hinüber.

„Nette Aussicht", kommentierte er den atemberaubenden Blick, den man jetzt über den Lago hatte. Bunte Schirmchen tanzten wie Schmetterlinge über die glitzernde Wasseroberfläche – es waren die Lenkdrachen der Kitesurfer, die im Wind flatterten. Malcesine und seine Nachbarorte auf der gegenüberliegenden Seite des Sees waren in goldenes Licht getaucht. Ich liebte den Blick auf den See um diese Stunde. Fernab des Trubels am Ufer entfaltete der Gardasee nun seinen ganz besonderen Zauber.

Ich riss mich zusammen. Warum sollte ich mit Berthold darüber diskutieren? Ich wollte ihn einfach nur so schnell wie möglich wieder loswerden. Insgeheim fragte ich mich, wie er die Sache mit Angelos Beerdigung herausgefunden hatte. Hatte meine Mutter ihm etwa davon erzählt?

Berthold trank einen Schluck Wasser und starrte immer noch auf den See.

„Wo sind eigentlich die anderen?"

Ich sah ihn fragend an. „Welche anderen?"

71

„Na, die Familie des Verstorbenen. Du willst mir doch nicht etwa erzählen, dass du ganz allein hier wohnst."

Fast hätte ich mich an meinem Wasser verschluckt.

„Ach so. Die Familie! Ja, die kommt später. Die sind alle noch unterwegs."

Ich hoffte, dass meine Stimme mich nicht verraten hatte, und redete schnell weiter. „Berthold, es tut mir leid, dass du den Weg umsonst gemacht hast, aber ich habe dich schließlich nicht gebeten herzukommen. Ich denke, es ist besser, wenn wir uns nicht mehr sehen." Um ein wenig einzulenken, fügte ich noch hinzu: „Jedenfalls in der nächsten Zeit. Vielleicht können wir später einmal wieder Freunde werden."

Er musterte mein Gesicht, ohne eine Miene zu verziehen. Meine Nervosität stieg und stieg. Auf einmal wurde mir erst so richtig bewusst, dass ich hier ganz allein mit Berthold war. Und dass demnächst garantiert keine *Familie* kam, um mir beizustehen.

Er trank sein Glas aus und stellte es auf den Gartentisch. „Na gut, Giulia, ich sehe ja, dass du vollkommen von der Rolle bist. Erst die Masterarbeit, dann Angelos Tod – das war wohl alles zu viel für dich. Und gut ..." Er legte eine kurze Pause ein. „Mein Besuch war auch etwas überraschend. Vielleicht ist es besser, wenn ich dir etwas Zeit gebe, nochmal über uns nachzudenken."

Schon wieder dieser blasierte Tonfall. So würde der Leiter einer Irrenanstalt mit einem seiner hoffnungslosen Fälle reden. Er zückte sein Handy.

„Kannst du mir ein gutes Hotel in Limone empfehlen? Am liebsten mit fünf Sternen."

Jetzt wollte er auch noch in Limone bleiben, was für ein Mist! Aber ich sah ein, dass er nach der langen Autofahrt nicht gleich wieder zurückfahren konnte. Immerhin hatte er nicht gefragt, ob er in der Villa übernachten könnte. Berthold sah mich mit hochgezogenen Augenbrauen an und ich kramte in meinem Gedächtnis, welches Hotel seinen Erwartungen entsprach.

„Ich glaube, das Park Hotel Imperial hat fünf Sterne", sagte ich.

Er tippte den Namen bei Google ein und hatte eine Minute später jemand von der Rezeption am Telefon.

„Hätten Sie für heute Nacht noch ein Zimmer frei? Am liebsten wäre mir eine kleine Suite." Er hob den Blick und zwinkerte mir zu.

Mir drehte sich fast der Magen um. Natürlich wusste ich, was das Zwinkern zu bedeuten hatte. Wir hatten erst vor einem Dreivierteljahr einen Kurztrip nach Paris unternommen. Dabei hatte Berthold eine Suite in einem sündhaft teuren Hotel direkt an der Champs-Élysées gebucht. Tagsüber waren wir stundenlang durch den Louvre gelaufen und nachts hatte Berthold vor allem sich selbst beweisen müssen, dass er auch im mittleren Alter noch als Latin Lover durchging.

„Sehr gut. Bitte buchen Sie die Suite auf den Namen Professor Berthold Sandelroth. Ich werde in Kürze einchecken."

Mit einem selbstgefälligen Lächeln steckte Berthold das Handy wieder ein. „So, das wäre geklärt. Ich werde dich nun wieder alleinlassen, Cherie. Aber ich hoffe, du nimmst meine Einladung zum Abendessen an. Sagen wir um 19 Uhr in meinem Hotel? Ich reserviere uns einen schönen Tisch!"

Es war einfach unglaublich. Berthold schien die Tatsache, dass ich ihn nicht mehr sehen wollte, völlig auszublenden. Ich starrte ihn nur wortlos an.

„Nun komm schon, Giulia. Ein Abendessen ist doch nichts Verwerfliches. Ich verspreche dir, dass ich dich in keiner Weise bedrängen werde. Gibst du mir deine neue Handynummer, falls es Probleme mit der Reservierung gibt?"

Ein schlauer Schachzug, aber so blöd war ich nun auch nicht.

„Nein, Berthold, die gebe ich dir ganz bestimmt nicht."

Er seufzte. „Na gut, ganz wie du meinst. Du hast ja meine Nummer und ich freue mich, dich nachher zu sehen. Es bleibt doch dabei, oder?"

Sein Blick durchbohrte mich förmlich und ich schluckte. Am besten, ich würde mich zum Schein darauf einlassen, Hauptsache, er verschwand so schnell wie möglich.

„Also gut, ich überleg's mir."

Er nickte und wandte sich zum Gehen. „Gut, ich freue mich. Dann also bis später."

***

Das Imperial lag eingebettet in eine mediterrane Parkanlage inmitten von Palmen, Zitrusbäumen, Olivenbäumen und Agaven. Eine Oase der Ruhe für anspruchsvolle Gäste. Ganz mein Geschmack, dachte Berthold Sandelroth, als er seine Reisetasche in der eleganten Suite abstellte und sich umblickte. Wenn alles gut liefe, würde er die Nacht hier nicht allein verbringen. Giulias zickiges Getue hatte ihn zwar einiges an Nerven gekostet, aber sie war es wert, das war ihm heute erst wieder klar geworden. Seine einstige Studentin hatte einfach Klasse – etwas, das vielen jungen Frauen heute zu fehlen schien. Zum Glück war sie weder von oben bis unten tätowiert, noch verschwendete sie ihre Zeit damit, dämliche Katzenvideos auf Facebook zu posten. Kurz erinnerte Berthold sich an die ersten Wochen mit Giulia. Sie waren einfach genial gewesen. Mit ihr hatte er auf höchstem Niveau über Themen der Kunstgeschichte diskutieren können – fast so wie mit seinen Professoren-Kollegen – nur, dass Giulia eine junge Frau war. Und was für eine. Er hatte noch nie zuvor eine Freundin mit so viel Stil und Sexappeal gehabt. Und die würde er sich auch nicht durch die Lappen gehen lassen.

Nach einem kurzen Nickerchen duschte er ausgiebig, zog ein weißes Hemd und den hellgrauen Anzug von Boss an und betrachtete sich im Spiegel. Er hatte sich verdammt gut gehalten, das Training im Fitnessstudio hatte sich auf alle Fälle bezahlt gemacht. Leise pfeifend steckte er die Schachtel mit dem Ring in seine Anzugjacke und machte sich auf den Weg ins Restaurant.

Fünf Minuten vor der verabredeten Zeit saß er am Tisch und bestellte eine Flasche Champagner mit zwei Gläsern. Wenn Giulia kam, wollte er sie gleich standesgemäß begrüßen. Das Restaurant bestach durch ein elegantes Ambiente, langsam füllten sich die Tische mit Gästen. Berthold lehnte sich zurück und genoss die Atmosphäre des Luxushotels. Nach einer Weile sah er auf die Uhr. Viertel nach sieben. Er mochte es gar nicht, wenn Leute sich verspäteten. Er selbst war grundsätzlich immer pünktlich. Missmutig griff Berthold zum Sektkühler und goss sich ein Glas Champagner ein. Ein Teil des Eises im Kübel war bereits geschmolzen. Der Kellner war schon zweimal gekommen, um zu fragen, ob alles recht sei. Berthold ließ sich die Karte bringen. Dann sah er auf sein Handy. Es war kein Anruf von Giulia eingegangen und auch keine Nachricht. Er fluchte leise. Wieso zum Teufel hatte er nicht darauf bestanden, dass sie ihm ihre neue Handynummer gab?

19.45 Uhr. Ihm wurde klar, dass Giulia nicht mehr kommen würde. Er fühlte, wie der Ärger in ihm brodelte. Was bildete sie sich eigentlich ein? Hatte er nicht immer alles für sie getan? Ihr teure Geschenke gemacht, sie zu tollen Reisen eingeladen, ihr angeboten, dass sie zu ihm ziehen könnte? Er hatte sich absolut nichts vorzuwerfen. Einen Mann wie ihn würde sie nie wieder bekommen. Mit zusammengekniffenen Lippen hob Berthold die Hand, als der Kellner in die Nähe seines Tisches kam.

76

„Ich möchte bestellen. Sie können das zweite Gedeck wieder abräumen."

Der Kellner nickte beflissen. „Sehr wohl, der Herr. Ich bringe sofort die Karte." In Sekundenschnelle hatte er Teller und Besteck abgeräumt und legte Berthold eine Karte hin. Dem war der Appetit eigentlich vergangen, aber schließlich bestellte er doch etwas. Er entschied sich für die Empfehlung des Küchenchefs – einen Salat und Seefisch, der mit Olivenöl, Kräutern und Zitronen zubereitet war. Das Essen war köstlich, doch Berthold schäumte vor Wut und konnte es nicht genießen. Seine Gedanken kreisten unablässige um Giulia und ihr inakzeptables Verhalten. Zu allem Überfluss gingen ihm die anderen Leute im Restaurant auf den Geist. Fast an jedem Tisch schienen Paare zu sitzen, die sich verliebt in die Augen blickten. Nur am Nebentisch aß ein älteres Ehepaar zu Abend, das irgendwie nicht hierher zu gehören schien. Die Frau trug ein billiges Kleid, das ihre Leibesfülle unvorteilhaft betonte, und der Mann schaufelte das Essen wie ein Bauer in sich hinein, wie Berthold angewidert registrierte. Zudem unterhielten sie sich in einer Lautstärke, die ganz und gar nicht zu dem feinen Ambiente des Restaurants passte.

Erst jetzt wieder fuhr der Mann seiner Frau ungehobelt über den Mund. „Jetzt nerv mich nicht damit, was dieses Essen kostet, Beatrice. Ich kann's mir gerade noch leisten. Und wenn wir diesen alten Kasten erst verkauft haben, gehen wir nur noch in so Schuppen wie diese."

Er griff zu seinem Weinglas und kippte den Inhalt in einem Zug herunter. Beatrice schüttelte missbilligend den Kopf. „So schnell wie geplant, wird es ja wohl nichts mit dem Verkauf. Meinst du nicht doch, dass wir das Testament anfechten sollten?"

Der Mann stöhnte genervt und schob sich eine weitere Rosmarinkartoffel in den Mund. „Ich hab's dir schon einmal gesagt. Mein Anwalt rät davon ab. Das Testament meines bescheuerten Bruders ist wasserdicht. Aber diese Giulia wird sowieso nichts in der Villa finden, davon kannst du ausgehen. Und ehe sie sich versieht, muss sie wieder ausziehen und wir übernehmen den Laden."

Bei dem Namen Giulia hatte Berthold aufgehorcht. Was erzählten diese Proletarier da? Sie meinten doch wohl nicht seine Giulia? Andererseits ging es bei ihrem Gespräch um ein Testament und eine Villa. Das war merkwürdig. Berthold betrachtete den Mann am Nebentisch genauer. Kein Zweifel, sein vom Alkohol gerötetes Gesicht besaß eine gewisse Ähnlichkeit mit dem verstorbenen Angelo Baldini. Berthold spitzte die Ohren und hörte weiter zu.

„Und wenn sie doch was findet? Dann gucken wir in die Röhre!"

Die Frau hatte ein Stück von ihrem blutigen Steak – minimum rare – aufgespießt und steckte es sich in den rot geschminkten Mund. Ihr Mann lachte auf.

„Das glaubst du doch selbst nicht. Unsere Familie hat diesen angeblichen Schatz nie gefunden – und wir kennen uns hier aus. Warum sollte eine Fremde aus Deutschland mehr Glück haben?"

Die Frau zuckte die Achseln. „Ich finde, wir sollten ein Auge auf sie haben. Schließlich hat diese Person nichts mit unserer Familie zu tun. Die Villa Baldini steht uns zu."

Die Villa Baldini. Nun war der Name gefallen und Berthold war sich sicher, dass diese seltsamen Leute über seine Giulia sprachen. Aber so richtig verstand er die Sache nicht. Meinten sie im Ernst, dass Giulia die prachtvolle Villa geerbt hatte? Darüber hatte sie ihm gegenüber keine Silbe fallen gelassen. Die ganze Geschichte klang merkwürdig in seinen Ohren. Aber nicht uninteressant.

„Wie meinst du das jetzt?" Der Mann ließ sein Besteck auf den Teller fallen und wischte sich den Mund mit der Serviette ab. „Sollen wir jemanden damit beauftragen, sie zu beschatten? Das ist doch herausgeworfenes Geld! Allerdings ... Wenn ihr jemand einen gehörigen Schrecken einjagt, würde sie vielleicht früher von hier verschwinden ..."

Die Frau schien zu überlegen. „Die Idee ist gar nicht schlecht. Ich mache mir wirklich Sorgen, dass dieses Mädchen vielleicht doch den alten Schatz findet. Dann sind wir am A...."

Sie kam nicht dazu, das Wort auszusprechen, denn plötzlich stand ein Mann neben ihr. Leicht hüstelnd, verbeugte sich Berthold und sagte: „Bitte entschuldigen Sie die Störung, gnädige Frau, der Herr." Er nickte dem Mann zu, der verblüfft zu ihm aufblickte.

„Mein Name ist Berthold Sandelroth, Professor Sandelroth. Ich kam leider nicht umhin, einen Teil Ihrer Unterhaltung anzuhören, da unsere Tische so nah beieinanderstehen. Dafür möchte ich mich schon einmal in aller Form entschuldigen. Gleichzeitig möchte ich gestehen, dass Sie meine Neugier geweckt haben, als ich das Wort Familienschatz hörte. Wissen Sie, zufällig bin ich so eine Art Schatzsucher. Vielleicht könnte ich Ihnen meine Dienste anbieten."

Lächelnd sah Berthold das Ehepaar an, das wie vom Donner gerührt dasaß und erstmal gar nichts sagte.

„Wie ich sehe, sind Sie mit dem Essen fertig. Vielleicht dürfte ich Sie beide auf einen Drink in die Bar einladen? Dort können wir uns bestimmt besser unterhalten. Wissen Sie, ich bin sozusagen Experte für alte Gemäuer und habe schon einige wertvolle Stücke aufgespürt, die als verschollen galten."

Die Augen des Italieners weiteten sich. Er blinzelte. Seine Gattin fing sich als Erste.

„Guten Abend, Herr Professor. Schön, Sie kennenzulernen. Ich bin Beatrice Baldini und das ist mein Mann Carlo." Sie reichte ihm die Hand, die Berthold galant entgegennahm und einen angedeuteten Handkuss darüber hauchte. Carlo verdrehte kurz die Augen, bevor er zu seinem gewohnten Selbstbewusstsein zurückfand.

„Na gut, mein Lieber. Wir nehmen Ihre Einladung an. Dann lassen Sie uns mal hinübergehen."

***

Nachdem Berthold mit seinem Porsche davongebraust war, hatte ich meine Einkäufe hereingeholt, alle Türen verschlossen und mich in die Küche gesetzt – mit zugezogenen Vorhängen. Die erste Nacht allein im Palazzo. Bei dem Gedanken daran war mir von Anfang an nicht wohl gewesen, doch nachdem Berthold auch noch hier aufgeschlagen war, fürchtete ich mich erst recht vor den kommenden Stunden. Was, wenn er am späten Abend noch einmal zurückkam, um mich zur Rede zu stellen? Er hatte meine neue Handynummer nicht, aber er wusste, wo er mich finden würde.

Watson saß winselnd vor mir und ich streichelte mechanisch seinen Kopf. Wie lange saß ich nun schon hier und grübelte vor mich hin? Und was hatte der Hund denn bloß? Nun fiel es mir wieder ein, ich hatte ihn noch gar nicht gefüttert. Ich holte eine Dose mit Nassfutter aus dem Schrank und eine Minute später machte sich mein kleiner Beschützer schmatzend über seine Abendmahlzeit her.

Ich sah auf die Uhr. Es war kurz nach 19 Uhr. Bestimmt saß Berthold nun in feinem Zwirn im Restaurant und wartete auf mich. Er hasste Unpünktlichkeit und wenn er erst merkte, dass ich ihn versetzt hatte, würde er bestimmt austicken. Schwerfällig schlurfte ich zum Kühlschrank und inspizierte seinen Inhalt. Luisa hatte ihn mit lauter Köstlichkeiten befüllt. Aber ich hatte kaum Hunger. Ich holte mir Butter und ein Stück Käse heraus, nahm ein kleines Baguette aus dem Brotkorb und brühte mir einen Tee auf. Während ich mein kleines Mahl zu mir nahm, blätterte ich in dem dicken Buch, das ich mir am Morgen in Limone gekauft hatte. Der Erste Weltkrieg am Gardasee.

Ich erfuhr, dass der Erste Weltkrieg, der „Grande Guerra", als erbitterter Stellungskrieg in den Bergen rund um das nördliche Gardaseeufer geführt worden war. Am Ende des Krieges mussten sich die Österreicher komplett vom Gardasee zurückziehen und die Gebiete an Italien abtreten. Der Tremalzo- und der Nota-Pass waren wichtige Stützpunkte der Soldaten. Bilder zeigten spektakuläre, in Felsen gegrabene Militärstraßen. Ein ganzes Netz von Wanderwegen führte noch heute zu den Spuren der Vergangenheit. Ich stellte mir vor, wie Salvatore gemeinsam mit seinem Freund Paolo losgezogen war, um seine Heimat, sein Haus und seine Liebsten vor dem Feind zu beschützen. Schade, dass Angelo nie von seinem Großvater erzählt hatte. Andererseits: er hatte ihn nie kennengelernt. Ich rechnete nach: Wenn Salvatore 1916 gestorben war, musste sein Sohn – Angelos Vater – selbst noch ein kleiner Junge gewesen sein.

Ich fuhr zusammen, als draußen vor dem Fenster der Schrei einer Eule erklang. Es war so still im Haus, dass jedes Geräusch doppelt so laut erschien. Ich fröstelte. Wenn die Nacht doch nur schon um wäre. Oder wenn ich doch nur das Apartment in Tremosine behalten hätte. Aber nun war es zu spät.

„Komm, wir gehen nach oben", rief ich Watson zu und machte mich auf den Weg – natürlich nicht ohne noch einmal zu kontrollieren, ob auch alle Türen abgeschlossen waren. Jetzt mach nicht so ein Theater daraus, schalt ich mich selbst. Es haben sich schon ganz andere Leute getrennt und Berthold war schließlich kein Ungeheuer. Ich ging ins Bad, ließ Wasser in die Wanne laufen und schüttete etwas von dem luxuriösen Badeschaum dazu, den ich in einem Regal neben der Dusche gefunden hatte. Ebenso wie die Küche hatte Angelo auch alle Badezimmer der Villa modernisieren lassen und dabei kein Geld gespart. Ich stellte meine Lieblingsplaylist auf dem Handy an, zog mich aus und ließ mich ins heiße Wasser gleiten. Sofort entspannten sich meine Glieder, meine Atmung verlangsamte sich und ich schob meine Sorgen um Bertholds Überraschungsbesuch beiseite.

Stattdessen wanderten meine Gedanken zu Luca. Unglaublich, dass die Geschichte seiner Familie auf so unglückliche Weise mit den Baldinis verwoben war. Hatte er wirklich den Hass seiner Vorfahren übernommen oder hatte er beschlossen, ein neues Kapitel aufzuschlagen und die alte Familienfehde ruhen zu lassen? Wie auch immer er zu den Baldinis stand, ich hatte damit eigentlich nichts zu tun. Der Dampf des heißen Badewassers waberte durch den Raum, Chris Rea sang ‚On the beach' und ich ließ meinen Kopf so weit nach hinten sinken, dass nur noch Augen, Mund und Nase herausragten. Wie sollte ich mich bloß verhalten, wenn ich Luca das nächste Mal sah? Ich war kein kleines Mädchen mehr und wusste die Zeichen zu deuten. Mein Herz schlug schneller, wenn ich an diesen Mann mit den wilden Locken und seiner charismatischen Art dachte. Ich fühlte mich eindeutig ein bisschen zu sehr zu ihm hingezogen. Aber er hatte mich auch belogen. Vielleicht war es besser, ihn gar nicht mehr zu sehen. Doch dazu war ich viel zu neugierig ...

Das Bad hatte mich schläfrig werden lassen und so war ich gleich in mein Prinzessinnenzimmer hinübergetappt, Watson im Schlepptau, hatte mich ins Bett gelegt und war eingeschlafen. Doch die Ruhe währte nur ein paar Stunden. Ein Geräusch aus dem Erdgeschoss ließ mich hochfahren. Es war stockdunkel im Zimmer, Watson gab im Schlaf ein leises Grunzen von sich. Hatte er nichts gehört? Ich horchte in die Dunkelheit. Nun war wieder alles totenstill. Doch ich hätte schwören können, dass ich zuvor etwas gehört hatte. Warum sonst war ich urplötzlich aus einem tiefen Schlaf erwacht?

Ich tastete nach meinem Handy, das auf dem Nachttisch lag. Es war kurz nach Mitternacht. Die feinen Härchen auf meinen Armen hatten sich aufgerichtet, mein Herz galoppierte wie auf einer Pferderennbahn. War jemand ins Haus eingedrungen? Berthold? Ich hatte doch extra noch einmal nachgesehen, dass alle Türen und Fenster verschlossen waren. Minutenlang saß ich da und lauschte meinem Atem, starrte in die Finsternis und wartete darauf, dass irgendetwas geschah. Ich fragte mich, was ich tun sollte, wenn wirklich jemand eingebrochen war. Zum Glück hatte ich Luisas Nummer in meinem Handy gespeichert, sie und ihr Mann wären wahrscheinlich am schnellsten hier.

Mein Mund war staubtrocken, ich verspürte einen unbändigen Durst. Seit 15 Minuten saß ich senkrecht im Bett und lauschte in die Nacht. Nichts, absolut nichts war zu hören. Langsam beruhigte sich mein Herzschlag. Wahrscheinlich hatten mir lediglich meine Nerven einen Streich gespielt. Ich redete mir ein, dass Watson doch bestimmt angeschlagen hätte, wenn sich jemand im Haus befände. Oder war er inzwischen etwa schwerhörig geworden? Ich gab ihm einen kleinen Schubs und er sah mich missmutig an, weil ich seinen Schlaf gestört hatte.

Ich musste unbedingt etwas trinken, sonst würde ich noch verdursten. Und an Schlaf war im Moment sowieso nicht mehr zu denken. Wahrscheinlich konnte ich besser wieder einschlafen, wenn ich unten einmal die Runde gemacht und mich vergewissert hatte, dass alles okay war.

„Los, Watson, wir gehen mal kurz in die Küche und holen was zu trinken", raunte ich meinem Hund zu, machte die Nachttischlampe an und stand auf. Im Flur schaltete ich das Licht für das obere Stockwerk und das Erdgeschoß an und wartete einen Moment. Wenn jemand unten war, würde derjenige sich nun bestimmt erschrecken und davonlaufen. Das hoffte ich zumindest.

Nachdem immer noch nichts geschah, traute ich mich todesmutig die Treppe herunter, während Watson fröhlich vorauseilte. Ich betrat die Küche und schaute mich um. Alles wie immer. Erleichtert, dass ich das Geräusch offenbar nur geträumt hatte oder dass es von einem Zweig im Wind stammte, holte ich mir eine Flasche Mineralwasser aus dem Kühlschrank und trank sie in einem Zuge halb aus. Watson war unterdessen zur Haustür gelaufen und saß jaulend davor. Er musste zweifellos mal pinkeln, immerhin hatte ich ihn vor dem Zubettgehen nicht mehr rausgelassen. Ausgerechnet jetzt ...

„Hat das nicht bis morgen früh Zeit?", murmelte ich vor mich hin, während ich mich widerstrebend auf die Tür zubewegte. Watson sah mich an, als ob diese Frage ja wohl kaum ernst gemeint sein könnte.

„Na gut, aber nur ganz kurz", sagte ich und wünschte mir in diesem Augenblick, dass Watson kein Mischling aus Norfolk Terrier und unbekanntem Vater wäre, sondern ein fieser Dobermann. Nicht alle Wünsche gehen in Erfüllung. Mit angehaltenem Atem drehte ich den Schlüssel im Schloss herum und öffnete leise die Tür. Watson huschte zwischen meinen Füßen hindurch, lief die Treppe hinunter und verschwand hinter den Oleanderbüschen. Der Mond tauchte die Einfahrt zur Villa und den Garten in ein silbernes Licht. Die großen Bäume warfen ihre Schatten auf die Allee, die zur Straße führte. Die Luft roch nach feuchter Erde und in den Wipfeln der Pinien wisperte der Wind. Eigentlich wirkte alles ganz friedlich. Trotzdem wäre mir wohler gewesen, wenn ich nicht ganz allein in der Villa übernachten müsste.

„Watson", rief ich leise. Wo blieb bloß der verdammte Hund? Auf keinen Fall hatte ich Lust, ihn jetzt mitten in der Nacht im riesigen Garten der Villa zu suchen. Ich pfiff noch einmal. Dann hörte ich ein Knacken im Gebüsch und kurze Zeit später kam Watson in aller Seelenruhe die Treppe heraufgedackelt und lief an mir vorbei ins Haus. Ich schloss die Tür hinter uns, drehte den Schlüssel um und wollte zurück in mein Schlafzimmer gehen. Doch irgendetwas, ein unbestimmtes Gefühl, ließ mich innehalten und die Gemälde in der Eingangshalle näher in Augenschein nehmen. Ich hatte sie schon tausendmal gesehen, war an ihnen vorbeigelaufen, hatte über die höchstens durchschnittlichen Fähigkeiten des Malers den Kopf geschüttelt. Doch nun fiel mir wieder ein, dass Angelo mal davon gesprochen hatte, dass die meisten seiner Ahnen hier hängen würden. Auch er selbst hatte sich vor einigen Jahren porträtieren lassen und das Bild zu den anderen gehängt. Die Mitglieder der Familie Baldini blickten schweigend auf mich hinab. Die Vergangenheit schien aus diesen Gemälden zu sickern, aus ihren stummen Gesichtern zu flüstern. Wer von ihnen war Salvatore Baldini?

Ich blickte von einem Bild zum nächsten. Und dann wusste ich es plötzlich. Ich schritt zu dem Porträt und blieb dicht davor stehen. Das musste er sein, da gab es gar keinen Zweifel. Der Mann auf dem Ölgemälde war noch jung, etwa in seinen Zwanzigern, schätzte ich. Der Blick aus seinen dunklen Augen war wild, vielleicht sogar ein wenig hochmütig. Seine Lippen trugen die Andeutung eines Lächelns. Er schien groß und schlank gewesen zu sein. Das konnte man auf dem Porträt, das ihn bis zur Brust zeigte, zwar nicht sehen, aber ich hatte schon immer die Fähigkeit besessen, aus wenigen Einzelheiten das große Ganze zu erkennen. Das hatte weder mit Intelligenz noch mit Erfahrung zu tun, es war einfach eine Gabe, die mir in die Wiege gelegt worden war.

Mein Vater hatte gerne ein Spiel daraus gemacht, als ich noch klein war. Er hatte mir Bilder von Menschen gezeigt, die ich nicht kannte, und mich aufgefordert, etwas über sie zu erzählen. Ich hatte mir die jeweilige Person lange angeschaut, mich in ihren Gesichtszügen verloren, in ihren Augen gelesen, auf eine ganz und gar unerklärliche Art Verbindung mit ihr aufgenommen. Anschließend hatte ich meinem Vater Dinge über sie erzählt, die ich unmöglich wissen konnte. Es funktionierte allerdings nicht mit allen Bildern und leider war mir die Fähigkeit – je älter ich wurde – mehr und mehr abhandengekommen.

Bei dem Ölgemälde von Salvatore Baldini jedoch war die Gabe wie aus dem Nichts wieder aufgeflammt. Ich konnte kaum den Blick von Salvatores Gesicht wenden. Seine Augen schienen mich zu durchbohren, sein Mund wollte mit mir sprechen. Ich ahnte, wie seine Stimme geklungen hatte. Tief und melodisch, mit einem gewissen ironischen Unterton. Ich wusste, dass er ein stolzer, tatkräftiger Mann gewesen war. Einer, der seine Familie und sein Haus mit seinem Leben verteidigt hätte.

„Und dein bester Freund?", flüsterte ich. „Was ist zwischen euch vorgefallen?"

Salvatores Blick schien sich zu verdüstern. Die Schatten zwischen den Marmorsäulen verdichteten sich. Ich fröstelte und zwang meine Augen, sich von Salvatores Gesicht zu lösen. Dadurch entdeckte ich eine kleine Goldplatte, die in der Mitte des Rahmens angebracht war. ‚Salvatore Baldini, 1914' war dort eingraviert. Das Bild war zwei Jahre vor seinem Tod angefertigt worden. Ein Jahr bevor Italien in den Ersten Weltkrieg eingetreten war. Damals war die Welt für den jungen Salvatore noch in Ordnung gewesen.

Ich trat einen Schritt zurück und betrachtete die Gemälde rechts und links von Salvatores Bild. Auf der linken Seite war augenscheinlich sein Sohn als junger Mann abgebildet. Die Ähnlichkeit war unverkennbar. ‚Aurelio Visconte' las ich auf dem Schildchen unter dem Gemälde und erinnerte mich, dass Angelo von seinem Vater erzählt hatte, der Aurelio hieß. Auf der rechten Seite hing das Bild einer Frau im mittleren Alter. ‚Antonella Baldini' stand auf dem Schild. Das musste Salvatores Frau gewesen sein. Offenbar war das Bild viele Jahre nach seinem Tod gemalt worden. Antonella war unbestreitbar schön, dennoch zeigten ihre

Mundwinkel leicht nach unten, ihr Blick wirkte resigniert. Arme Antonella, dachte ich. Bestimmt hatte sie sich ihr Leben anders vorgestellt. Ihren Mann schon so kurz nach der Geburt ihres Sohnes zu verlieren und als junge Frau zusammen mit den Schwiegereltern in einer abgeschiedenen Villa zu leben, war sicher nicht ihre Vorstellung von Glück gewesen, als sie Salvatore geheiratet hatte. Je länger ich die drei nebeneinanderhängenden Bilder betrachtete, umso schwermütiger wurde ich. Die Baldinis mochten wohlhabend gewesen sein, glücklich waren sie jedoch nicht gewesen, das konnte ich deutlich spüren.

Mit einem Frösteln riss ich mich vom Anblick der Gemälde los und ging langsam die Treppe zu meinem Schlafzimmer hinauf. Dabei grübelte ich die ganze Zeit über Angelos Großvater nach. Ich hätte zu gerne mit jemanden über ihn gesprochen, der ihn gekannt hatte. Aber natürlich waren diese Menschen längst alle gestorben. Wenn ich doch wenigstens Briefe, ein Tagebuch oder irgendwelche Aufzeichnungen von ihm hätte. All diese Dinge könnten mir helfen herauszufinden, was für ein Mensch Salvatore gewesen war. Und nur dadurch, dass ich seiner Seele auf die Spur kam, hatte ich überhaupt eine klitzekleine Chance, etwas über den mysteriösen Familienschatz der Baldinis herauszufinden. Einfach wahllos die Villa auf den Kopf zu stellen, würde überhaupt nichts bringen, davon war ich fest überzeugt. Wenn es so einfach wäre, hätte Angelo sein Erbe längst selbst gefunden.

Seufzend schwang ich mich über die Bettkante und kuschelte mich unter die dünne Steppdecke. Doch Schlaf fand ich erst, als das erste Tageslicht durch die Ritzen der Fensterläden sickerte.

***

Um Punkt zehn Uhr morgens stand Berthold vor der Tür. Ich hatte länger geschlafen, einen starken Kaffee auf der Terrasse getrunken und einen Toast mit Marmelade dazu gegessen. Die ganze Zeit horchte ich unruhig in Richtung der Haustür, ob ich ein Auto oder die Klingel hörte. Denn das Berthold nicht einfach so wieder abdampfen würde, war so klar wie das Amen in der Kirche. Ich wappnete mich mit gespieltem Selbstvertrauen gegen den erwarteten Wutanfall und fiel fast aus allen Wolken, als Berthold mich mit einem breiten Lächeln begrüßte. Warum war er bloß so gut gelaunt?

„Guten Morgen, Giulia. Schade, dass du es gestern doch nicht mehr geschafft hast. Andererseits hatte ich dadurch noch einen sehr interessanten und erhellenden Abend."

Ich sah ihn verständnislos an und sagte erstmal gar nichts. Berthold schien das als Einladung aufzufassen, ins Haus zu gehen. Er schob mich sanft beiseite und marschierte in die Eingangshalle. Watson machte wieder einmal ein Riesentheater – wie immer, wenn er meinen

91

Ex sah – doch diesmal schien Berthold das vollkommen auszublenden.

„Wir müssen reden, meine Liebe. Machst du uns einen Kaffee?"

„Berthold, ich bin gestern nicht ins Hotel gekommen, weil ich dich nicht mehr sehen möchte. Warum kannst du das nicht akzeptieren?"

Ich hätte meiner Stimme mehr Nachdruck verleihen müssen. Das merkte ich selbst, nachdem ich die Worte ausgesprochen hatte. Aber ich war noch immer müde, erschöpft von der halb durchwachten Nacht, gefrustet davon, dass er mich nicht einfach in Ruhe ließ.

Berthold blickte sich nach mir um und zog die Augenbrauen hoch.

„Du siehst schlecht aus, Giulia. Ringe sollte man an den Fingern tragen und nicht unter den Augen. Oder sorgst du dich etwa, dass du dein frisch erworbenes Erbe bald wieder abgeben musst?"

Ich hielt die Luft an. Woher hatte Berthold so schnell von meiner Erbschaft erfahren?

„Tja, da staunst du wohl?" Selbstgefällig grinsend schlenderte Berthold zur Küche. „Kommst du bitte? Ich hätte gerne einen Cappuccino!"

Erschöpfung hin oder her, die Wut, die jetzt in mir brodelte, musste raus.

„Spinnst du? Du kannst nicht einfach hier anmarschiert kommen und dich selbst zum Kaffeetrinken einladen. Ich habe endgültig die Nase voll von dir. Verschwinde endlich!"

Nun war ich doch lauter geworden. Meine Wangen brannten, ich hatte die Arme in die Seiten gestemmt und wäre Berthold am liebsten an die Gurgel gesprungen.

Er brummte gequält auf und hob die Hände.

„Okay, okay. Jetzt reg dich nicht so auf. Ich glaube, ich hätte viel mehr Grund, sauer auf dich zu sein. Können wir uns vielleicht wie zwei erwachsene Leute unterhalten?"

„Warum? Ich will mich nicht mehr mit dir unterhalten. Es ist aus, Berthold!"

Seine Schultern sackten nach unten. Endlich schien er zu merken, dass ich es ernst meinte. Schließlich kehrte ein leises Lächeln auf seine Lippen zurück.

„Na gut, ich hab's kapiert. Trotzdem solltest du dir anhören, was ich zu sagen habe."

„Bitte. Dann sag es und danach fährst du nach Hause."

Mein Herz schlug immer noch so schnell wie nach einem Hundertmeterlauf. Berthold dagegen wirkte so ruhig wie bei einer Partie Schach.

„Ich habe gestern den Bruder von Angelo Baldini kennengelernt, ein Zufall, der mir einige höchst interessante Erkenntnisse lieferte."

Daher wusste er also von meiner Erbschaft. Ich konnte mir vorstellen, dass Carlo ziemlich über mich abgelästert hatte. Berthold fuhr fort.

„Signore Baldini ist ja nicht sehr erbaut darüber, dass sein Bruder ihn nicht zum Alleinerben gemacht hat, aber er ist sich sicher, dass du diesen Schatz sowieso niemals finden wirst und dass er die Villa deshalb in spätestens einem Jahr bekommt."

Ich zuckte die Achseln. „Wir werden sehen."

„Giulia." Berthold kam einen Schritt auf mich zu, ich wich zurück. Er blieb stehen und sah mich resigniert an. Dann schüttelte er den Kopf. „Wir waren mal ein gutes Team, Giulia. Zusammen könnten wir es schaffen und den Schatz finden. Carlo Baldini hat mir gestern einige interessante Details verraten, die uns helfen könnten."

Ich atmete langsam aus. Da lag also der Hund begraben. Berthold bot mir seine Hilfe an und hoffte offensichtlich, dass ich im Laufe gemeinsamer Recherchen wieder zu ihm zurückfand. Ich zweifelte keine Sekunde daran, dass Berthold der beste Schatzsucher war, den ich finden konnte. Er besaß profunde Kenntnisse über die Architektur vergangener Jahrhunderte und hatte schon einigen Leuten erfolgreich dabei geholfen, Besitztümer wiederzufinden, die seit Ewigkeiten vergraben waren. Die Sache war nur: Ich wollte mich nicht mehr mit Berthold zusammentun. Er sollte ein für alle Mal aus meinem Leben verschwinden.

„Ich danke dir für dein Angebot, aber ich möchte es nicht annehmen. Und jetzt geh bitte."

Er starrte mich ungläubig an, die Lippen zu einem dünnen Strich zusammengepresst. Einen Moment lang war es totenstill im Haus. Schließlich nickte er. „Gut, wie du meinst. Aber eines sage ich dir, meine Liebe: Das wird dir noch leidtun."

94

Mit diesen Worten drehte er sich um, rauschte aus dem Haus, stieg in seinen Porsche und raste die Auffahrt entlang, dass der Kies nach allen Seiten spritzte.

Kapitel 9

„Luca! Ich suche dich schon überall. Dieser Mensch von der Bank hat schon wieder angerufen. Er hat gesagt, dass du ihn dringend zurückrufen sollst!"

Seine Mutter hatte die Scheunentür ein Stück aufgeschoben, sodass helles Sonnenlicht das Innere flutete. Sie trug eine geblümte Schürze und ihr Haarknoten war im Begriff sich aufzulösen. Erleichtert darüber, ihren Sohn gefunden zu haben, strich sich Maria über ihr erhitztes Gesicht.

„Was machst du überhaupt hier? Das Essen ist jeden Moment fertig. Kommst du in die Küche?"

Luca kniete vor dem alten Traktor, der noch aus der Zeit seines Großvaters stammte. „Ich habe mir den Trecker angesehen, er läuft nicht mehr. Ich weiß nicht, ob es sich noch lohnt, ihn reparieren zu lassen. Vielleicht sollten wir einen neuen kaufen."

Maria seufzte. „Das sag dem Bankmenschen mal lieber nicht. Bitte ruf ihn zurück. Er hat schon so oft angerufen und ich weiß nicht, was ich ihm das nächste Mal sagen soll, wenn ich ihn wieder am Apparat habe."

„Ja, ja, mache ich." Luca ließ den Schraubenschlüssel, den er in der Hand gehalten hatte, fallen und richtete sich auf. „Ich komme gleich, Mama, ich will hier nur noch etwas nachsehen und mich waschen."

„In Ordnung." Maria lächelte ihren Sohn an und dachte zum tausendsten Mal, seitdem er aus Amerika zurückgekommen war, wie gut es war, ihn wieder zu Hause zu haben. „Dann bis gleich."

Luca sah seiner Mutter nach, die raschen Schrittes zum Haus zurückkehrte, und schloss die Augen. Alles war aus dem Ruder gelaufen, seitdem er wieder in Tremosine war. Vielleicht wäre es besser gewesen, er wäre einfach in Kalifornien geblieben. Zwar hatte sein Vater ihm das Weingut überschrieben und ihm sein Einverständnis erteilt, die Produktion auf Bio-Wein umzustellen – etwas, das sich Luca seit vielen Jahren sehnlichst gewünscht hatte – doch leider hatte sich die Realisierung dieses Projektes als viel schwieriger und komplizierter erwiesen, als er angenommen hatte. Inzwischen hatten sich die Schulden auf der Bank in einer Dimension gehäuft, die ihn nicht mehr schlafen ließ. Wenn nicht ein Wunder geschah, würde er schon bald pleite sein. Dann hätte er in kürzester Zeit das Weingut, das sich seit Generationen im Besitz seiner Familie befand, an die Wand gefahren. Und seinem Vater das Herz gebrochen.

Langsam öffnete Luca die Augen und starrte auf sein Elternhaus. Auch das müsste verkauft werden, wenn er keinen Investor fand oder im Lotto gewänne. Seine Eltern ahnten, dass er finanzielle Probleme hatte, schließlich hatte der Bankmensch heute nicht zum ersten Mal angerufen. Aber von dem ganzen Ausmaß seines Dilemmas hatten sie keinen Schimmer.

Luca holte tief Luft. Der Schmerz über seinen Misserfolg verfolgte ihn inzwischen Tag und Nacht. Er konnte nur noch ein paar Stunden schlafen, dann wachte er schweißgebadet auf. Immer wieder träumte er, dass seine Eltern ihn fassungslos anstarrten und nur mit einem Koffer in der Hand den Hof verließen. Anschließend setzte sich wie jede Nacht das Gedankenkarussell in Bewegung. Was konnte er tun, um die drohende Katastrophe abzuwenden?

Als er den Brief seines Urgroßvaters mit der gezeichneten Karte gefunden hatte, glaubte er schon am Ziel seiner Wünsche zu sein. Doch wieder einmal hatte das Schicksal ihn nur zum Narren gehalten. Er dachte an seinen Besuch in der Villa Baldini. Er hatte damit gerechnet, das Haus unbewohnt vorzufinden, und hätte nicht gezögert, dort einzubrechen und sich nach einem Hinweis auf jenen Schatz umzusehen, wegen dem sein Urgroßvater sterben musste. Die Trauerkarte hatte er nur zur Vorsicht mitgenommen, falls Carlo ihm die Tür geöffnet hätte. Doch dann war er Giulia begegnet. Die junge Frau aus Deutschland hatte ihn völlig aus dem Konzept gebracht. Seit Jahren hatte ihn keine Frau mehr so gefesselt wie Giulia mit ihren langen, dunkelbraunen Haaren, ihrer mädchenhaften Figur und den klaren

98

Augen, die immer ein wenig auf der Hut zu sein schienen. Auf den ersten Blick hatte sie wie ein zartes Reh gewirkt, doch im Laufe des Gesprächs war ihm klar geworden, dass viel mehr in ihr steckte als in den meisten Frauen, die er kannte. Und dieses gewisse Etwas war es, das ihn an ihr reizte. Am liebsten wäre er gleich am nächsten Tag wieder zu ihr gegangen. Doch was sollte das bringen? Giulia stand zwischen ihm und der Suche nach dem Schatz der Baldinis. Und Luca stand vor einem Dilemma. Sollte er trotzdem einen neuen Versuch starten, die alte Villa zu durchsuchen?

Kapitel 10

Einige Wochen waren vergangen, seitdem Angelo begraben und ich – vorerst – zur Alleinerbin seines Palazzos erklärt worden war. Seitdem hatte sich mein Leben grundlegend geändert. Hatte ich anfangs noch ein wenig gezögert, Angelos Herausforderung anzunehmen, hatte sich die Suche nach seinem Erbe inzwischen zur fixen Idee entwickelt. Um ehrlich zu sein: Ich konnte über fast nichts anderes mehr nachdenken. Zum Glück hatte sich meine anfängliche Angst gelegt, allein in dem alten Gemäuer zu übernachten. Auch die Stille und die Einsamkeit in der Abgeschiedenheit der Villa, waren zu meinen Freunden geworden.

An einem Wochenende hatte ich überraschend Besuch von meiner Mutter und meiner Freundin Carina bekommen. Die beiden waren laut und lachend hier eingefallen, hatten mich mitgerissen mit ihrer Begeisterung über das ‚Dolce Vita' am See, das milde Klima und die tolle italienische Küche in den Restaurants in Riva und Limone. Bevor sie wieder abfuhren, drückten sie mich an sich und sagten: „Komm mit, Giulia. So schön es hier auch ist, aber dieser alte

Kasten ist nichts für eine junge Frau, die ganz allein hier lebt."

Ich hatte den Kopf geschüttelt. „Du kannst bei mir in München wohnen, wenn du nicht zurück nach Erding möchtest", hatte Carina vorgeschlagen. „Berthold wird nichts davon erfahren. Wir können feiern gehen und du kannst dir ganz in Ruhe einen Job suchen. Komm doch mit!" Carina hatte mich regelrecht geschüttelt. Sie war übrigens ausgeflippt, als ich ihr von Bertholds „Überraschungsbesuch" erzählt hatte. „Diese miese Ratte, jetzt stalkt er dich sogar hier in Italien. Du solltest die Polizei einschalten", hatte sie mich beschworen. Doch ich war inzwischen überzeugt, dass Berthold nicht wieder hier auftauchen würde. Er war schließlich nicht doof und auch kein Krimineller.

„Was ist jetzt, Giulia? Lass uns schnell deine Sachen packen und von hier verschwinden!" Carina sah mich bittend an. Ich schüttelte ein weiteres Mal den Kopf und meine Mutter zuckte seufzend die Achseln. „Vergiss es, Carina. Ich kenne meine Tochter. Wenn sie sich etwas in den Kopf gesetzt hat, ist sie nicht davon abzubringen."

Und so waren die beiden wieder abgerauscht. Ich hatte in der Auffahrt gestanden und ihnen nachgewinkt, bis das Auto im Dunst des Morgenlichtes verschwand. Dann hatte ich mich langsam umgedreht und war ins Haus zurückgekehrt – den kleinen Watson im Schlepptau. Nun kam es mir hier noch stiller vor als vor ihrem Besuch, doch das machte nichts. Ich war sogar fast ein wenig erleichtert, als ich die Villa wieder für mich allein hatte.

In den Tagen, seitdem ich hier wohnte, war etwas Seltsames in mir vorgegangen. Mein Verhältnis zum Palazzo hatte sich verändert. Oder war es der Palazzo selbst, der seine Beziehung zu mir verwandelt hatte?

Ich streifte durch die Räume, die ich von Kindheit an kannte, und entdeckte sie neu. Ich legte meinen Kopf an die kühlen Marmorsäulen der Eingangshalle und stellte mir vor, wen sie im Laufe der Jahrzehnte hatten kommen und gehen sehen. Fast auf Zehenspitzen betrat ich Angelos Schlafzimmer und rechnete beinahe damit, ihn träumend im Bett vorzufinden. Zögernd war ich Schritt für Schritt auf das mit vielen Schnitzereien verzierte Eichenbett zugegangen – eine Rarität, für das Antiquitätenhändler ein Vermögen bezahlen würden – und hatte über die Bettwäsche aus feinster ägyptischer Baumwolle gestrichen. Luisa hatte den Raum gründlich saubergemacht und gelüftet, das Bett frisch bezogen. Und dennoch hing noch ein Hauch von Angelos Eau de Toilette in der Luft. Ich hatte das Gefühl, dass etwas von ihm noch in diesem Zimmer war. Doch die Atmosphäre des Raumes erschien mir friedlich und beruhigend. Und so setzte ich mich auf das Bett, ließ mich zurücksinken und schloss die Augen.

Die Zeit drehte sich träge rückwärts. Nun lag jemand anderes in diesem Bett. Ein kräftiger, junger Mann. Ruhelos warf er sich in seinen Träumen hin und her.

Schließlich erwachte er, fuhr hoch und starrte in die Dunkelheit.

Die Österreicher rückten näher. Er hörte sie flüstern, er sah ihre Waffen hinter den grauen Kalksteinfelsen aufblitzen. Er roch den Tod.

Was sollte er tun? Er musste seine Familie beschützen. Und seine große Liebe. Langsam beruhigte sich seine Atmung. Ihm war eine Idee gekommen. Er musste sein Vermögen in Sicherheit bringen – so schnell wie möglich, noch bevor der Feind sein Haus erreicht hätte. Und er wusste auch schon, wer ihm bei seinem Plan helfen würde.

Ich erwachte mit pochendem Herzen. Was war das gewesen – ein Traum, weil ich mich seit Wochen mit nichts anderem beschäftigte als mit Salvatore Baldini? Oder war es das Echo aus einer fernen Zeit?

Ich setzte mich auf und sah mich im Zimmer um. Inzwischen war ich fest davon überzeugt, dass dieser Raum früher einmal Salvatores Schlafzimmer gewesen war. Doch ich wusste, dass ich hier bestimmt nichts Greifbares mehr von ihm finden würde. Angelo hatte garantiert längst jedes Brett aus dem Fußboden selbst hochgenommen und den Raum darunter untersucht, die Schränke auf Geheimfächer hin auseinandergenommen und jeden Zentimeter des Zimmers unter die Lupe genommen. Resigniert stand ich auf und ging nach unten.

Die Tage in der Villa verstrichen wie die Flügelschläge eines Kolibris. Ich durchforstete den Palazzo auf irgendwelche Hinweise, stand immer wieder sinnend vor dem Porträt von Salvatore Baldini und kam doch keinen Schritt weiter. Wenn das so weiter geht, ist das Jahr ruckzuck um, Carlo wirft mich raus und verhökert die Villa, dachte ich missmutig. Inzwischen fühlte ich mich regelrecht verantwortlich für das Haus. Obwohl ich überhaupt nicht mit den Baldinis verwandt war, sah ich mich nun als rechtmäßige Erbin an. Ich musste Salvatores Besitz für die Nachwelt erhalten – in seinem Sinne. Ich hatte zwar keine Ahnung, was ich damit meinte, aber auf eine seltsame Art schien das Schicksal nun selbst hier Regie zu führen – und ich war lediglich eine Statistin, die eine bestimmte Rolle zu spielen hatte. Ob ich nun wollte oder nicht.

Wie jeden Tag war ich zu einem langen Vormittagsspaziergang mit Watson aufgebrochen und kehrte in die Villa zurück. Mit einem Kaffee in der Hand ging ich auf die Terrasse und genoss wie so oft den fabelhaften Ausblick auf den See. Ich fragte mich, warum Luca sich nie mehr gemeldet hatte. Nach unserem Zusammentreffen hatte ich damit gerechnet, dass er schon kurze Zeit später auf seine Einladung zurückkommen würde. Die erste Zeit hatte ich ständig an ihn denken müssen. Hatte ich mir nur eingebildet, dass es zwischen uns beiden geprickelt hatte? Vielleicht waren es nur meine Schmetterlinge gewesen, die getanzt hatten, als unsere Blicke sich trafen. Vermutlich hatte er

104

mich schon längst vergessen. Mein neues rotes Kleid hing im Schrank, ich hatte es noch nicht ein einziges Mal angezogen.

Die Gedanken an Luca hatten mich noch mutloser werden lassen. Es musste einfach etwas geschehen. Ich lebte hier wie eine Einsiedlerin, war weit entfernt davon, einen Familienschatz zu finden und wurde vermutlich schon etwas seltsam im Kopf. Wie konnte es sonst sein, dass mir im Traum immer häufiger das Bild eines Mannes erschien, der vor hundert Jahren hier gelebt hatte?

„Es tut mir leid, Salvatore. Ich fürchte, ich kann dir nicht helfen", murmelte ich vor mich hin. Gestern hatte sogar Luisa schon sorgenvoll den Kopf geschüttelt und geschimpft, dass ich mich viel zu sehr hier vergraben würde. „Du gehörst unter Leute, mia bella", hatte sie gesagt. „Du solltest dir einen hübschen jungen Mann angeln und das Leben genießen."

Leichter gesagt als getan, dachte ich. Die Zeiten, als ich mit Carina die Münchner Partyszene unsicher gemacht hatte, schienen mir Lichtjahre entfernt. Und sollte ich etwa allein durch Limone ziehen und mich dort in irgendeine Bar setzen? – Auf gar keinen Fall! Vermutlich würde ich dort höchstens auf Touristen treffen, dabei wollte ich doch viel lieber Leute kennenlernen, die hier lebten und mir vielleicht sogar etwas über die Familie Baldini erzählen konnten. Als ich darüber nachsann, fiel mir wieder ein, dass Luisa von einer Frau erzählt hatte, die alles über die Gegend wüsste. Eine alte Freundin von Angelo. Jetzt kam ich auch wieder auf ihren Namen. Francesca!

Ich sah Watson an, der sich zu meinen Füßen niedergelassen hatte und gerade die Augen für ein kurzes Nickerchen schließen wollte.

„Hey, du Faulpelz, steh auf. Wir besuchen jetzt Francesca!"

***

Der Anblick der Frau, die gleich nach dem ersten Klingeln die Tür öffnete, verschlug mir den Atem. In ihrer Jugend musste Francesca Russo eine strahlende Schönheit gewesen sein. Heute – vermutlich Ende 60, Anfang 70 – war die Italienerin immer noch eine schöne Frau, auch wenn ihre Haut nun nicht mehr so glatt war wie einst. Alt wirkte sie jedoch ganz und gar nicht. Feuerrotes Haar ergoss sich als lange Lockenpracht ihren Rücken hinunter, viel schwarze Wimperntusche betonte die grünen Katzenaugen. Ihre Ohren hatte Francesca mit auffällige Goldcreolen geschmückt, ihr Mund leuchtete korallenrot.

Einen Moment lang musterten wir uns schweigend. Und obwohl es ein ganz normaler Dienstagmorgen in Tremosine war, fühlte ich mich auf einmal underdressed. Warum hatte ich bloß diese alten Jeans und das einfache weiße T-Shirt angezogen, ärgerte ich mich, während ich Francescas moosgrünes Sommerkleid mit Carmenausschnitt bewunderte.

„Buongiorno. Sie wollten zu mir?" Francescas Stimme klang angenehm weich mit einem rauchigen Unterton. Ich nickte und wusste im ersten Moment nicht, was ich überhaupt sagen sollte. Typischerweise war ich einfach losgefahren und hatte mir nichts zurechtgelegt, was ich Francesca erzählen konnte.

„Bitte entschuldigen Sie meinen Überfall. Mein Name ist Giulia Boracher und ich wohne seit kurzem in der alten Baldini-Villa. Luisa, die Haushälterin des Grafen, hat mir Ihre Adresse gegeben. Ich würde gerne mehr über die Villa und die Gegend hier erfahren und hatte gehofft, Sie könnten mir vielleicht weiterhelfen."

Ich hatte viel zu schnell geredet, ein Zeichen dafür, dass ich mich unsicher fühlte. Francesca hatte mir verblüfft zugehört und beim Namen der Baldini-Villa die Augenbrauen hochgezogen. Der Blick, den sie mir jetzt zuwarf, wirkte um einiges kühler als zu Beginn unseres Treffens.

„Soviel ich weiß, wohnen Sie nicht nur in der Villa. Sie gehört Ihnen auch."

Ich schluckte. Die Frau war gut informiert. Offenbar funktionierte die Informationskette in Tremosine einwandfrei. Ob sie auch über Angelos Ultimatum Bescheid wusste? Ich entschied, diesen Aspekt erstmal außen vor zu lassen.

„Das stimmt. Momentan versuche ich noch, mich an diesen Gedanken zu gewöhnen."

Plötzlich lächelte sie. „Kann ich mir vorstellen, dass das erstmal ein Schock für Sie war. Aber es gibt ja Schlimmeres, als einen wunderschönen Palazzo am Gardasee zu erben, oder? Übrigens: Ihr Italienisch ist hervorragend."

Ich wollte mich gerade für ihr Kompliment bedanken, als eine schnarrende Stimme aus dem Inneren des grauen Steinhauses erklang. „Wer ist da? Ist es Besuch für mich, Madre? Warum antwortest du nicht?"

Francesca verdrehte die Augen. „Meine Mutter. Sie ist leider total dement und denkt immer, meine Großmutter sei noch da. Dabei ist die schon vor Jahrzehnten gestorben." Sie wandte sich ihrer Wohnung zu und rief: „Ist schon gut, Mama. Eine Fremde hat geklingelt. Ich komme gleich zu dir!"

Aus dem Inneren erklang nun ein leises Klagegeheul und auf meinen Armen bildete sich eine Gänsehaut. Francesca bemerkte es und unterdrückte ein Lächeln.

„Ich sehe kurz nach meiner Mutter und bin gleich zurück."

Ich hörte, wie sie behände mit ihren Stöckelsandalen die Treppe hinauflief und mit ihrer Mutter sprach. Minuten später kehrte sie zurück und trug ein sonnengelbes Tuch über ihrem Dekolleté und eine Sonnenbrille in der Hand.

„Als Sie klingelten, wollte ich gerade aufbrechen, um eine alte Freundin zu besuchen. Wenn Sie mögen, können Sie mich begleiten und ich erzähle Ihnen etwas über Ihr neues Zuhause. Was meinen Sie?"

Ich war mir nicht sicher, ob das eine gute Idee war. „Ich möchte nicht stören, wenn Sie Ihre Freundin besuchen möchten. Und außerdem habe ich meinen Hund dabei, den müsste ich mitnehmen." Ich wies auf mein Auto. Watson hatte sich auf dem Fahrersitz breitgemacht und schaute mit dem Kopf aus dem Seitenfenster.

Francesca strahlte. „Wie süß! Ich liebe Hunde. Allerdings müssen Sie ihn auf den Schoß nehmen. Wir fahren mit meinem Wagen."

Ich hatte nicht das Gefühl, dass ich noch irgendetwas zu sagen hätte. Also nickte ich bloß, holte Watson aus dem Auto und folgte Francesca, die ein paar Schritte neben der Haustür auf eine Garage zuging. Sie drückte auf einen Schlüssel. Das Garagentor öffnete sich und ließ den Blick auf einen knallroten Sportwagen frei. Ich hatte keine Ahnung von Autos, aber dass dieser Schlitten garantiert sündhaft teuer war, schwante selbst mir. Zufrieden registrierte Francesca meine Überraschung.

„Ein Alfa Romeo Spider Duetto, Baujahr 1969", erklärte sie und strich fast zärtlich über das polierte Heck des Cabriolets.

„Der muss doch ein Vermögen wert sein", platzte ich heraus. Luisa hatte mir erzählt, dass Francesca früher als Heilpraktikerin gearbeitet hatte und nicht besonders begütert sei. Wie konnte sie sich dann so eine Nobelkarosse leisten?

Francesca zwinkerte mir zu. „Das ist er, Schätzchen. Ich habe ihn vor langer Zeit von einem Liebhaber bekommen – als Abschiedsgeschenk. Wenn ich ihn verkaufen würde, bekäme ich bestimmt einen Haufen Geld für ihn, aber ich bringe es einfach nicht übers Herz."

„Wegen Ihres Verflossenen?"

Sie begann zu kichern wie ein Teenager, wischte sich die Lachtränen aus den Augen und schüttelte den Kopf.

„Ganz bestimmt nicht. Ich liebe dieses Auto. Steigen Sie ein, dann werden Sie mich verstehen."

Ich ließ mich in den lederbezogenen Sitz gleiten, presste Watson auf meinem Schoß an mich und sah zu, wie Francesca ihre Sonnenbrille aufsetzte und den Motor startete. Aus dem Bauch des Spiders erklang ein tiefes Grollen. Wir setzten zurück und Francesca tippte auf den CD-Player. Noch während sie ihre Legende auf Rädern in den ersten Gang bewegte, ertönte die Stimme von Eros Ramazotti aus den Lautsprechern.

„Hier, nehmen Sie das", sagte Francesca und reichte mir ein Basecap. „Sie werden es brauchen, ich hasse es, mit einem Rennpferd wie diesem durch die Gegend zu schleichen." Mit diesen Worten drückte sie das Gaspedal durch und der Sportwagen schoss aus dem Ort.

Ein älteres Paar – ich erkannte erst mit einiger Verzögerung, dass es sich um Luisa und Giuseppe handelte – drückte sich mit erschrockenem Gesichtsausdruck an den äußersten Straßenrand, während Francesca verspätet hupte und über die kurvigen Straßen raste, als gäbe es kein Morgen. Ich fragte mich, ob sie immer so halsbrecherisch fuhr oder ob sie heute nur mich beeindrucken – oder mir ein wenig Angst einjagen – wollte. Zumindest konnte sie exzellent Autofahren, ich hoffte bloß, dass die Bremsen des Spiders ebenso gut in Schuss waren wie sein Lack.

„Wirklich ein tolles Auto", schrie ich zu ihr hinüber, um den Motor und Eros zu übertönen.

„Schön, dass es Ihnen gefällt, genießen Sie die Fahrt!", rief Francesca zurück und lachte schon wieder, als wäre gerade etwas total Lustiges passiert. Ich hielt meinen Hund so fest, als könnte er plötzlich wegfliegen und hoffte, dass die Freundin nicht so weit weg wohnen würde. Zum Glück fuhren wir nur wenige Kilometer in Richtung Gardola, dann lenkte Francesca den Wagen auf einen Parkplatz. „Von hier aus gehen wir zu Fuß", erklärte sie.

„Hier wohnt Ihre Freundin?", fragte ich etwas verwirrt, während Watson und ich neben ihr hereilten.

Francesca setzte ein geheimnisvolles Lächeln auf. „So ist es, Sie werden sie gleich kennenlernen." Sie blieb kurz stehen und musterte mich kritisch. „Sie sind eine hübsche Person, Giulia. Sie haben einen tollen Teint, schönes Haar, eine gute Figur. Aber ...", und nun hob sie mahnend den Zeigefinger, „Sie könnten viel mehr aus sich machen."

Ich ließ die Schultern sinken. Seitdem ich allein in der Villa wohnte, hatte ich nicht viele Gedanken an mein Äußeres verschwendet.

„Haben Sie einen Freund?"

111

Ich schüttelte den Kopf. „Ich hatte einen, aber es ist nicht gut gelaufen zwischen uns. Ich habe mich getrennt."

„Sehr gut. Es ist immer besser, wenn wir Frauen den Männern Adieu sagen als umgekehrt."

Eigentlich hatte ich Francesca nach allerlei Dingen ausfragen wollen, nun schien es andersherum zu laufen. Ich musste aufpassen, dass sie nicht völlig die Kontrolle übernahm. Wir setzten unseren Spaziergang fort und ich fragte: „Was ist mit Ihnen, Francesca, haben Sie einen Freund?"

Sie griff sich ins Haar und wirbelte ihre glänzende Lockenpracht auf. „Im Moment nicht. Aber ich hatte so einige, mia Bella. Wissen Sie, ich hatte viel Spaß in meinem Leben. Und ich habe auf mich aufgepasst, bin gegangen, wenn es an der Zeit war. Hab' mir nicht das Herz brechen lassen …"

Sie zögerte einen Moment, ihre Mundwinkel sackten hinab, die Augen verloren ihr Strahlen. Sekundenbruchteile später hatte sie sich wieder im Griff. „Nun ja, um ehrlich zu sein, einmal ist es mir leider doch passiert. Ein blöder Fehler, der nicht hätte sein müssen."

Wir blickten uns in die Augen. Ich hätte schwören können, dass sie an Angelo gedacht hatte, dass er es gewesen war, der ihr Herz gebrochen hatte. Aber so gut kannten wir uns noch nicht, dass ich sie das fragen konnte. Schweigend brachten wir die nächsten Meter hinter uns, dann tauchte vor uns eine Kirche auf.

„Wir sind da. Das ist die Wallfahrtskirche Madonna di Monte Castello", sagte Francesca. Ich sah mich staunend um. Die Lage des Gotteshauses war spektakulär. Von hier aus stürzten die Felsen viele hundert Meter fast senkrecht in den Gardasee. Ich band Watson mit seiner Leine am Eingang fest und folgte Francesca ins Innere des Heiligtums. Ein prunkvoller, goldener Altar und zahlreiche Fresken zogen meine Blicke an. Francesca bekreuzigte sich, zündete eine Kerze an und zog mich mit sich zu einem Freskenbild im Hauptschiff.

„Das ist sie, meine Freundin Maria", flüsterte sie. Auf dem Fresco war die Krönung der Jungfrau dargestellt. „Im Krieg zwischen den Brescianern und den Trentinern erschien sie hier als heller Stern. Seit Jahrhunderten kommen Pilger aus der ganzen Welt in diese kleine Kirche, um sie zu ehren."

Francesca bekreuzigte sich ein weiteres Mal, warf dem Fresco eine Kusshand zu und wandte sich zum Ausgang. „Wunderschön, oder nicht?"

Ich nickte. „Danke, dass Sie mir die Kirche gezeigt haben. Sie ist wirklich ein ganz besonderer Ort."

Wir setzten uns draußen auf eine Bank und schauten hinab auf den silbrig schimmernden See. „Ich mag Sie", sagte Francesca zu meiner Überraschung. „Als ich erfuhr, dass Angelo Ihnen die Villa vermacht hat, war ich wie vor den Kopf geschlagen. Ich fragte mich, welcher Teufel ihn geritten hatte, den Familiensitz an eine Fremde zu geben. Doch nun kann ich ihn verstehen."

Ich fühlte mich geschmeichelt, dass Francesca mich mochte. Obwohl wir uns erst kurze Zeit kannten, hatte ich das Gefühl, dass ich ihr vertrauen konnte.

„Ich spüre, dass Sie eine ganz besondere Verbindung zu Angelos Villa haben. Liege ich da richtig?" Francesca hatte aufgehört, mit Watson zu spielen und sah mich an. Ich fühlte mich ertappt, fast so, als könne die Frau neben mir in meine Seele blicken.

„Das stimmt. Ich habe die Villa schon als Kind geliebt. Sie war mein Abenteuerspielplatz, ich fühlte mich wie eine Prinzessin in meinem schönen Gästezimmer mit Blick auf den See."

Francesca lachte. „Und jetzt sind Sie die Prinzessin des Palazzos!"

Ich blickte bekümmert an mir herunter. „Eher nicht. Ich habe ja nicht mal richtige Prinzessinnen-Kleidung."

„Da lässt sich schneller herankommen, als Sie denken. Ich kenne ein paar nette Boutiquen in der Gegend."

Ich schüttelte den Kopf. „Das ist nett gemeint, aber so fühle ich mich nicht. Ich weiß nicht, wie ich es ausdrücken soll und wahrscheinlich halten Sie mich für völlig verrückt ..." Ich hielt einen Moment inne und Francesca nickte mir aufmunternd zu. „Aber seitdem ich hier wohne, hat sich mein Verhältnis zu diesem Haus völlig verändert. Überall begegnen mir die Schatten der Vergangenheit. Ich frage mich, wie die Menschen waren, die früher dort gelebt haben. Und besonders berührt mich das Schicksal von Salvatore Baldini."

Jetzt hatte ich mich in Fahrt geredet und konnte nicht mehr zurück. „Luisa hat mir erzählt, dass die Leute denken, er habe seinen Freund ermordet. Und dass er nie die Chance hatte, seine Unschuld zu beweisen. Das ist doch furchtbar!"

Ich rang die Hände. „Ich kann Ihnen nicht erklären warum, aber ich weiß einfach, dass Salvatore seinem Freund nichts angetan hat. Er war ein guter Mann. Und ich will das beweisen."

Zum ersten Mal hatte ich ausgesprochen, worum es mir ging. Hatten meine Gedanken auch zunächst immer nur um den Familienschatz der Baldinis gekreist, war es mir inzwischen viel wichtiger geworden, Salvatores Ehre wieder herzustellen. Wenn ich vor seinem Gemälde stand, schien sein Flehen um Gerechtigkeit mittlerweile immer dringlicher zu werden. Sein Blick war herausfordernder geworden, seine Macht über mich größer.

Francesca hatte die Brauen hochgezogen, als ich Salvatores Namen genannt hatte. „Wie gut kannten Sie die Familie Baldini?", fragte ich sie.

„Ich kannte sie ziemlich gut." Nachdenklich strich sie ihr Haar zurück und musterte mich, als wäge sie ab, was sie mir anvertrauen könnte.

„Ich werde Ihnen etwas über meine Familie erzählen, mia Bella. Die Geschichte handelt von starken Frauen, die sich nie unterkriegen ließen. Auch nicht von einem reichen Adelsgeschlecht."

Seufzend lehnte sie sich zurück und betrachtete den schimmernden See zu unseren Füßen. Und so erfuhr ich in den nächsten Minuten, dass Francescas Großmutter Cecilia einst ein bildhübsches Mädchen aus den Bergen war, die mit Salvatore angebandelt hatte. „Cecilia war wild, unkonventionell und blitzgescheit. Kein Wunder, dass Salvatore ihr bedingungslos verfallen war", erzählte Francesca.

„Also ist Salvatore ihr Großvater gewesen?"

„Nein! Gott, nein!", rief Francesca und kicherte. „Die Liaison währte nicht lange. Meine Oma war bettelarm. Als Salvatores Eltern hinter die Sache kamen, gab es ein Riesentheater und Salvatore beendete die Geschichte. Trotzdem sind die beiden Freunde geblieben. Meine Oma war keine Frau, die sich von einem Mann das Herz brechen ließ. Im Laufe der Jahre entwickelte sie sich zu einer begnadeten Heilerin, sie kannte alle Kräuter, die hier wachsen und wusste sie bei den meisten Krankheiten einzusetzen. Zeit ihres Daseins lebte sie allein in einer kleinen Hütte und war die Unabhängigkeit in Person."

„Und Ihr Opa?"

Francesca zuckte die Achseln. „Vielleicht ein Wanderer, der vorbeikam. Ein Soldat. Jemand aus dem Dorf, der bereits verheiratet war. Sie hat es nie jemandem verraten und meine Mutter ganz allein großgezogen – ebenfalls zu einer beeindruckenden Frau.

Meine Mutter – sie heißt Anna – war Hebamme und hat alle Geheimnisse über unsere heimischen Kräuter von Cecilia erfahren.

Während die Leute aus den Dörfern eher zu Cecilia als zum Arzt gingen, um sich helfen zu lassen, mieden sie die Heilerin jedoch auf gesellschaftlicher Ebene. Und nicht nur das. Sie setzten das Gerücht in die Welt, dass Cecilia geisteskrank war. Dass sie mit den Seelen der Verstorbenen redete und geheimnisvolle Rituale durchführte. „Nach Einbruch der Dunkelheit traute sich keiner mehr zu Oma Cecilia. Wir haben oft darüber gelacht", vertraute Francesca mir an.

Sie selbst war ebenfalls ohne Vater aufgewachsen. „Der hat eher dem Wein zugesprochen als der Arbeit und da hat meine Mutter ihn bereits vor meiner Geburt rausgeworfen." Francesca lächelte spöttisch „Sowohl meine Oma als auch meine Mutter haben mir beigebracht, dass Männer ein unterhaltsamer Zeitvertreib sind, aber dass man sich besser nicht zu sehr an sie binden sollte."

„Und das haben Sie dann auch beherzigt", stellte ich fest.

„Ganz genau, meine Liebe. Einen gab es allerdings, bei dem bin ich schwach geworden."

„Es war Angelo, stimmt's?", fragte ich mit leiser Stimme.

Francesca schwieg und blickte regungslos in die Ferne. Schließlich sah sie mich an. „Was soll's, warum soll ich es dir nicht erzählen?"

Sie war kommentarlos zum Du übergegangen, was mir nur recht war.

„Ich war süße siebzehn, als Angelo sich Knall auf Fall in mich verliebte. Er war so verrückt nach mir, dass er mir täglich rote Rosen schickte und mich mit Geschenken überhäufte, nur damit ich mich mit ihm traf. Ich aber ließ ihn zappeln."

Plötzlich strahlte sie und ich konnte mir vorstellen, was für ein Feger sie zu jener Zeit gewesen sein musste. Noch immer glomm die Glut in ihren katzenhaften Augen und ließ etwas von der Leidenschaft ahnen, die die Männer früher hatten Schlange stehen lassen.

„Ich glaube, wenn ich es darauf angelegt hätte, dann hätte Angelo mich damals geheiratet – selbst gegen den Willen seiner ach so vornehmen Eltern."

Ich schmunzelte. Die Etikette hatte sich offenbar durch alle Generationen gezogen. „Aber Sie wollten ihn nicht?"

„Nein, damals wollte ich ihn nicht. Er war mir zu alt und zu konventionell. Ich wollte raus aus dem Kaff hier, die Welt entdecken und mich ausprobieren. Du weißt schon ... Warum soll man sich auf einen Mann festlegen, wenn man viele haben kann?"

Ich sah mich da zwar nicht als Expertin, nickte aber, um mein Verständnis zu signalisieren.

„Obendrein riet meine Oma mir davon ab und auf ihr Wort hielt ich große Stücke. Sie meinte, es hätte doch gereicht, dass Angelos Opa ihr den Laufpass gegeben hätte, da sollte ich besser die Finger von der Familie Baldini lassen. Wie recht sie hatte!"

„Aber irgendwann hat es dann doch zwischen Angelos und dir gefunkt?" Ich hätte mir die beiden gut als Paar vorstellen können. Die schillernde Francesca mit ihrer roten Lockenmähne und der weltgewandte Angelo mit seinem Sinn für die schönen Dinge des Lebens.

Francesca zuckte die Achseln. „Ich ging fort aus Tremosine, bin als Hippiemädchen durch die Welt gereist, habe alle möglichen Jobs gemacht, doch irgendwann wurde mir das Vagabundieren zu viel. Ich kehrte zurück an den Gardasee, investierte meine Ersparnisse in eine Ausbildung zur Heilpraktikerin und zog wieder bei meiner Mutter ein. Ich war zufrieden mit meinem Leben hier und liebte meine Arbeit. Irgendwann traf ich durch einen Zufall Angelo wieder. Wir begegneten uns abends am Seeufer in Limone und wussten beide zuerst nicht, was wir sagen sollten."

Sie hielt kurz inne und schien jenen Moment noch einmal zu durchleben. „Angelo war älter geworden, ein angesehener Kunsthändler, ein paar Kilos zu viel auf den Rippen." Sie zwinkerte mir zu. „Aber er war immer noch ein gutaussehender Kerl und ziemlich charmant. Er lud mich zum Essen ein. Wir redeten über die alten Zeiten und scherzten darüber, was hätte sein können. Und dann ..." Sie schwieg wieder, schüttelte leicht den Kopf. Ich hoffte, dass sie weitererzählte.

„Weißt du, plötzlich konnte ich mir doch vorstellen, mit Angelo zusammen zu leben. Ich hatte meine Abenteuer gehabt und genossen und war ruhiger geworden. In der Nacht nach unserem ersten Treffen tat ich kein Auge zu, ich konnte nur noch an Angelo denken und war so dankbar, dass das Schicksal mir eine zweite Chance gab. Diesmal wollte ich alles richtig machen und ihn nicht wieder enttäuschen. Ich wusste, dass Angelo nie geheiratet hatte und bildete mir ein, dass er sein ganzes Leben lang nur mich geliebt und auf mich gewartet hätte."

Sie schaute mich an und lachte auf. „Ich war so dumm, mia cara. Angelo hat nie irgendjemanden außer sich selbst geliebt. Er hat alle Menschen nur benutzt."

Etwas in mir wollte Angelo verteidigen, wollte erzählen, dass er großzügig und liebevoll war, ein echter Freund. Aber ich wusste nicht, was er Francesca angetan hatte, und sie redete bereits weiter.

„Er lud mich in seine Villa ein, machte mir Geschenke, kochte opulente Abendessen für mich und versprach mir das Blaue vom Himmel herunter. Es war eine sehr schöne Zeit, vielleicht die glücklichste in meinem Leben. Ich war seit langem zum ersten Mal wieder richtig verliebt. Doch leider währte dieses Glück nicht besonders lang."

„Warum? Was ist denn passiert?"

„Er begann mich auszufragen. Er wollte wissen, ob meine Großmutter mir etwas über seinen Großvater Salvatore erzählt hätte. Irgendwie hatte er herausgefunden, dass die beiden einmal ein Liebespaar waren. Und nun wollte er von mir erfahren, ob ich vielleicht etwas über seinen verdammten Familienschatz wusste. Erst dachte ich, dass er einfach nur so gefragt hatte. Dass es nichts mit unserer neu erwachten Liebe zu tun hätte. Ich malte mir weiterhin aus, dass ich bald in die Villa einziehen würde – als Angelos Frau. Doch als dieser Mistkerl feststellte, dass er durch mich nichts weiter erfahren würde, ließ er mich fallen wie eine heiße Kartoffel."

„Wie bitte?" Ich konnte nicht glauben, dass Angelo so berechnend gewesen war.

„Du hast ganz richtig gehört. Von heute auf morgen wollte er nichts mehr mit mir zu tun haben. Er hatte von vornherein nur darauf abgezielt, Informationen von mir zu bekommen."

Jetzt sprühten ihre Augen vor Wut. Und ich fragte mich, ob Francesca vielleicht sogar Informationen gehabt hätte. In jedem Fall jedoch war sie viel zu klug und zu stolz, um sich wegen Geld benutzen zu lassen.

„Angelo war wirklich ein Trottel", sagte ich. „Ihr beide wärt ein tolles Paar gewesen."

„Ja, vielleicht." Die Leichtigkeit war in Francescas Stimme zurückgekehrt. „Doch nun ist er tot und dem Rätsel um Salvatores Besitz nie auf die Spur gekommen." Sie lächelte und ich fragte mich, was sie mir wohl verschwieg.

Kapitel 11

Die Bibliothek der Villa war schon als Kind ein verwunschener Ort für mich gewesen. Als ich an einem diesigen Sonntagmorgen den hohen Raum mit seinen unzähligen Büchern betrat, fühlte ich mich einen Augenblick lang wieder wie das kleine Mädchen mit Zöpfen und bunten Sandalen, das ehrfürchtig diesen Saal des Wissens betrachtet hatte. Während meine Eltern mit Angelo über Kunst und Antiquitäten plauderten, sah ich Dinge, die für die Erwachsenen unsichtbar waren. Vorsichtig zog ich Bücher aus den Regalen, strich über goldgeprägte Einbände und betrachtete Bilder, die ihre ganz eigenen Geschichten erzählten.

Auch heute, viele Jahre später, hatte die Bibliothek nichts von ihrer Faszination für mich verloren. Ich ließ meinen Blick über den Stuck an den Wänden gleiten. Teufelsfratzen und Jungfrauen quollen aus den Basisreliefs, es roch nach altem Papier und Lavendelöl, das Luisa gegen Insekten versprüht hatte. Ich hatte gelüftet und ein Fenster offengelassen. Nun wehte der Wind in die Vorhänge und gab den Blick auf den Garten frei, in dem gerade die Bougainvilleas blühten. Das

Leben fand draußen statt, doch ich hatte mich dazu entschlossen, heute die Bibliothek nach versteckten Hinweisen zu durchsuchen. Eigentlich hatte ich zunächst davon abgesehen, da Angelo vermutlich selbst hier auf die Suche gegangen war. Aber was sollte ich anderes tun? Und vielleicht würde mir ja etwas in die Hände fallen, was ihm selbst unbedeutend vorgekommen war. Watson hatte sich nach unserem ausführlichen Morgenspaziergang zu einem Nickerchen zusammengerollt. Ich holte tief Luft, warf einen letzten Blick in den wunderschönen Garten und machte mich an die Arbeit.

Die Bücher standen völlig unsortiert in den Regalen – antiquarische Kostbarkeiten neben historischen Schinken, Liebesromanen, Bildbänden und Kochbüchern. Manche der Bände waren viele hundert Jahre alt und bestimmt ein Vermögen wert, andere wäre man sicher noch nicht mal mehr auf dem Flohmarkt losgeworden. Wo sollte ich anfangen? – Ich fragte mich, ob Angelo selbst schon alle Bücher angesehen und sie dann frustriert irgendwohin zurückgestellt hatte. Wenn überhaupt würde ich einen Hinweis nur in den alten Bänden finden, also fing ich an der linken Regalseite an und zog die Bücher einzeln heraus, untersuchte sie, ob sich vielleicht ein Brief in ihnen befand, eine Postkarte, irgendein Hinweis. Nach gut zwei Stunden schmerzte mein Nacken, meine Finger waren staubig und meine Kehle trocken – gefunden hatte ich gar nichts. Seufzend schlug ich das letzte Buch zu, das ich aus dem Regal genommen hatte, und wollte mich für ein Glas Leitungswasser in die Küche begeben. Da klingelte es an der Haustür.

Watson erwachte aus seinem Hundeschlaf, sprang wie ein Derwisch in die Höhe und raste bellend zur Tür. Ich folgte etwas langsamer. Wer sollte mich am späten Sonntagmorgen besuchen? Mir fiel Francesca ein und ich hoffte, dass sie es war, die geklingelt hatte. Seitdem ich sie kennengelernt hatte, musste ich oft an sie denken. Ich mochte diese ungewöhnliche Frau und ich war überzeugt, dass sie viel mehr über die Villa und deren Vergangenheit wusste, als sie zugegeben hatte. Doch wäre sie bereit, ihr Wissen mit mir zu teilen?

Ich öffnete die Tür und erstarrte. Vor mir stand Luca und hielt zwei Motorradhelme in der linken Hand.

„Hallo Giulia. Tut mir leid, dass ich mich so lange nicht gemeldet habe. Die Arbeit auf dem Weingut frisst mich auf." Er zuckte entschuldigend mit den Achseln „Ich hoffe, du verzeihst mir. Hättest du Lust, die versprochene Motorradtour mit mir anzutreten?"

Ich starrte ihn sprachlos an, verlor mich im Anblick seiner Augen und spürte, wie mein Herz heftig gegen meine Rippen schlug. Was wollte er plötzlich hier? Ich hatte versucht, ihn aus meinen Gedanken zu verbannen, hatte darum gekämpft, meine Enttäuschung zu überwinden. Ich wollte, dass er mir egal war, dass sein Bild nicht mehr in meinen Träumen auftauchte. Und nun stand er nur wenige Zentimeter von mir entfernt vor mir und machte alle guten Vorsätze zunichte. Ich schluckte.

Watson hüpfte wie beim ersten Mal begeistert um Lucas lange Beine herum.

„Ich habe nicht mit dir gerechnet." Verlegen fuhr ich mir mit der Hand übers Gesicht, das sich auf einmal heiß anfühlte.

Luca grinste. „Du hast dir gerade eine Menge Staub ins Gesicht gerieben. Nutzt du den Sonntag, um das Haus zu putzen?"

Er hob seinen Arm und strich mir sanft über die Wange, von der ich mir gar nicht ausmalen wollte, wie sie aussah mit all dem Bücherstaub. Seine Berührung versetzte mich in süße Aufregung und ich schlug alle Bedenken in den Wind.

„Das Haus kann warten. Ich ziehe mich nur schnell um. Bin sofort zurück."

Am liebsten wäre ich die Treppe zu meinem Zimmer hinaufgerannt, aber ich zwang mich, langsam zu gehen, während Luca draußen mit meinem Hund spielte. Ein Blick in den Spiegel verriet mir, dass ich tatsächlich dicke Staubstreifen im Gesicht hatte. Wenn etwas schieflief, dann gründlich. Ich rannte ins Badezimmer, wusch mich, kämmte die Haare, trug im Eilverfahren Wimperntusche und Lippenstift auf und eilte zurück ins Schlafzimmer, wo ich in Chinos und eine rote Bluse schlüpfte und mir noch meine Jeansjacke schnappte. Fertig. Ich redete mir ein, dass ich nicht mitfuhr, weil ich Luca mochte, sondern weil ich einfach die Gelegenheit nutzen musste, um ihm auf den Zahn zu fühlen.

Vielleicht würde ich ja herausfinden, warum er mich neulich angelogen hatte.

Auf dem Weg zur Haustür holte ich noch einen Kauknochen für Watson aus der Küche – eine kleine Entschuldigung dafür, dass er die nächsten Stunden ohne mich verbringen musste.

„Wir können los." Atemlos kehrte ich zum Eingang zurück. Luca saß auf der mit grünen Flechten überzogenen Prachttreppe und spielte mit Watson. Er warf einen kleinen Stock in den Garten. Watson flog hinterher wie ein behaarter Gummiball und brachte die Beute Sekunden später mit seligem Gesichtsausdruck zurück.

„Wird dein Hund dir verzeihen, wenn wir ihn einige Zeit alleinlassen?"

„Vermutlich nur, wenn ich ihm bei meiner Rückkehr sein Lieblingsfutter serviere."

„Na dann, lass uns starten." Er erhob sich und ließ seinen Blick über mich schweifen. Ich fühlte mich wie 14 und ballte die Fäuste. Ich sollte irgendetwas unternehmen, damit er nicht eine solche Macht über mich gewann. Immerhin war es gut möglich, dass er keineswegs wegen meiner schönen Augen hier war. Doch in Lucas Gegenwart fühlte ich mich einfach hilflos – auf eine betörend schöne Art und Weise. Ich bugsierte Watson ins Innere der Villa und schloss die Tür ab. Luca drückte mir einen der beiden Helme in die Hand.

„Es ist dein erstes Mal, oder? Keine Angst. Ich bin ein guter Fahrer und werde langsam fahren."

„Oh, ich habe keine Angst", versicherte ich ihm, während wir über den knirschenden Kies auf sein Motorrad zugingen.

„Es ist eine Moto Guzzi California. Mein Großvater hat sie mir geschenkt", sagte Luca und der Stolz in seiner Stimme war nicht zu überhören. Die schwarze Oldtimermaschine besaß einen breiten, bequem aussehenden Sattel und einen hohen Lenker. Luca half mir, den Helm aufzusetzen und überprüfte, ob er richtig saß. Ich spürte seinen Atem auf meinem Gesicht und sofort fing mein ganzer Körper an zu prickeln.

„Wir kurven ein bisschen durch die Berge und fahren dann runter zum See", sagte Luca und erklärte mir, dass ich mich in den Kurven niemals gegen die Schräglage bewegen dürfte. „Am besten du schaust mir beim Fahren über die Schulter – und zwar über die Seite, die zur Innenseite der Kurve ausgerichtet ist."

Ich nickte und wir stiegen auf. Luca ließ die Maschine an. Ein tiefer, dunkler Klang durchbrach die friedliche Stille des Morgens.

„Bereit?" Er setzte sich eine dunkle Sonnenbrille auf und sah mich an.

„Bereit", wiederholte ich und umfasste seine Hüften mit den Armen.

„Rutsch noch etwas weiter an mich heran und halte deine Hände am besten vor meinen Bauch", sagte Luca und gab vorsichtig Gas. Langsam rollte das Motorrad die lange Allee der Villa entlang, erst auf der Straße fuhr Luca schneller. Ich schmiegte mich an seinen warmen

Rücken, schloss die Augen und atmete seinen Duft ein – eine Mischung aus Leder, Motoröl und Männlichkeit. Während die Welt an uns vorbeiflog, ein Kaleidoskop aus Grüntönen und schiefergrauen Felsen, hüllte mich Lucas Gegenwart ein wie ein Kokon. Ich genoss den Rausch der Geschwindigkeit und fühlte mich dennoch sicher und geborgen.

Und wenn er doch miese Absichten hatte? Ich konnte die zweifelnde Stimme in meinem Inneren nicht ganz ausblenden. Aber ich wollte sie nicht hören, ich wollte einfach weiter so mit Luca dahinfliegen und den Moment genießen.

Wir fuhren über Tignale, Gargnano und Toscolano Maderno nach Salò. Ich kannte den Weg von den Ausflügen in meiner Kindheit, doch noch nie hatte ich die Fahrt so aufregend gefunden wie heute. In Salò steuerte Luca die Maschine auf einen Parkplatz und half mir abzusteigen.

„Wie wäre es jetzt mit einem Eis für die Lady? Schließlich müssen wir feiern, dass du dich gerade als begnadetes Beifahrertalent erwiesen hast!"

Das breiteste Grinsen des Planeten legte sich auf Lucas Gesicht und ich versuchte, eine möglichst würdevolle Miene aufzusetzen.

„Hast du etwa etwas anderes erwartet?"

„Natürlich nicht", beeilte er sich zu sagen und verstaute unsere Helme in einem seitlichen Koffer am Motorrad. Inzwischen hatte sich der morgendliche Dunst komplett verzogen und die Nachmittagssonne knallte heiß auf das Pflaster von Salò. Das elegante und lebendige Städtchen lag geschützt in einer schmalen Bucht am südwestlichen Ufer des Gardasees. Wir bummelten die lange und prachtvolle Uferpromenade entlang, holten uns ein Eis in der Waffel und setzten uns schließlich an den Kiesstrand, wo wir unsere Füße ins klare Wasser hielten.

„Ach, ist das herrlich", sagte ich leise, schloss die Augen und legte den Kopf zurück. Ich hörte das vertraute Glucksen des Sees, spürte Lucas Nähe und hatte auf einmal das Gefühl, als würden wir uns schon ewig kennen. Das Schweigen zwischen uns war angenehm, wir genossen einfach die Gegenwart des anderen und den Zauber des Frühsommertages. Nach einer Weile merkte ich, dass Luca unruhig wurde. Ich blinzelte in die Sonne und fuhr mit meinen Füßen über die glatten Kiesel des Sees. „Müssen wir zurück?", fragte ich.

„Müssen nicht. Aber ich habe dir doch versprochen, dir unser Weingut zu zeigen. Wie wäre es, wenn wir jetzt hinfahren?"

„Das wäre super!"

Im Nu war ich wieder hellwach, schüttelte das Wasser von meinen Füßen und zog meine Turnschuhe an. „Ich bin schon total gespannt, ich war noch nie auf einem italienischen Weingut. Und dann noch vom Juniorchef höchstpersönlich herumgeführt zu werden – das lasse ich mir nicht entgehen!"

„Ich schätze, du spekulierst auf eine Weinprobe. Aber ich muss dich warnen, der Juniorchef ist ziemlich trinkfest!"

Lachend und scherzend machten wir uns auf den Rückweg zum Motorrad und ich lehnte mich erneut an Lucas Rücken, als hätte ich mein Leben lang nichts anderes getan. Zurück nach Tremosine fuhren wir über die Gardesana occidentale, eine der schönsten Straßen der Welt. Ich hatte gelesen, dass vor ihrer Eröffnung im Jahre 1931 viele Orte am Westufer des Sees nur per Schiff erreichbar gewesen waren. 74 Tunnel und über 50 Brücken errichteten die Bauarbeiter für die Traumstraße des Gardasees. Schon oft hatte ich die Fahrt auf ihr im Auto erlebt, aber noch nie hatte ich so viel Spaß daran wie auf Lucas alter Moto Guzzi.

Kurz vor Limone bog Luca von der Uferstraße links in die Strada della Forra ein. Ich rückte noch etwas näher an ihn heran, denn ich wusste, was mich erwartete. Die enge Straße, die in Haarnadelkurven dem kleinen Flüsschen Brasa von Tremosine bis zum Gardasee folgt und dabei förmlich an die Felsen geklebt zu sein schien, hatte es in sich. Als wir in den ersten Tunnel zur Strada della Forra einfuhren, hörte ich im Geiste Reifenquietschen und die Melodie der James Bond-Filme. Eine spektakuläre Szene aus „Ein Quantum Trost" spielt genau auf dieser Straße. Obwohl ich nicht in einem Aston Martin saß, kam ich mir trotzdem wie ein Bond-Girl vor, als wir Kehre um Kehre die steilen Berge hinaufdonnerten und dabei immer mal wieder einen atemberaubenden Blick auf den Lago erhaschten. Ein dunkler Tunnel folgte dem nächsten und manchmal trennte uns nur eine lächerlich erscheinende kleine Leitplanke vom Abgrund. Luca hielt kurz an einer Ampel. Wir hörten das Zirpen der Grillen und uns wurde heiß in der mediterranen Wärme, die sich an der glatten Felswand staute.

Als nächstes führte die Straße in den engen Teil der Brasaschlucht. Wir hörten den Bach in Kaskaden nach unten rauschen und unsere Guzzi zog uns weiter nach oben. Die eng zusammenstehenden Felswände verdeckten das strahlende Blau des Himmels. Kühle umgab uns nun. Auf der linken Seite erinnerte eine mit Kerzen beschienene Gedenkstätte an die Arbeiter, die bei diesem Straßenbau ihr Leben verloren hatten. Über uns wölbte sich eine Steinbrücke, die Schlucht weitete sich. Noch ein paar Kurven und schon hatten wir den Ort Pieve erreicht. Luca drehte leicht den Kopf nach hinten.

„Das war perfekt, Giulia. Hattest du Angst auf dieser Straße?"

„Angst?!", japste ich, „Von mir aus können wir die Strecke gleich noch einmal fahren!"

Luca lachte. „Mutiges Mädchen. Jetzt geht's zum Weingut."

Er lenkte das Motorrad durch Pieve und weiter durch die Berge. Schließlich erreichten wir einen kleinen Schotterweg, an dem ein verwittertes Schild zum Weingut wies. Ich wunderte mich, wie nah das Gut an der Villa Baldini lag. Durch die Wiesen und über die

Feldwege war man wahrscheinlich in wenigen Minuten zu Fuß am Palazzo.

Das Weingut Romano war nicht besonders groß und machte auf den ersten Blick einen freundlichen und gepflegten Eindruck. Es gab ein Bauernhaus aus Bruchsteinen, das romantisch von Efeu überzogen war. Daneben war im rechten Winkel eine große Scheune erbaut worden, eine etwas kleinere befand sich gegenüber. Auf den zweiten Blick allerdings sah man, dass hier und da ein neuer Anstrich fehlte, dass die Fenster erneuert werden müssten und dass das Dach des Wohnhauses seine beste Zeit hinter sich hatte. Luca parkte seine Maschine im Hof und nahm mich bei der Hand.

„Komm, wir gehen zuerst zu den Weinstöcken."

Sie lagen hinter dem Gehöft und dehnten sich auf übereinander geschachtelten Terrassen aus, die allesamt nach Süden ausgerichtet waren.

„Früher, zu Zeiten meines Urgroßvaters, war unser Besitz um einiges größer", erzählte Luca. „Im Laufe der Jahrzehnte musste meine Familie einige Hektar Land verkaufen, um ihre Rechnungen zu bezahlen. Dieses Land fehlt uns heute", erklärte er düster.

Während wir über die sattgrünen Terrassen spazierten, prüfte Luca hin und wieder einen Rebstock, fuhr gedankenverloren über die Blätter und ließ seinen Blick über den Weinberg schweifen. Ich konnte seine Liebe und seine Verbundenheit zu seinem Land so greifbar spüren, als hielte ich sein Herz in den Händen.

„Wir produzieren hier seit Generationen einen wirklich guten Wein", fuhr Luca fort. „Einen Pinot Nero. Die Traube ist zu hundert Prozent Blauburgunder. Doch leider hatten meine Eltern in den letzten beiden Jahren etwas Pech mit dem Wetter. Die Ernte fiel nicht so aus, wie sie gedacht hatten. Und nun habe ich den Betrieb auch noch auf Bio umgestellt, weil ich einfach daran glaube, dass dies der richtige Weg ist."

Ein Schatten hatte sich auf sein Gesicht gelegt. Plötzlich wirkte er müde und traurig. „Doch das alles hat ein gewaltiges Loch in unsere Kasse gerissen. Naja, egal. Jetzt zeige ich dir noch unser Weinlager."

Wir kehrten zurück zum Hof und begegneten einer dunkelhaarigen Frau, die uns neugierig entgegenblickte.

„Hallo Mama. Das ist Giulia, eine Freundin", stellte Luca mich vor. Ich schüttelte ihr die Hand und spürte denselben kräftigen Händedruck, der mir bei meiner ersten Begegnung mit Luca aufgefallen war. Die Romanos waren hart arbeitende Leute, kein Zweifel. Ich versicherte Lucas Mutter, wie sehr mir ihr kleiner Familienbetrieb gefalle, und ein Strahlen huschte über ihr Gesicht.

„Wir Romanos haben vielleicht nicht das feudalste Weingut hier am Gardasee, aber unsere Weine können sich sehen lassen", sagte sie stolz. Signora Romano blickte zu ihrem hochgewachsenen Sohn auf und ich erkannte all die Liebe und Hoffnung, die sie in ihn setzte.

„Wo ist Vater?" Luca vergrub seine Hände in den Taschen seiner Jeans und blickte zum Haus hinüber.

„Er ist zum Nachbarn gegangen. Massimo will vielleicht seinen Traktor verkaufen. Dein Vater will mit ihm darüber reden."

Luca nickte. Er hatte die Lippen zusammengepresst und dachte offenbar über etwas Unangenehmes nach.

„Wir gehen runter in den Weinkeller", sagte er schließlich.

„Wenn ihr mögt, dann kommt doch danach gerne noch für eine Brotzeit ins Haus", schlug sie vor, lächelte uns an und kehrte zur Haustür zurück.

Ich folgte Luca in die größere der beiden Scheunen, die sich hauptsächlich als Lagerhalle entpuppte. Im letzten Drittel führte eine Wendeltreppe in einen kühlen Gewölbekeller. Hier reihten sich etliche Edelstahltanks aneinander. Luca erklärte mir die Vorgänge der Gärung und Lagerung, doch ich hörte nur mit halbem Ohr zu. Während ich meinen Blick durch den dämmrigen Raum schweifen ließ, hatte ich im hintersten Winkel einige alte Schwarzweiß-Fotografien an der Wand entdeckt.

„Was sind denn das für Fotos?", unterbrach ich nicht besonders höflich Lucas Ausführungen und setzte mich bereits in Richtung der gerahmten Bilder in Bewegung. Er stutzte und folgte mir, bis wir beide vor den Aufnahmen standen, die offenbar Familienmitglieder der Romanos zeigten. Meine Aufmerksamkeit wurde vor allem von einer Fotografie gefesselt, die zwei junge Männer abbildete. Jeder hatte den Arm um die Schulter des anderen gelegt und beide lächelten mit blitzenden Augen in die Kamera. Den einen von ihnen kannte ich.

134

Sein Bild hing in der Villa und ich hatte schon oft genug Zwiesprache mit ihm gehalten. Der andere musste ganz eindeutig Salvatores Freund Paolo sein. Die Ähnlichkeit zwischen Luca und seinem Urgroßvater war frappierend. Beide hatten das gleiche schmale Gesicht, die sinnlichen Lippen, die von langen Wimpern beschatteten Augen. Sie hätten Brüder sein können, so ähnlich sahen sie sich.

„Das ist Paolo Romano, dein Urgroßvater. Richtig?" Obwohl ich flüsterte, klang meine Stimme zu laut in der Stille des Weinkellers.

Luca runzelte die Stirn. „Das stimmt. Und das neben ihm ist sein Mörder."

Seine Worte hinterließen einen Schauer auf meiner Haut. Wenn ich bis eben noch Zweifel daran gehegt hatte, dass Luca die Baldinis hasste, so hatte dieser Satz sie ausgeräumt. Ich drehte mich zu ihm und fasste seinen Arm.

„Nein! Das darfst du nicht denken. Salvatore hat seinen Freund nicht getötet."

Er lachte zynisch auf. „Ach ja? Woher willst du das wissen? Bist du dabei gewesen?" Er schüttelte ärgerlich den Kopf. „Ganz ehrlich, Giulia, was denkst du dir dabei, so etwas zu sagen? Du kommst aus Deutschland zu uns an den Lago, lebst hier ein paar Wochen und glaubst, die Vergangenheit zu kennen? – Vermutlich hat Angelo dir eingetrichtert, dass sein Vorfahre bar jeder Schuld war. Doch das stimmt nicht. Salvatore Baldini hat meinen Urgroßvater im Zorn getötet und irgendwo

135

verschart. Mein Großvater musste ohne Vater aufwachsen, seine Hand fehlte auf dem Weingut und die Familie geriet in Schulden, unter denen sie heute noch leidet. Und all das nur wegen diesem alten Baldini."

Die letzten Worte hatte er förmlich ausgespien. Fast befürchtete ich, dass er das Foto anspucken würde.

„Warum habt ihr ihn hier aufgehängt?" Ich deutete mit dem Kopf auf die sepiafarbene Fotografie. „Wenn ihr doch glaubt, dass er Paolo umgebracht hat."

Luca hatte den Blick starr auf Salvatore gerichtet.

„Damit wir nicht vergessen."

Fast grob fasste er nun meinen Arm und zog mich von der Wand mit den Bildern fort. Die Harmonie, der Zauber zwischen uns, war verflogen. Schweigend stiegen wir die Treppe hinauf und ich befürchtete schon, dass er mich nun schnurstracks zur Villa zurückbringen würde, doch Luca schien sein Versprechen mit der Weinprobe einhalten zu wollen. Gerade als er zu einer der Flaschen im Regal griff, fuhr draußen ein Wagen vor. Eine Autotür klappte und jemand stieg aus. Luca ging zur angelehnten Scheunentür und spähte durch den Spalt nach draußen. Dann fluchte er leise.

„Alles in Ordnung?" Ich kam mir inzwischen schon etwas fehl am Platze vor. Über Lucas Schulter hinweg erhaschte ich einen Blick auf den Besucher. Ein älterer Typ in einem teuren Anzug war aus einem silbernen Audi gestiegen und sah sich geringschätzig auf dem Hof um. Dann ging er zielstrebig zur Haustür und klingelte. Lucas Mutter öffnete und sah nicht minder missmutig drein als zwei Minuten vorher ihr Sohn. Der Mann verschwand im Haus und Luca legte den Finger auf seine Lippen.

„Psst, sei leise. Wir verschwinden von hier. Vielleicht will er nur Wein kaufen, aber er könnte auch wegen einer anderen Sache hier sein. Und da habe ich heute wirklich keine Lust drauf."

Er wandte sich noch einmal zum Weinregal um, zog zwei Flaschen hervor und murmelte leise vor sich hin. „Noch nicht mal sonntags lassen einen die Aasgeier in Ruhe", verstand ich.

„Wieso? Wer ist denn dieser Typ?", fragte ich.

Eine steile Falte hatte sich zwischen Lucas Augenbrauen gebildet.

„Er arbeitet bei der Bank. Eine Unverschämtheit, hier am Sonntag aufzukreuzen."

Es war offensichtlich, dass Luca nicht weiter über die Sache reden wollte.

„Jetzt muss es schnell gehen", raunte er mir zu, nahm meine Hand, stieß die Scheunentür auf und rannte mit mir zu seinem Motorrad. Ich hatte zwar keine Ahnung, warum wir plötzlich auf der Flucht waren, aber was blieb mir anders übrig, als hinter Luca auf die Moto Guzzi zu springen und mich schnell an ihm festzuhalten?

Das Motorrad startete und Sekunden später jagten wir den Schotterweg entlang, der zur Straße führte. Ich blickte mich um und sah, wie Lucas Mutter und der fremde Mann aus der Haustür traten und uns nachschauten.

Wie ich mir schon gedacht hatte, lag die Villa ganz in der Nähe des Weingutes. Als Luca die Maschine vor dem Eingang abstellte und ich vom Sitz krabbelte, blieb er sitzen, nahm den Helm ab und sah mich mit zerknirschtem Gesichtsausdruck an.

„Es tut mir leid, Giulia. Die Weinprobe hast du dir sicher anders vorgestellt und so war sie auch nicht geplant. Ich hätte dich danach zum Abschluss auch gerne noch in ein Restaurant zum Essen eingeladen. Aber jetzt ist alles irgendwie aus dem Ruder gelaufen. Vielleicht sollte ich besser fahren ...“

Ich stand mit klopfendem Herzen vor ihm und wünschte, er hätte die letzten Sätze nicht gesagt. Die Vorstellung, den wunderschönen Tag in dieser Missstimmung zu beenden, in die Villa zu gehen und den Abend allein zu verbringen, ließ mich fast verrückt werden.

„Bitte geh nicht.“

Für die Unendlichkeit eines Augenblicks trafen sich unsere Blicke und etwas passierte zwischen uns. Ich vergaß die Welt um mich herum. Die Villa, der Garten, der Jasminduft, der in der Luft hing, und das rosafarbene Abendlicht – all das verschmolz zu einem großen, unscharfen Hintergrundbild. Ganz klar sah ich dagegen die kleinen hellen Fünkchen, die in Lucas kastanienfarbenen Augen tanzten. Seine Lippen, die sich zu einem Lächeln öffneten. Die beiden Grübchen, die sich rechts und links auf seinen Wangen bildeten. Am liebsten wäre ich den einen Schritt, der uns trennte, auf

138

ihn zugegangen und hätte mit meiner Hand in seine wilden Locken gegriffen. Doch ich traute mich nicht.

Dafür kam Luca nun auf mich zu. Er stieg vom Motorrad und rückte näher. Sein Blick hielt mich fest und meine Knie wurden weich. Im nächsten Moment legte er die Arme um mich und zog mich fest an sich heran. „Giulia", flüsterte er heiser und beugte seinen Kopf zu mir hinunter. Hauchzart streiften seine Lippen meine Wange und mein ganzer Körper schien plötzlich in Flammen zu stehen. Ich hob ihm mein Gesicht entgegen und wünschte nur eines: dass er mich endlich küssen würde.

Doch mit einem Ruck zog sich Luca von mir zurück und ließ mich los. Ich stolperte einen Schritt zurück und fühlte mich, als würde mich jemand von einer Klippe schubsen. Luca sah mich erschrocken an. Wie jemand, der etwas Verbotenes getan hatte.

„Es tut mir leid", sagte er schon zum zweiten Mal an diesem Abend.

Was sollten diese verdammten Entschuldigungen? Hatte er etwa eine Freundin, die ihm im letzten Moment wieder eingefallen war? Oder war es, weil ich die Villa seiner Erzfeinde geerbt hatte? Ich hoffte, er würde irgendetwas sagen, doch Luca hatte nur einen Punkt in weiter Ferne angepeilt und schien mit sich zu ringen, was er als Nächstes tun sollte. Wahrscheinlich nach Hause fahren und das wollte ich auf keinen Fall.

„Lass uns reingehen", sagte ich, als wäre nichts geschehen. Als hätte nicht gerade die Welt einen Moment für mich stillgestanden.

Ich ging zum Eingang und schloss die Tür auf. Watson stürmte mit beleidigter Miene an mir vorbei und ignorierte mich vollständig. Dafür stürzte er sich mit größter Begeisterung auf Luca. So viel zum Thema langjährige Freundschaft zwischen Hund und Frauchen. Aus dem Augenwinkel sah ich, dass Luca sich zu Watson hinabbeugte und leise mit ihm sprach. Dann folgten die beiden mir ins Innere der Villa. Immerhin sorgte der Hund dafür, dass sich die Verlegenheit zwischen uns legte.

„Hast du Hunger?", fragte Luca. Ich zuckte die Achseln. „Ein bisschen schon." Inzwischen war es Abend geworden und außer dem Eis in Salò hatte ich den ganzen Tag nichts gegessen.

„Was hältst du davon, wenn ich uns beiden etwas zaubere und du Watson einen kleinen Spaziergang gönnst?" Luca schien langsam zu seiner gewohnten Unbefangenheit zurückzufinden.

„Du kannst kochen?", fragte ich. Tatsächlich hatte ich eher damit gerechnet, dass seine italienische Mama ihn nach Strich und Faden verwöhnte und er eher der Typ war, der den Pizza-Bringservice anrief.

„Du wirst schon sehen", schmunzelte Luca. „Ich hoffe allerdings, dass du zumindest ein paar Grundnahrungsmittel in deiner Küche hast."

„Ein bisschen was ist da", sagte ich.

„Na, dann lass Watson nicht länger warten, ich finde mich schon zurecht."

Ich blieb noch einen Moment unschlüssig stehen. Doch Luca hatte sich schon umgedreht und ging pfeifend in Richtung Küche. Als ich eine halbe Stunde später mit einem versöhnten Watson zurückkehrte, duftete es schon himmlisch nach Thymian, Rosmarin, Knoblauch und Oregano im Haus und im Ofen blubberte eine Lasagne mit viel frischem Gemüse vor sich hin. Luca hatte den Wein hereingeholt und geöffnet.

„Wo wollen wir essen? Hier in der Küche?"

Ich schüttelte den Kopf. Der laue Sommerabend war wie geschaffen für ein Essen auf der Terrasse. „Ich decke draußen den Tisch. Gib mir zehn Minuten."

Als Luca kurze Zeit später mit dem Wein und zwei Gläsern auf die Terrasse kam, war er es, der staunte.

Ich hatte eine rotweiß-karierte Decke auf den Tisch gelegt, das gute Geschirr hervorgeholt und einige Teelichter platziert. Die Terrasse sah aus wie aus einem Werbefilm für Italienurlaub.

„Wow! Angelo scheint nicht schlecht gelebt zu haben." Obwohl Lucas Augen bewundernd an dem Szenario der abendlichen Terrasse mit Seeblick klebten, klang sein Tonfall verächtlich. Erst als er meine enttäuschte Miene registrierte, besann er sich eines Besseren. „Du hast den Tisch wunderschön gedeckt, Giulia. Besser als hier könnten wir nirgendwo essen. Aber erstmal gibt es jetzt einen Schluck von meinem Wein."

Wir setzten uns an den Tisch und Luca füllte unsere Gläser. Rubinrot leuchtete der Wein in meinem langstieligen Kristallglas.

„Was riechst du?"

Luca ließ den Wein im Glas kreisen und hielt seine Nase darüber. Ich tat es ihm gleich und schloss die Augen.

„Kirsche", sagte ich nach einer Weile.

„Nicht schlecht. Und nun probier' ihn mal." Luca beobachtete jede Regung meines Gesichtes. Ich nahm einen kleinen Schluck und ließ das Aroma auf der Zunge zergehen, ehe der Wein durch meine Kehle rann. Er fühlte sich warm im Mund an. Im ersten Moment dominierten die fruchtigen Töne, doch dann schmeckte ich auch würzige Nuancen, einen leicht mineralischen Geschmack. Ich stellte das Glas zurück und sah Luca an, der schweigend auf mein Urteil wartete.

„Ein toller Wein, dein Pinot Nero. Rund und harmonisch. Ich glaube, ich würde sein Aroma immer wieder erkennen und ihn wahrscheinlich noch nach Jahren mit diesem Tag heute in Verbindung bringen."

Luca lächelte geschmeichelt. „Danke für das Kompliment. Für mich ist Wein pure Magie. Die Natur führt den Zauberstab über sein Gedeihen und wir Winzer hegen und pflegen ihn und greifen nur dort ein, wo es erforderlich ist."

Er erhob sein Glas und prostete mir zu. „Alla salute, Giulia, auf einen schönen Abend."

Und es wurde ein schöner Abend. Wir ließen uns Lucas Lasagne schmecken, während der Tag langsam der Nacht wich. Bald wurde die Terrasse nur noch vom Mond, den Sternen und den Kerzen erhellt. Auf der anderen Seeseite sahen wir die Lichter von Malcesine funkeln. Ein leichter Wind raschelte in den Bäumen und aus dem dunklen Garten drang das Rufen der Zwergohreulen zu uns herüber. Wir mieden das Thema Villa und schilderten uns gegenseitig Begebenheiten aus unserem Leben. Luca erwies sich als guter Erzähler, der Erlebnisse spannend und anschaulich wiedergab und mich dabei auch noch zum Lachen brachte. Doch schließlich landeten wir doch wieder in der Gegenwart.

„Was sagt eigentlich dein Freund dazu, dass du hier so ganz allein wohnst?" Luca hatte sich zurückgelehnt und sah mich abwartend an.

„Nichts. Ich habe keinen."

Sah ich da so etwas wie Erleichterung in seinen Augen aufblitzen?

„So eine schöne Frau wie du ... Das kann man fast nicht glauben."

„Tja, ist aber so. Ich hatte einen Freund. Er war Professor an meiner Uni. Aber ich habe mich kürzlich von ihm getrennt."

Luca nickte schweigend.

„Was ist mit dir? Gibt es eine Signora Romano in spe?"

Er schüttelte den Kopf. „Ich hatte so etwas wie eine Sandkastenliebe. Maria. Aber sie hat in der Zeit als ich in Kalifornien war, einen anderen geheiratet."

„Tut mir leid", log ich. „Ich hoffe, du bist darüber hinweg?"

Ein winziges Lächeln umspielte Lucas Mund. Ich hatte das unangenehme Gefühl, dass er mich durchschaut hatte.

„Ich hab's überlebt", antwortete er.

Die Weinflasche war fast leer. Luca verteilte den Rest auf unsere beiden Gläser und wir stießen noch einmal miteinander an. Ich spürte, dass ihm etwas auf den Nägeln brannte und er nur zögerte, es auszusprechen. Doch schließlich gab er sich einen Ruck.

„Wie soll es denn nun weitergehen, wirst du hierbleiben, Giulia? Willst du dir einen Job in Italien suchen oder gehst du zurück nach Deutschland?"

Ich seufzte. Gute Frage. Leider hatte ich selbst noch keine Antwort darauf. Im Moment konnte ich einfach nicht in mein altes Leben zurück. Ich hatte eine Mission zu erfüllen. Meine Verbindung zu Salvatore Baldini, jenem Mann, der vor hundert Jahren hier gelebt hatte, war inzwischen so stark geworden, dass ich gar nicht anders konnte, als seine Unschuld zu beweisen. Die Suche nach dem Familienschatz kam erst an zweiter Stelle, doch ich spürte, dass sein Geheimnis ohnehin damit zusammenhing, was damals zwischen Salvatore und Paolo geschehen war. Doch sollte ich Luca davon erzählen? – Er würde denken, ich sei verrückt.

Außerdem war er selbst nicht ehrlich zu mir gewesen, als er das erste Mal hier gewesen war. Obwohl er sich in seinem Weinkeller verraten hatte, was seine Gefühle für die Baldinis betraf, hatte er bis jetzt nicht erklärt, warum er neulich wirklich hierhergekommen war.

„Du könntest die Villa verkaufen und dir von dem Erlös ein schönes Luxusleben leisten", fügte Luca hinzu.

„Nein, kann ich nicht." Ich schüttelte den Kopf. „Angelo hat in seinem Testament verfügt, dass ich die Villa vorerst nicht verkaufen darf."

„Vorerst? Was heißt das?"

Ich holte tief Luft. Plötzlich war ich es leid, ständig auf der Hut zu sein, zu taktieren, abzuwägen, was ich sagen durfte und was nicht.

„Angelo hat mir die Villa nicht einfach so vererbt. Er hat mir ein Ultimatum gestellt. Wenn ich den Familienschatz, den Salvatore damals im Krieg beiseitegeschafft hat, nicht innerhalb eines Jahres finde, muss ich wieder ausziehen und Carlo bekommt die Villa."

„Was?" Luca war vor Überraschung die Kinnlade heruntergefallen.

Ich nickte beklommen. „Du hast schon richtig gehört. Und nun sind die ersten Wochen schon verstrichen, ohne dass ich auch nur die kleinste Kleinigkeit herausgefunden habe. Ich habe das Gefühl, dass mir die Zeit durch die Finger rinnt. Ehe ich mich versehe, wird mich Carlo hier in hohem Bogen hinauswerfen, die Villa verscherbeln und das Geld im Spielcasino verprassen. Genau das, was Angelo nicht gewollt hatte."

„Dann hätte der alte Gauner dich nicht so unter Druck setzen sollen. Was für ein Idiot!"

Luca raufte sich seine dunklen Locken und wirkte, als wolle er einem unsichtbaren Angelo an die Gurgel gehen.

Ich zuckte die Achseln. „Er wollte wohl ein bisschen das Tempo erhöhen. Aber nun weißt du, warum ich erstmal nicht nach Deutschland zurückkehre. Ich bin auf Schatzsuche."

Luca sah mich mit einem Ausdruck in den Augen an, den ich noch nicht an ihm gesehen hatte. Mir kroch eine Gänsehaut über den Rücken.

„Eine Schatzsuche kann auch gefährlich sein, Giulia. Ich denke, ich sollte dir helfen."

Kapitel 12

Berthold Sandelroth steuerte seinen Porsche beinahe in Schrittgeschwindigkeit über die Gardesana durch Limone. Inzwischen war es Mitte Juni geworden, der Oleander blühte und der Gardasee lockte Heerscharen von Touristen an. Autos und Wohnmobile verstopften die schmale Küstenstraße. Ab und zu surrten sehnige Rennradfahrer in bunten Trikots an den Fahrzeugkolonnen vorbei.

„Idiotische Selbstmordkandidaten", schüttelte Berthold den Kopf. Er hatte wieder eine Suite im Imperial gebucht, diesmal auf unbestimmte Zeit. In den letzten Wochen war sein Plan gereift, den Familienschatz der Baldinis zu finden – um jeden Preis. Er vermisste Giulia. Ihren heiteren Charme, ihren jugendlichen Elan, das helle Lachen. Seitdem sie sich getrennt hatten, verliefen Bertholds Abende eher trostlos. Er ging ins Fitnessstudio und ins Restaurant – immer allein. Er sah sich Dokumentationen auf arte an, besuchte Vorstellungen im Theater und in der Oper und kehrte einsam in seine Wohnung zurück. So konnte es nicht weitergehen. Es gab nur eine Lösung: Er musste den Schatz der Baldinis finden.

Berthold war überzeugt, dass Giulia mit fliegenden Fahnen zu ihm zurückkehren würde, wenn er ihr erst die Juwelen, das Gold und was auch immer das Erbe der Grafenfamilie ausmachte, zu Füßen legen würde. Und so hatte Berthold irgendwann damit aufgehört, Fernsehen zu gucken und ins Theater zu gehen. Stattdessen hatte er die Geschichte des nördlichen Gardasees zu Zeiten des Ersten Weltkrieges studiert, er hatte sich durch Online-Bibliotheken gelesen und recherchiert, wo die Menschen zu dieser Zeit bevorzugt ihre Reichtümer versteckt hatten. Richtig viel hatte ihm dies alles nicht gebracht. Doch dann hatte er einen Anruf Carlo Baldinis erhalten. Er wollte sich mit ihm treffen. Angeblich war er auf etwas gestoßen, dass Bertholds Suche vorantreiben könnte.

Sandelroth lenkte den Wagen in die Auffahrt des Imperial. Heute Abend würde Baldini in die Bar des Hotels kommen. Er war gespannt. Die Stimme des Italieners hatte aufgeregt geklungen. In ein paar Stunden würde er mehr erfahren.

***

Ein heißer Tag war zu Ende gegangen. Ich hatte mal wieder Teile der Villa auf den Kopf gestellt und mir mein Gehirn darüber zermartert, was damals zwischen Salvatore und Paolo vorgefallen sein mochte. Ich hatte aber auch immer wieder darüber nachdenken müssen,

148

was ich von Lucas Angebot halten sollte, mir zu helfen. Auf der einen Seite freute ich mich darüber, doch andererseits hatte ich das dumme Gefühl, dass seine Hilfsbereitschaft nicht ganz uneigennützig war. Watson hatte den ganzen Tag träge in der Küche gelegen, ihm war viel zu warm für anstrengende Hundeaktivitäten. Erst als die Dämmerung einsetzte, erwachte er zu neuem Leben – genau wie ich.

So unternahmen wir unseren Abendspaziergang ein wenig später als üblich, zur blauen Stunde. Die Dämmerung und ihre leicht melancholische Stimmung passten zu meinem Befinden, als wir zwischen Weinbergen und Olivenhainen liefen, Tremosines einsames Zwischenreich zwischen Himmel und See. Nach einer Weile kamen wir am Friedhof vorbei. Hier hatte ich vor einigen Wochen an Angelos Beerdigung teilgenommen – noch völlig ahnungslos, wie sich mein Leben in den kommenden Monaten ändern würde. Ich warf einen Blick von oben auf das von einer Mauer umgebene Reich der Toten. Vor vielen der weißen Schiebegräber, die sich übereinander in den Wänden befanden, flackerten orangerote Elektrokerzen und vermittelten eine tröstliche Atmosphäre. Die Toten der Familie Baldini waren in einer feudaleren Gruft am Ende des Friedhofs untergebracht. Sie lag im Dunkeln und ich musste meine Augen anstrengen, um sie überhaupt zu lokalisieren. Als ich nun endlich die Konturen der Gruft erkannte, blieb mir vor Schreck fast das Herz stehen. Bis jetzt hatte ich keinen einzigen Menschen hier gesehen, doch nun nahm ich eine Gestalt wahr, die still vor der Baldini-Gruft stand.

Ich versuchte, genauer hinzusehen, die Dämmerung zu durchdringen. Die Person war groß und schlank und trug einen breitkrempigen Hut. Alle Farben waren einem dunklen Grau gewichen. Doch je länger ich zum Grab starrte, umso sicherer war ich, dass es sich bei der Person um eine Frau handelte. Konnte es Francesca sein, die ihrem ehemaligen Geliebten einen Besuch abstattete?

Ich nahm meinen ganzen Mut zusammen, befestigte die Leine an Watsons Halsband und stieg mit ihm die Treppe zum Friedhof hinab. Der Kies knirschte unter meinen Fußsohlen, als ich zwischen den Gräbern auf die Gruft zulief, deren Tür offenstand. Erst als ich sie fast erreicht hatte, drehte sich die Person um, die davorstand.

Francesca lächelte, als sie mich erkannte. „Ah, Giulia, du bist es. Was für eine Überraschung."

Eigentlich sah sie gar nicht überrascht aus. Ich bemerkte, dass auch in der Gruft einige Lichter brannten. Es duftete betörend nach Rosen und ich vermutete, dass Francesca einen frischen Strauß mitgebracht hatte. Ältere Blumen wären bei der Hitze heute längst verwelkt gewesen. Irgendetwas kam mir jedoch merkwürdig vor. Noch während ich Francesca begrüßte, wurde mir klar, was es war. Die Rosen steckten nicht etwa vor dem neuen Grab Angelos, sondern vor dem kunstvollen Relief einer viel älteren Ruhestätte. Ich reckte meinen Kopf, um den Namen auf der weißen Marmorplatte zu lesen. Francesca kam mir zuvor.

„Es ist Salvatores Grab."

Die eingravierten Worte auf dem Schild verschwammen vor meinen Augen. Dafür sah ich in zwei Augen auf einem sepiafarbenen Foto, die mir wohlbekannt waren. Salvatore trug einen leicht amüsierten und sehr selbstbewussten Gesichtsausdruck auf diesem Bild. Der Fotograf hatte ihn gut erwischt. Salvatore wirkte so, als habe er noch jede Menge vor in seinem jungen Leben. Pläne, die eine Gewehrkugel im Krieg zunichtegemacht hatte.

„Du schmückst sein Grab mit Rosen?"

Ich riss mich von Salvatores Anblick los und starrte Francesca an. Sie zuckte die Achseln.

„Ich habe es meiner Großmutter versprochen. Sie hat ihn geliebt – obwohl er eine andere geheiratet hat." Francesca lächelte traurig. „Jede andere Frau hätte ihn bis in alle Ewigkeiten verflucht, aber Cecilia war eben anders."

„Vielleicht sind sie heute zusammen. In einer anderen Welt."

Ich glaubte daran, dass unsere Seelen ewig leben, und stellte mir gerne vor, dass es eine universelle Gerechtigkeit gab, die dafür sorgte, dass die Dinge in Ordnung kamen.

„Tja, wer weiß das schon? Wenn es jemand verdient hat, sein Glück zu finden, dann ist es auf jeden Fall meine Großmutter. Möchtest du sie kennenlernen?"

Ich schaute Francesca mit großen Augen an. Sie nahm meinen Arm.

„Na, sie liegt natürlich auch hier, nur ein paar Meter weiter, wenn auch nicht ganz so prachtvoll."

Francesca dirigierte mich zu einem Kolumbarium, in dem die Urnen in kleinen Fächern übereinandergestapelt waren.

„Dort liegt sie." Francesca wies auf ein kleines Fach, auf dem nur Cecilias Name und ihre Geburts- und Sterbedaten eingraviert waren. Außerdem gab es ein Foto, das sie als alte Frau mit grauen Haaren und runzeliger Haut zeigte. Ihr Blick ruhte freundlich und weise auf dem Fotografen, der das Bild geknipst hatte.

„Lass dich nicht täuschen, das Foto zeigt sie in ihren 80ern. Doch als sie jung war, galt Cecilia als das schönste Mädchen von ganz Tremosine", sagte Francesca. Das hätte sie mir nicht zu erzählen brauchen. Meine Intuition oder wie immer man diese Gabe nennen sollte, hatte mir schon Bilder in meinen Kopf gesendet, die eine zierliche Brünette mit ebenmäßigen Gesichtszügen und strahlenden Augen zeigten. Ich spürte die besondere Ausstrahlung, die von ihr ausgegangen war. Ein Charisma, das nur wenigen Menschen zuteilwird. Die Begegnung mit der jungen Cecilia musste für jeden wie ein Sonnenstrahl in der Dunkelheit gewirkt haben. Ich konnte verstehen, dass Salvatore von ihr hingerissen gewesen war.

Francesca betrachtete mich mit überraschtem Gesichtsausdruck. „Du kannst sie spüren, nicht wahr? Die Spuren, die manche Menschen hinterlassen, wenn sie gegangen sind."

Ich schluckte. Das war ein Thema, über das ich nicht sprechen wollte. Deswegen räusperte ich mich umständlich und sagte betont heiter: „Deine Großmutter ist garantiert eine tolle Frau gewesen. Das sieht doch jeder an ihrem Bild. Du kannst stolz auf sie sein."

Francesca verengte die Augen und nickte langsam. „Das bin ich, Giulia. Auf meine Familie lasse ich nichts kommen."

Einen Moment lang sahen wir uns schweigend an. Ich ahnte, was sie mir mit ihren Worten zu verstehen geben wollte. Wenn sie etwas über das Verschwinden von Paolo oder dem Verbleib des Schatzes wusste, so würde sie es mir jedenfalls nicht auf die Nase binden.

***

Berthold Sandelroth stand an der Bar des Imperial und beobachtete die Gäste, die nach dem Abendessen zu einem Digestiv hereinströmten. Er selbst hatte am Abend nur einen Salat zu sich genommen. Seitdem er die fünfzig überschritten hatte, musste er mehr auf sein Gewicht achten als in jungen Jahren. Er strich sich über seinen Kopf mit den militärisch kurz gestutzten Stoppeln und gab dem Barchef ein Zeichen, dass er etwas bestellen wollte.

„Einen Gin Tonic. Haben Sie Hendrick's Gin?"

Der Chef de bar nickte und gab Eiswürfel in ein Glas, das er mit dem gewünschten Gin und Tonicwater auffüllte. Für Berthold war der schottische Hendrick's Gin mit seinen Aromen von Koriander, Rosenblättern, Gurkenextrakten und Zitrusschalen einfach der beste Gin der Welt. Er nannte seine Zimmernummer und nahm seinen Drink entgegen. Schade, dass Giulia jetzt nicht an seiner Seite war. Sie bevorzugte Aperol spritz als Longdrink, obwohl Berthold ihr tausendmal gesagt hatte, dass Gin Tonic einfach die bessere Wahl war. Irgendwann würde sie es schon kapieren. Immerhin war sie seine beste Studentin gewesen und in der Zeit, als sie zusammen gewesen waren, hatte sie viel von ihm gelernt. Berthold seufzte. Giulia nur wenige Fahrminuten von ihm entfernt allein in der Villa zu wissen, schmerzte. Aber er musste jetzt Geduld haben. Seine Zeit würde kommen, da war er sich ganz sicher.

Hinter einem jungen, eleganten Paar, das die Bar betreten hatte, schnaufte nun ein Italiener herein, der sich dringend einer Diät unterziehen musste, wenn ihn nicht bald ein Herzinfarkt hinwegraffen sollte: Carlo Baldini.

Berthold hob die rechte Hand und gab ihm lässig ein Zeichen, dass er bereits auf ihn wartete. Carlo verzog das Gesicht zu einem öligen Grinsen und marschierte auf ihn zu.

„Professore, schön, dass Sie so schnell kommen konnten. Ich glaube, ich habe hier etwas, das Ihnen bei Ihren Recherchen weiterhelfen könnte."

Er wedelte mit einem Stapel Briefen, die einen muffigen Geruch verströmten, vor Bertholds Nase herum.

„Signore Baldini, schön Sie zu sehen", sagte Berthold und versuchte, seine Abscheu vor dem ungehobelten Grafen zu verbergen. Er wies auf einen freien Tisch in der Nähe. „Vielleicht sollten wir uns setzen. Ich bin mir sicher, dass das, was sie mir zeigen wollen, nicht für fremde Augen und Ohren bestimmt ist."

Carlo blickte sich erschrocken um, als lauerten bereits Verschwörer unter den Besuchern der Bar.

„Da haben Sie vollkommen recht, von diesen Briefen darf vorerst niemand außer Ihnen erfahren."

Die beiden Männer setzten sich an den Tisch, Carlo bestellte einen Jack Daniel's und tupfte sich den Schweiß mit einem Taschentuch von der Stirn. „Verfluchte Hitze heute. Die könnten die Klimaanlage ruhig etwas höher drehen."

Und du könntest ruhig etwas weniger fressen und saufen und dich mehr bewegen, dachte Berthold, ohne eine Miene zu verziehen. Stattdessen setzte er ein freundliches Lächeln auf und fragte: „Was haben Sie mir denn da mitgebracht, Signore Baldini?"

Der Graf setzte eine wichtige Miene auf. „Briefe. Ich habe sie schon als kleiner Junge gefunden. Wissen Sie, wir hatten damals so einen kleinen Pavillon im hinteren Teil des Gartens. Heute ist er längst abgerissen, weil er so marode war. Aber als Kind habe ich gerne dort gespielt. Irgendwann stellte ich fest, dass eines der Bretter unter den Sitzbänken locker war."

Carlo schwieg einen Moment und schüttelte dann belustigt den Kopf. „Ich glaube, ich hatte mich damals vor meinen Eltern versteckt, weil ich irgendetwas ausgefressen hatte. Ich hörte sie nach mir rufen und kroch unter diese alte Sitzbank. Schon verrückt, wenn ich mich nicht zufällig genau dort versteckt hätte, hätte ich diese Briefe nie gefunden. Damals fand ich sie allerdings nicht besonders spannend. Ich hatte sogar ganz vergessen, dass ich sie besitze. Das ist mir erst vor ein paar Tagen wieder eingefallen, als ich über die Villa nachgedacht habe."

Berthold gingen die umständlichen Schilderungen des Grafen auf den Geist.

„Enthalten die Briefe denn konkrete Hinweise auf den Verbleib Ihres Familienerbes?"

„Ach, Professore, wenn dem so wäre, dann bräuchten wir Sie doch nicht."

Carlo nahm einen Schluck von seinem Whiskey und schmatzte vernehmlich. „Die Briefe stammen von meinem Großvater Salvatore. Er muss sie kurz vor seinem Tod geschrieben haben. Und nun raten Sie mal an wen?"

Berthold musste sich zusammenreißen, um seinen Unmut zu unterdrücken. Woher zum Teufel sollte er wissen, an wen die Briefe gerichtet waren?

„Das werden Sie mir nun sicher mitteilen, nicht wahr?"

Carlo schob den Stapel Papier zu ihm hinüber. „Der alte Hurensohn hatte eine Geliebte, stellen Sie sich das mal vor!"

Carlo klang, als sei dies die größte Sünde der Menschheit und er selbst ohne Fehl und Tadel.

„Salvatore muss völlig vernarrt in diese Frau gewesen sein. Lesen Sie selbst!"

Er winkte dem Kellner, damit er neue Drinks brachte, und fächelte sich Luft zu. Berthold zog einen der Umschläge hervor, nahm vorsichtig den schon brüchig gewordenen Brief heraus und begann zu lesen.

Meine geliebte Cecilia,

nun ist es schon über ein Jahr her, dass ich mich dem Willen meiner Eltern gebeugt und dich verlassen habe. Heute weiß ich, dass dies der größte Fehler meines Lebens war. Es vergeht kein Tag, an dem ich nicht an dich denke, keine Nacht, in der ich nicht von dir träume. Ständig sehe ich dein Gesicht vor mir, höre deine süße Stimme und stelle mir vor, wie ich dich endlich wieder in die Arme schließe.

Antonella, meine Frau, ist hübsch und nett, aber ich liebe sie nicht. Daran hat auch die Geburt unseres Sohnes nichts geändert. Ständig frage ich mich, ob du mir je verzeihen kannst, dass ich dich verlassen habe.

157

Ich werde fast verrückt bei dem Gedanken, dass du dich einem anderen Mann zuwenden könntest. Dich so nah zu wissen und dich doch nicht erreichen zu können, ist die größte Strafe für mich, die ein Mensch nur erleiden kann.

Vielleicht können wir uns doch einmal wieder treffen, liebste Cecilia? – Ich sehne mich so sehr nach dir! Ich könnte zu unserer geheimen Stelle kommen. Weißt du noch, wie schön die Stunden waren, die wir dort verbracht haben? – Bitte, überlege es dir und lass mich deine Entscheidung wissen!

Dein dich ewig liebender
Salvatore

Berthold ließ den Brief sinken und sah Carlo an. Der genehmigte sich schon seinen zweiten Whiskey und schnitt eine Grimasse.

„Ein einziges Gesülze, nicht wahr?"

Berthold zuckte die Achseln. „Sind die anderen Briefe auch alle von Salvatore an diese Cecilia?"

Carlo nickte. „Samt und sonders. Ich verstehe auch nicht, warum die alle bei uns im Pavillon versteckt waren und keine Briefe von diesem Weibsbild dabei waren."

Berthold seufzte. Dieser Carlo war wirklich nicht besonders helle.

„Salvatore hat sie offensichtlich geschrieben, aber nicht abgeschickt."

„Ach so." Carlo zog verdutzt die Augenbrauen hoch. „Dann hatte er es sich wohl doch nicht mit seiner Ollen verderben wollen. Jedenfalls nicht offiziell. Aber trotzdem ..."

„Trotzdem was?"

Berthold fragte sich gerade, ob er nicht doch völlig vergebens an den Gardasee gekommen war.

„Salvatore hat diese Frau eindeutig geliebt und wollte wieder mit ihr zusammenkommen. Dann begann der Krieg, die Welt war auf den Kopf gestellt. Könnte es nicht sein, dass mein Großvater seine Besitztümer zu dieser Cecilia geschafft hat, um nach dem Krieg ein neues Leben mit ihr anzufangen?"

Berthold stutzte. So blöd dieser Kerl auch sein mochte, in diesem Punkt könnte er sogar recht haben.

„Wissen Sie, wer diese Cecilia gewesen ist?"

Carlo kicherte leise in sich hinein. „Natürlich. Es wurde viel über sie erzählt. Alle nannten sie die ,verrückte Cecilia'. Inzwischen ist sie seit vielen Jahren tot."

„Und ihre Nachfahren?"

Berthold spürte ein bekanntes Gefühl in sich aufsteigen. Ein Kribbeln, das ihm sagte, dass er auf der richtigen Spur war. Innerhalb von Sekunden erwachte der Jäger in ihm. Er würde die Beute aufspüren. Bald.

Selbst Carlo fühlte, dass eine Veränderung in seinem Gegenüber vorgegangen war. Er rückte seinen Stuhl ein paar Zentimeter zurück. Schweißperlen sammelten sich auf seiner Stirn.

„Cecilia hatte eine Tochter. Sie hieß Anna, aber ich weiß nicht, ob sie noch lebt. Wenn, dann müsste sie inzwischen schon uralt sein."

„Und diese Anna, hatte sie Kinder?"

Nun überzog ein breites Grinsen Carlos Gesicht.

„Oh ja, sie hatte eine bildschöne Tochter. Die war früher ein richtiges Hippiemädchen mit feuerrotem Haar und dem gewissen Etwas. Mein Bruder Angelo war eine Zeitlang ganz versessen auf sie. Aber soviel ich weiß, hat sie ihn abblitzen lassen."

Berthold nickte langsam. „Wissen Sie noch ihren Namen?"

Carlo lachte. „Natürlich. Sie heißt Francesca. Ich habe gehört, dass sie nun wieder in Tremosine lebt."

Kapitel 13

Es war weit nach Mitternacht, als Francesca mit einem Ruck aus dem Schlaf erwachte. Ein bleicher Mond schien durchs Fenster und verwandelte ihr Zimmer in ein Reich aus silbernem Licht und dunklen Schatten. Was hatte sie geweckt? Francesca lauschte in die Stille des Hauses. Da war nichts. Sie wollte sich gerade wieder umdrehen und die Augen schließen, da hörte sie es.

„Madre? Bist du da? Ich vermisse dich!"

Die weinerliche Stimme ihrer Mutter drang vom anderen Ende des Flurs bis in Francescas Schlafzimmer. Madre. Also hatte Anna mal wieder von ihrer Mutter geträumt. Das kam in letzter Zeit immer öfter vor.

„Wo bist du?" Diesmal klang ihr Ruf eindeutig verzweifelt.

Francesca seufzte, richtete sich auf, schlüpfte in ihre Pantoffeln und machte sich auf den Weg ins andere Schlafzimmer. Sie würde nicht eher wieder einschlafen können, bis sie ihre Mutter getröstet hatte.

Anna saß kerzengerade aufgerichtet im Bett und starrte den Mond an. Tränen liefen ihre faltigen Wangen hinab. Als sie Francesca bemerkte, glitt ein Strahlen über ihr Antlitz.

„Madre! Da bist du ja endlich!"

Francesca setzte sich aufs Bett, nahm ihre Mutter in den Arm und wiegte sie sacht hin und her.

„Natürlich bin ich da, meine Kleine", flüsterte sie und strich Anna über den Kopf. Ihre Mutter war seit drei Jahren dement. Es hatte kurz nach ihrem neunzigsten Geburtstag angefangen. Sie vergaß immer mehr Dinge, fand nach dem Einkaufen den Weg nach Hause nicht mehr, erkannte alte Freunde nicht mehr wieder. Sie wurde unzufrieden, suchte Streit mit Francesca. Doch diese Phase war nun Gottseidank vorbei. Dafür schien Annas Geist jetzt immer mehr in die Vergangenheit abzudriften. Manchmal hielt sie Zwiesprache mit Menschen, die längst gestorben waren. Francesca hatte sich an die Hoffnung geklammert, dass ihre Mutter zumindest noch wusste, dass sie ihre Tochter war. Doch auch das war eines Tages vorbei. Wie immer hatte Francesca sie am Morgen gefragt ‚Weißt du noch wer ich bin, Anna?'

Und ihre Mutter hatte freudestrahlend genickt. „Aber sicher. Du bist meine Madre Cecilia."

Francesca war eine Gänsehaut über den Rücken gelaufen. Sie hatte ihre Mutter gepackt und geschüttelt. „Aber nein! Ich bin deine Tochter. Ich bin Francesca. Deine Mutter ist doch schon lange gestorben."

Anna hatte sie fassungslos angesehen und dann angefangen, bitterlich zu weinen. Seitdem hatte Anna sie immer öfter für Cecilia gehalten und Francesca hatte es ihr durchgehen lassen. Es war einfacher so. Und besser für ihre Mutter. Auch jetzt tat sie wieder so, als sei sie Cecilia, die ihre kleine Tochter Anna wie einst in den Schlaf wiegt.

Anna brummelte zufrieden vor sich hin und Francesca hoffte, dass sie bald wieder ins Reich der Träume reisen würde. Doch Anna schien hellwach zu sein und Gefallen an den Streicheleinheiten zu finden.

„Madre", flüsterte sie glücklich. „Ich habe alles so gemacht, wie du mir aufgetragen hast. Bist du zufrieden mit mir?"

„Aber natürlich, mein Kind", antwortete Francesca automatisch und strich ihrer Mutter weiter über den Rücken. „Was hatte ich dir nochmal aufgetragen?"

„Na, das Geheimnis. Ich darf es niemanden verraten, hast du gesagt."

Francesca hielt kurz inne. Welches Geheimnis? Sollte es sich um einen besonderen Kräutertrank handeln? Cecilia hatte mit der Kombination verschiedener Pflanzen herumexperimentiert und Kräutercocktails gemixt, die ebenso gesundheitsförderlich wie tödlich sein konnten. Francesca konnte sich noch gut erinnern, wie ihre Großmutter ihr unter Androhung der Todesstrafe verboten hatte, an ein bestimmtes Glas im Regal zu gehen. Darin hatte Cecilia getrocknete Herbstzeitlose gesammelt. Sie behandelte Hauttumore und Gicht damit. Sie wusste aber auch, dass bereits eine kleine Gabe der giftigen Pflanze im Essen tödlich sein konnte.

Oder sprach Anna vielleicht von etwas ganz anderem? Plötzlich fiel Francesca das letzte Gespräch mit ihrer Großmutter auf deren Totenbett ein. Wie viele Jahre war das nun schon her? Doch Cecilia war damals geistig noch völlig fit gewesen.

„Meine liebe Francesca", hatte Cecilia damals mit schwacher Stimme gesagt und ihrer Enkelin die Hand gedrückt. „Vor vielen Jahren habe ich mir selbst gegenüber einen Schwur geleistet und ich habe mich immer daran gehalten. Das war eine Ehrensache für mich und richtig. Aber nun, da ich bald sterben werde, habe ich das Geheimnis an deine Mutter weitergegeben. Es ist so etwas wie eine Sicherheit für euch beide, sollte es euch einmal schlechtgehen. Doch in guten Zeiten ist es besser, Abstand davon zu nehmen. Ich fürchte, es könnte sonst eine Menge Unglück bringen. Ich kann dir und deiner Mama nur raten, weise mit diesem Wissen umzugehen."

„Aber wovon redest du eigentlich, Nonna?", hatte Francesca gefragt.

Ihre Großmutter hatte nur gelächelt. „Deine Mutter wird es dir eines Tages erzählen."

Mehr hatte Francesca nicht aus ihr herausbekommen und kurze Zeit später war Cecilia friedlich eingeschlafen. Francesca indes hatte ihre Mutter mit Fragen gelöchert und sie bedrängt, ihr das Geheimnis zu verraten. Doch Anna hatte ihre Lippen zusammengepresst und ihre Tochter wütend angefunkelt. „Ich habe versprochen, es dir erst zu erzählen, wenn ich selbst im Sterben liege. Und so weit ist es noch nicht!"

Es war nichts zu machen gewesen und irgendwann hatte Francesca zähneknirschend aufgegeben. Im Laufe der Jahre hatte sie die Begebenheit sogar vergessen. Doch nun fiel ihr das letzte Gespräch mit ihrer Großmutter ein, als hätte es gestern erst stattgefunden. Cecilia hatte ihr Geheimnis nur an einen einzigen Menschen weitergegeben: an ihre Tochter. Und die war inzwischen dement. Oder gab es doch noch Erinnerungen, die in Annas Kopf aufblitzten und für wenige Sekunden präsent waren?

Francesca spürte, dass ihre Mutter ruhig und schwer in ihren Armen geworden war. Gleich würde sie wieder einschlafen. Sanft schüttelte sie die alte Frau, die in ihrem Geiste wieder ein kleines Mädchen war.

„Anna! Meine liebe, kleine Anna. Erinnerst du dich noch an das Geheimnis? Dann erzähle es mir jetzt!"

Anna hatte die Augen geschlossen. Sie holte tief Luft und gab dann einen langen Seufzer von sich. „Ach Madre, ich glaube, ich habe es vergessen."

Kapitel 14

So das war's. Ich nahm das letzte Buch, das ich durchgesehen hatte, und stellte es zurück ins Regal. Tagelang hatte ich von morgens bis abends in der Bibliothek der Villa geschuftet und sämtliche Bände auf irgendwelche Hinweise zum Verbleib des Familienerbes untersucht. Wenn es seine Zeit erlaubt hatte, war Luca vorbeigekommen und hatte mir geholfen. Anfangs hatte ich mich ein wenig unwohl dabei gefühlt. Ich verdächtigte ihn immer noch, nicht ganz ehrlich mir gegenüber zu sein. Aber schließlich hatten sich meine Bedenken zerstreut und ich genoss seine Gegenwart. Seine melodische Stimme, wenn er in Gedanken versunken, vor sich hin summte. Seine nachdenklichen Blicke, die überraschend oft auf mir ruhten. Seitdem er mich neulich abends fast geküsst hätte, vermied er es, mir zu nahe zu kommen. Trotzdem konnte ich das Knistern zwischen uns spüren. Und ich hätte darauf gewettet, dass er es ebenso fühlte.

Es war später Vormittag, als ich mit der Bibliothek fertig war. Die ganze Arbeit war umsonst gewesen. Ich hatte nicht das Geringste gefunden. Missmutig ließ ich die Schultern sinken und sah aus dem Fenster. Giuseppe arbeitete im Garten. Er hatte den Rasen gemäht und schnitt nun verblühte Blumen zurück. Luisa pflückte reife Tomaten im Gemüsebeet und Watson räkelte sich auf dem kurz geschnittenen Gras. Nur ich hockte wie eine alte, verschrobene Jungfer im Haus. Angelos Ultimatum verursachte mir langsam, aber sicher Magenschmerzen. Ich kam einfach nicht weiter und ich erkannte, dass die Zeit mir davonlief. Als ich aus dem Haus trat und in den Garten lief, merkte ich erst, was für ein schöner, warmer Sommertag es war.

„Giulia, du bist noch immer käsebleich. Gehst du nie in die Sonne?", schimpfte Luisa und ich zuckte die Achseln. „Wie denn? Ich muss doch irgendwie dieses Baldini-Erbe finden, sonst seid ihr mich hier ganz schnell wieder los."

Die beiden legten eine Pause bei ihrer Arbeit ein und sahen mich betroffen an.

„Ach, Mädchen", sagte Giuseppe und kratzte sich dabei am Kopf. „Wir würden dir wirklich gerne helfen. Aber wie?"

Ich setzte mich zu Watson auf den Rasen und kraulte seinen warmen Bauch. „Ich weiß es natürlich nicht, aber ich glaube, Salvatore hat seinen Kram nicht in der Villa versteckt, sondern woanders. Und dass alles auch mit dem Verschwinden von diesem Paolo zusammenhängt. Wer weiß, vielleicht ist der mit den Reichtümern abgehauen und hat sich irgendwo ein schönes neues Leben aufgebaut?"

„Diese Idee hatten auch schon andere Leute", entgegnete Giuseppe. „Vor allem natürlich die Baldinis, die damit noch mehr Öl ins Feuer gossen, was ihr Verhältnis zu den Romanos betraf."

Luisa schüttelte den Kopf. „Ich kann das nicht glauben. Paolo war jung verheiratet, als er verschwand. So wie es erzählt wurde, war er sehr verliebt in seine Frau gewesen. Und sie hatte ihm gerade erst einen gesunden Jungen geboren. Welcher Mann verlässt denn einfach so Frau und Kind? Wenn er getürmt wäre, hätte er sie doch mitgenommen."

„Wahrscheinlich hast du recht", sagte ich. Alle Wege führten in eine Sackgasse, aber ich wollte noch nicht aufgeben. „Ich wünschte, ich könnte mehr über diesen Paolo herausfinden. Wer könnte mir da weiterhelfen?"

Luisa zwinkerte mir spitzbübisch zu. „Da hast du doch jetzt beste Verbindungen. Wenn jemand über ihn Bescheid weiß, dann die Familie Romano. Und der jüngste Spross ist ja nun öfter hier zu Besuch, wie ich festgestellt habe ..."

Da wohnte man schon gefühlt am Ende der Welt und trotzdem bekamen die Dorfbewohner alles mit. Ich fühlte, wie mir die Hitze in den Kopf stieg und sah schnell woanders hin.

***

Der Strand von Campione war bereits gut gefüllt, als ich mein Handtuch zwischen Familien und Kitesurfern auf der Liegewiese ausbreitete. Luisa hatte mich überredet, endlich mal schwimmen zu gehen und für eine Weile das Dolce far niente, das süße Nichtstun, zu genießen. So hatte ich Watson bei Luisa und Giuseppe im Garten gelassen, und war runter an den See gefahren. Die Temperatur lag schon fast bei 30 Grad und ich freute mich auf eine kleine Abkühlung.

Jetzt im Juni war der See hier am nördlichen Westufer noch etwas kühl. Ich brauchte ein paar Minuten, bis sich meine Füße und Beine an die Kälte gewöhnt hatten, dann holte ich tief Luft und ließ mich geschmeidig in das seidig-weiche Wasser gleiten. Was für ein Genuss! Ich schwamm ein paar Züge vom Strand weg und drehte mich auf den Rücken. Über mir wölbte sich ein azurblauer Himmel ohne die kleinste Wolke. Am Strand ragte eine imposante Felswand steil in die Höhe. Irgendwo da oben lag von hier aus unsichtbar die Villa.

Es war seltsam, aber ihr Einfluss auf mich war in der Zeit, in der ich in ihr lebte, immer größer geworden. Selbst jetzt, als ich im See schwamm, verband uns eine unsichtbare Kette. Ich hatte ein ungutes Gefühl, weil ich mich für ein paar Stunden von ihr entfernt hatte, und wäre am liebsten gleich wieder zurückgekehrt. Du kannst dich nicht von diesem Haus abhängig machen, schalt ich mich selbst. Was willst du tun, wenn der Notar zusammen mit Carlo in ein paar Monaten auftaucht und dich hinauswirft? Ich versuchte, es locker zu nehmen.

Redete mir ein, dass mir die Villa ja eigentlich gar nicht zustünde und dass es nur recht sei, wenn Angelos nächster Verwandter sie bekäme. Doch mein Herz konnte ich mit diesen Gedanken nicht überlisten. Sie gehört dir, wisperte es mir zu. Lass dich nicht vertreiben! Beweise Salvatores Unschuld!

Wenn ich an Carlo dachte, entwickelte ich schon regelrechte Hassgefühle gegen ihn. Ob er bereits einen Anwalt beauftragt hatte, gegen mich vorzugehen? Bis jetzt hatte ich noch keinen entsprechenden Brief bekommen, aber natürlich konnte das täglich passieren. Ich kraulte zurück ans Ufer, legte mich aufs Handtuch und ließ mich von der Sonne trocknen. Schließlich packte ich meine Sachen wieder zusammen. Ich fand einfach keine Ruhe. Luisa würde mich erschießen, wenn ich so früh von meinem Ausflug zurückkehrte, also beschloss ich, kurz nach Limone zu fahren und dort ein Eis zu essen, bevor ich mich auf den Heimweg begab.

Die Stadt war voll von Touristen. Als ich mein Auto auf dem Parkplatz am Seeufer abstellte, kam gerade die Fähre von Malcesine an und brachte eine ganze Schiffsladung voll Urlauber nach Limone. Im Pulk mit den vielen Menschen – gefühlt kamen alle aus Deutschland – schlenderte ich Richtung Altstadt. Ich überlegte mir gerade, welche Eissorten ich kaufen würde, als mich fast der Schlag traf.

Nur wenige Meter entfernt kamen mir Berthold und Francesca in einer engen Gasse entgegen. Ich drehte sofort um und versteckte mich im Eingang zu einem

170

Souvenirshop. Francesca hatte sich herausgeputzt, als wollte sie zu einer Hochzeit gehen. Sie trug ein bunt besticktes Ibizakleid, mehrere Lagen Ketten funkelten auf ihrem Dekolleté und die roten Locken fielen offen auf ihren Rücken. Während sie mit glückseliger Miene durch Limone stöckelte, stiefelte Berthold – ebenfalls im feinsten Zwirn – beflissen neben ihr her. Er hatte seine ganze Aufmerksamkeit auf Francesca gerichtet. Wie ein Jäger auf seine Beute, kam mir in den Sinn. Ich zog mich tiefer in das kleine Geschäft zurück und drehte ihnen den Rücken zu, als sie ins Gespräch vertieft, an mir vorbeigingen.

„Wie wäre es jetzt mit einem kleinen Aperitif, Francesca? Bestimmt können Sie doch eine nette Bar empfehlen", hörte ich Berthold in charmanten Tonfall sagen.

„Aber natürlich", antwortete Francesca. Dann waren die beiden vorbeigezogen und verloren sich in der Menschenmenge. Ich merkte erst jetzt, dass ich unwillkürlich die Luft angehalten hatte. Ausatmend trat ich zurück in die Gasse und starrte Berthold und Francesca nach. Ab und zu tauchte die leuchtend-rote Haarpracht von Francesca noch zwischen den vielen Urlaubern auf. Dann waren sie endgültig verschwunden.

Was zum Teufel hatte Berthold in Limone zu suchen? Ich hatte in den letzten Wochen kaum noch an ihn gedacht. Erst jetzt fiel mir wieder ein, dass er Carlo bei seinem letzten Besuch kennengelernt hatte. Offenbar hatte er seinen Plan, den Baldini-Schatz für ihn zu

171

finden, keineswegs aufgegeben. Ich fragte mich, wie er Francesca ausfindig gemacht hatte – und was er über sie wusste. Aus eigener Erfahrung wusste ich, dass Berthold so charmant wie kein Zweiter sein konnte. Wenn er sich richtig ins Zeug legte, war sein Opfer verloren. Mit seinen geschickten Komplimenten, Einladungen und Geschenken konnte er eine Frau so umgarnen, dass sie am Ende etwas tat, das sie eigentlich gar nicht wollte. Ich hätte darauf gewettet, dass Berthold den Inhalt der Tragetasche, die er für Francesca durch die Gegend schleppte, auch für sie gekauft hatte. Und so zufrieden, wie Francesca gestrahlt hatte, waren seine Bemühungen bei ihr garantiert auf fruchtbaren Boden gefallen.

Plötzlich hatte ich keinen Appetit mehr auf Eis. Ich schleppte mich zur nächsten Bar, setzte mich an einen freien Tisch und bestellte einen Averna auf Eis. Meine Gedanken kreisten ständig um Berthold und Francesca. Hatte Berthold mit seinem Gespür und seinem Fachwissen über Altertümer schon irgendetwas herausgefunden? Schlimm genug, dass ich bei meiner Suche noch keinen Schritt weitergekommen war, jetzt musste mir auch noch mein Ex dazwischenfunken. Wenn ich Pech hatte, würde er den Schatz als Erster finden, ihn kalt lächelnd bei Carlo abliefern, eine saftige Belohnung kassieren und sich freuen, dass ich verloren hatte.

Noch viel mehr als dieser Wettlauf um das Familienerbe belastete mich jedoch die Vorstellung, dass Francesca schon wieder auf einen Mann hereinfiel,

172

der sie nur benutzte. Das hatte sie einfach nicht verdient. Ich überlegte, wie ich sie warnen könnte. So bald wie möglich musste ich zu ihr fahren und sie über Berthold aufklären. Doch würde sie mir glauben? Vielleicht würde sie mich einfach für eine eifersüchtige Ex-Freundin halten, die ihr das neue Glück mit Berthold nicht gönnte. Ich trank den letzten Schluck des bitteren Likörs, legte das Geld auf den Tisch und machte mich auf den Heimweg.

Wie vor einigen Tagen mit Luca fuhr ich die spektakuläre Strada della Forra hinauf, musste an der Ampel warten und erinnerte mich gerade an unsere schöne Motorradtour, da klingelte mein Handy. Es war Luca und er fragte, ob ich am Abend mit ihm Essen gehen würde. Beim Klang seiner Stimme schlug mein Herz schneller. Ich wusste zwar nicht, welche Gefühle er wirklich für mich hegte, mein Körper jedoch signalisierte mir immer wieder, dass er meine Hormone zum Tanzen brachte.

„Essen gehen hört sich gut an", antwortete ich. „Holst du mich ab? Mit dem Motorrad?"

Er lachte. „Ich hole dich ab, aber diesmal mit dem Wagen. Ist dir 19.30 Uhr recht?"

„Perfekt. Dann bis später." Ich beendete das Gespräch und legte den Gang ein. Die Ampel war auf Grün umgesprungen und auf der schmalen James-Bond-Straße war es eindeutig besser, sich aufs Fahren zu konzentrieren, anstatt auf das Gespräch mit einem heißblütigen Italiener.

***

Endlich war die Zeit für mein neues rotes Kleid gekommen. Als ich mich für mein Date zurechtmachte, ließ die Anspannung des Tages und der Ärger wegen Berthold nach. Dafür machte sich das Kribbeln in der Magengegend wieder bemerkbar, das ich immer dann spürte, wenn Luca in der Nähe war. Ich bürstete mein Haar aus, bis es glänzte, und ließ es offen über die Schultern fallen. Zur Feier des Tages hatte ich sogar Make-up aufgelegt, roten Lippenstift und Wimperntusche aufgetragen, einen Hauch Chloé hinters Ohr getupft. Kritisch betrachtete ich mich im Spiegel. Und musste zugeben, dass ich mich selbst kaum wiedererkannte. Heute wäre Francesca mit mir zufrieden gewesen. Der leichte Stoff des Kleides raschelte, als ich mich einmal um mich selbst drehte und Watson verwundert zu mir aufschaute.

Es klingelte an der Tür und er schoss wie eine Rakete nach unten. Luca war pünktlich und nachdem er Watson ausgiebig gekrault hatte, konnte es losgehen. Als wir auf seinen Pick-up zugingen, spürte ich Lucas Blicke in meinem Rücken. Doch schon eilte er an mir vorbei und öffnete die Beifahrertür für mich.

174

„Du siehst heute wunderschön aus, Giulia", sagte er leise. „Dieses Kleid ist wie für dich gemacht. Du solltest öfter Rot tragen."

Wärme breitete sich in meinem Bauch aus. Mir war klar, dass Luca nicht der Typ war, der leichtfertig mit Komplimenten um sich warf. Schon als ich ihm die Tür geöffnet hatte, war mir die Intensität aufgefallen, mit der er mich angesehen hatte. Ich wusste, dass auch sein Herz schneller geschlagen hatte, als wir uns gegenüberstanden.

„Danke schön. Du siehst heute Abend aber auch anders aus als sonst. Das Hemd steht dir gut", sagte ich. Keines der Sachen, die Luca trug, stammte von irgendeinem Designer. Trotzdem sahen die dunkelblaue Jeans, das weiße Hemd und die braunen Lederslipper an ihm edler aus, als die teuersten Nobelklamotten an den meisten Männer wirkten, die ich kannte.

„Grazie", nickte Luca und ließ die Autotür sanft ins Schloss fallen. Er schlenderte lässig um den Wagen und startete den Motor. „Wir fahren nicht weit. Und das Restaurant sieht auch nicht besonders edel aus, aber das Essen ist der Hammer."

Das Restaurant, zu dem wir fuhren, hieß Da Nando und erwies sich als Pasta-Haus und Weinbar. Wir liefen eine lange Treppe hinauf und wurde vom Chef begrüßt, der den schönsten Tisch des Hauses für uns reserviert hatte. Unzählige Weinflaschen standen in den Regalen des rotgetünchten Speiseraums. Aus den Lautsprecherboxen drang sanfte Jazzmusik und die

Bedienung hob grüßend die Hand, als sie Luca erkannte. „Ciao, amico!", rief die hübsche Italienerin zu ihm herüber und ich spürte einen Hauch von Eifersucht. Doch zum Glück schien Luca ihre Schönheit gar nicht zu bemerken, denn er ließ seine Augen ununterbrochen auf mir ruhen.

„Ich empfehle dir die Trüffel-Ravioli. Die werden hier ganz frisch auf die Pasta gehobelt, ein fantastisches Gericht", sagte Luca und mir lief bei seiner Beschreibung schon das Wasser im Munde zusammen.

„Hört sich toll an, die nehme ich." Damit klappte ich die Karte zu und staunte, was Luca dem Kellner noch alles in den Block diktierte: Bruschetta als Vorspeise, zweimal Trüffel-Ravioli, Tiramisu zum Dessert und eine Flasche Bardolino.

„Ich platze, wenn ich das alles zu mir nehmen soll."

Doch Luca winkte ab. „Das schaffst du schon."

In den nächsten zwei Stunden genossen wir das Essen und den Wein in vollen Zügen. Luca erzählte mir von seiner Arbeit im Weinberg und den Dingen, die er in Kalifornien gelernt hatte. Und ich ließ mich von ihm über meine Studienzeit in München ausfragen. Einmal nahm er wie zufällig im Laufe des Gesprächs meine Hand und streichelte leicht mit seinem Daumen darüber. Es fühlte sich so gut an und ich wünschte mir, dass er seine Hand einfach dort lassen sollte. Doch im gleichen Moment schien er seine Unachtsamkeit zu bemerken und zog seine Hand beschämt zurück. Zum ersten Mal an diesem Abend entstand eine peinliche

176

Gesprächspause. Ich dachte schon, dass Luca den Kellner nun nach der Rechnung fragen würde, als er das Gespräch auf die Villa lenkte.

„Wo willst du als Nächstes suchen, Giulia?"

Ich sah ihn unglücklich an und zuckte die Achseln.

„Ich weiß es nicht. Ehrlich gesagt, glaube ich immer weniger, dass Salvatore die Sachen im Haus versteckt hat. Ich bin überzeugt, dass das Verschwinden des Schatzes auch irgendwie mit dem Verschwinden deines Urgroßvaters zusammenhängt."

Sofort wurde Lucas Blick unter seinen langen, dichten Wimpern kühl. „Und was veranlasst dich zu diesem Glauben?"

Herzlichen Glückwunsch, Giulia. Du schaffst es, selbst den schönsten Abend zu versauen. Ich hätte mich selbst ohrfeigen können, aber nun war es zu spät, die Worte waren heraus.

„Ich weiß es nicht, Luca. Es ist nur so ein Gefühl."

„Du denkst, mein Urgroßvater hätte sich das Geld und den Schmuck seines besten Freundes unter den Nagel gerissen, hätte Frau und Kind sitzengelassen und sich irgendwo ein schönes Leben gemacht. Ist es das?"

Seine Augen blitzten und zwischen seinen Brauen hatte sich eine steile Falte gebildet. Ich holte tief Luft. Das Gespräch war komplett aus dem Ruder gelaufen.

„Nein, so glaube ich das natürlich nicht ...", sagte ich und merkte selbst, wie lahm meine Worte klangen.

„Doch, genauso meinst du das. Aber eins kann ich dir sagen, wir Romanos sind anständige Leute. So etwas hätte mein Urgroßvater nie und nimmer getan."

„Bitte Luca." Ich legte meine Hand auf seine. „Ich denke genauso wenig wie du, dass Paolo das getan hat. Es können tausend Dinge passiert sein. Und vielleicht werden wir nie herausfinden, was damals geschehen ist. Aber um der Sache zumindest etwas mehr auf die Spur zu kommen, wäre es hilfreich, etwas mehr über Paolo zu erfahren. Was weißt du über deinen Urgroßvater?"

Luca starrte mich immer noch voll angestauter Wut an, doch allmählich schien sein Zorn zu verrauchen. Schließlich zuckte er die Achseln und goss uns den letzten Rest des Weins in die Gläser.

„Ich weiß kaum etwas über ihn. Mein Großvater hat mir mal einiges erzählt, aber er selbst hatte ja kaum Erinnerungen an ihn. Er war noch ganz klein, als Paolo bei Nacht und Nebel spurlos verschwand."

Versonnen blickte Luca in sein Glas und ließ den dunkelroten Wein darin kreisen. „Er soll sehr intelligent und fleißig gewesen sein. Die Familie war stolz auf ihn und seine Frau Maria hat ihn zutiefst geliebt. Mein Großvater hat erzählt, dass Paolo und Salvatore schon als kleine Jungs die besten Freunde waren. Sie haben alles zusammen gemacht. Sie haben sogar im gleichen Jahre geheiratet und ihre Söhne bekommen, stell dir mal vor!"

Nun lächelte Luca mich zum ersten Mal wieder an und mir fiel ein Stein vom Herzen. Endlich war die Missstimmung wieder von uns gewichen.

„In der Nacht als mein Urgroßvater verschwand, hatten mehrere Leute gesehen, dass er am Abend zu Salvatore gegangen war. Einige von ihnen hatten sogar behauptet, dass die beiden gestritten hätten. Doch, ob das stimmt, dafür würde ich nicht die Hand ins Feuer legen."

„Und es ist sicher, dass Paolo in dieser Nacht nicht wieder nach Hause zurückgekehrt ist?"

Luca zögerte mit seiner Antwort. Ein Schatten glitt über sein Gesicht, eher er den Blick senkte und antwortete, ohne mir in die Augen zu sehen.

„Was ist schon sicher? In jener Nacht soll ein schweres Unwetter über Tremosine niedergegangen sein. Die Leute waren in ihren Häusern geblieben. Paolos Frau und sein kleiner Sohn schliefen. Vermutlich hat niemand mitbekommen, ob er zurückgekehrt war oder nicht. Aber falls er zurückkam ... wäre er auch am Morgen dagewesen, oder nicht?"

Ich nickte. „Natürlich, das klingt logisch." Ich fragte mich, warum der sonst so offene Luca meinem Blick ausgewichen war, aber vermutlich hatte ich mir das nur eingebildet.

„Kennst du eigentlich Francesca?", fragte ich, um auf ein ungefährlicheres Terrain zu wechseln.

Luca sah mich überrascht an. „Natürlich. Wer kennt Francesca nicht? Sie ist der Paradiesvogel von Tremosine."

„Ich habe sie neulich kennengelernt. Wir hatten ein sehr interessantes Gespräch und dabei hat sie mir erzählt, dass ihre Großmutter Cecilia einst die Geliebte von Salvatore gewesen sei. Hast du das gewusst?"

Luca riss die Augen auf. „Was? Nein, das höre ich zum ersten Mal. Bist du sicher, dass das stimmt? Cecilia war hier immer als etwas wunderlich verschrien. Manche nannten sie sogar ‚die Verrückte'. Sie lebte ganz allein in einer kleinen Hütte im Wald und sammelte dort Heilkräuter und so ein Zeug."

„Bei Francesca klang es jedenfalls ziemlich glaubhaft. Vielleicht wusste diese Cecilia etwas über den Verbleib von Salvatores Vermögen, aber leider können wir sie heute nicht mehr fragen."

Luca schüttelte verwundert den Kopf. „Nein, sie ist schon vor Jahren gestorben. Ich habe sie noch gekannt, allerdings war ich da selbst noch ein kleiner Junge. Ich habe sie als eine nette, ältere Dame in Erinnerung, die mit sich und der Welt zufrieden war. Ich hätte nie gedacht, dass sie mal etwas mit dem Grafen gehabt hatte. Sie stammte doch aus einer ganz anderen Gesellschaftsschicht."

Plötzlich kam mir eine Idee. „Gibt es die Hütte noch, in der sie gelebt hat?"

Luca zog die Stirn in Falten und nickte dann langsam. „Die gibt es noch, aber sie ist inzwischen ziemlich

180

verfallen. Sie liegt gar nicht weit von deiner Villa entfernt."

Als er meinen zufriedenen Gesichtsausdruck sah, schüttelte er vehement den Kopf.

„Komm bloß nicht auf die Idee, da allein hinzugehen. Es ist gefährlich, so ein Haus zu betreten, dass ewig leer gestanden hat. Wahrscheinlich sind die Holzbalken darin so morsch, dass dir das ganze Dach auf den Kopf fällt, wenn du es betrittst. Wenn du die Hütte unbedingt sehen willst, gehen wir zusammen hin."

Kapitel 15

„Giulia, willst du jetzt für immer in Italien bleiben? Du solltest dir endlich einen Job suchen und einen neuen Freund. Und überhaupt, wann kommst du mal wieder nach Hause?"

Ich hielt mein Handy ein paar Zentimeter von meinem Ohr entfernt, weil meine Mutter im Zuge ihrer Ratschläge immer lauter geworden war. Wir hatten uns seit ihrem Kurzbesuch am Gardasee nicht mehr gesehen und nur selten telefoniert. Sie machte sich Sorgen.

„Natürlich werde ich mir einen Job suchen, Mama. Aber nun gönn mir doch mal eine kleine Auszeit über den Sommer. Wenn du magst, kannst du mich gerne wieder hier besuchen."

Dass ich selbst zurück nach Erding fuhr, war indiskutabel. Und wenn ich ehrlich war, behagte mir die Vorstellung, dass meine Mutter mit ihrem überbordenden Aktionismus hier einfiel, auch nicht besonders.

„Vielleicht mache ich das, mein Schatz, aber im Moment ist es schwierig. Wir haben Saison, wie du weißt. Für mich steht gerade jedes Wochenende ein Tennisturnier auf der Agenda."

Ich atmete erleichtert aus. „Das hört sich toll an, Mama. Dann hast du doch eine Menge Spaß."

„Stimmt. Aber ich wünschte, du würdest auch mal ein wenig Spaß haben, anstatt dich in diesem alten Kasten zu vergraben. Du musst unter Leute und dich amüsieren. Und natürlich auch an deine Karriere denken."

Wahrscheinlich hatte sie recht. An meine Karriere dachte ich nämlich überhaupt nicht mehr. Meine Gedanken kreisten einzig um Luca und die Vergangenheit. Ich plauderte noch ein wenig mit meiner Mutter und legte dann auf. Ein ganzer Tag lag vor mir – und ich hatte nichts vor. Luca hatte mir mitgeteilt, dass er in den nächsten Tagen kaum Zeit habe, weil das Weingut ihn so in Anspruch nahm. Watson drehte seine Runden auf der großen Terrasse und ich räumte das Frühstücksgeschirr ab, als jemand die Haustür öffnete.

„Ich bin's nur, mia cara", rief Luisa, die mal wieder einen großen Einkaufskorb voll mit frischem Gemüse und Obst aus ihrem Garten dabeihatte.

„Du sollst mir doch nicht immer etwas mitbringen", schimpfte ich, aber im Grunde freute ich mich, denn Luisas sonnengereifte Gartenschätze schmeckten köstlich.

„Was wirst du heute unternehmen?", fragte Luisa, während sie ihren Korb auf dem Küchentisch abstellte und das Gemüse in den Kühlschrank packte.

„Ich weiß es noch nicht. Vielleicht fahre ich bei Francesca vorbei. Ich glaube, ich sollte nochmal mit ihr reden."

183

Doch plötzlich kam mir eine ganz andere Idee. „Kennst du eigentlich die alte Hütte, in der Francescas Großmutter früher gelebt hat?"

Luisa nickte. „Natürlich. Die liegt hier ganz in der Nähe. Du kannst zu Fuß hingehen. Allerdings ist sie seit Jahren unbewohnt und wahrscheinlich dementsprechend marode."

„Das macht nichts. Ich würde sie mir einfach gerne mal anschauen." Auf einmal kribbelte mein ganzer Körper vor Aufregung.

Luisa erklärte mir den Weg zur Hütte und ein paar Minuten später machte ich mich mit Watson auf den Weg. Wir liefen quer durch die Wiesen und Felder, folgten den alten Steinmauern und kamen schließlich zu einem kleinen Wäldchen, das abgeschieden in einem Tal zwischen zwei Bergrücken lag. Ich hörte das Plätschern eines Bachs und ließ meinen Blick über das Gelände schweifen. Auf den ersten Blick war die Hütte gar nicht so leicht auszumachen. Ihr windschiefes Dach war komplett mit Moos überzogen und bildete so eine Einheit mit den umgebenden Bäumen. Die Fensterscheiben waren teilweise zerbrochen und tatsächlich sah das Häuschen von außen so aus, als könne es jeden Moment zusammenbrechen.

Ich erinnerte mich an Lucas Worte, dass ich das Haus auf keinen Fall allein betreten sollte, weil es gefährlich sei. Doch ich hatte ihm nichts versprochen und da er im Moment sowieso keine Zeit hatte, war die Sache für mich klar. Ich würde Cecilias Hütte auf eigene Faust erkunden.

Die Tür, die einmal in lindgrün gestrichen war, hing noch stabil in ihren Angeln. Ich drückte die Klinke herunter und vermutete schon, dass Francesca das Domizil ihrer Großmutter abgeschlossen haben könnte. Doch als ich etwas stärker gegen die Holztür drückte, öffnete sie sich und ließ den Blick in den dämmrigen Innenbereich frei. Watson warf einen kurzen Blick in die Hütte und trat dann den Rückzug an, um auf Schnüffeltour in der Umgebung zu gehen. Ich holte tief Luft und trat über die Schwelle.

Ein leicht modriger Geruch hing in der Luft. Die ganze Hütte bestand aus einem einzigen Raum und er wirkte, als habe seine Bewohnerin ihn vor vielen Jahren verlassen und alles wäre seitdem so geblieben. In einer Ecke stand ein schmales Bett, Marke Eigenbau, daneben ein Nachtschränkchen. Es gab einen Ofen mit Kochplatte, eine Art Küchenanrichte mit einer Waschschüssel aus Emaille, einen Kleiderschrank und einen stabilen Tisch mit vier Stühlen. In einem Regal an der Wand waren allerlei Fläschchen und Dosen aufgereiht. Als ich näher herantrat, erkannte ich, dass sich getrocknete Kräuter darin befanden. Alles war von einer dicken Schicht Staub überzogen. Langsam bewegte ich mich durch den Raum und achtete darauf, wie die alte Hütte auf meine Schritte reagierte. Die Dielen ächzten unter meinen Fußsohlen. Eine dicke Spinne verließ ihr Netz und eilte unter ein Wandbrett.

Sicher, die Hütte war alt und renovierungsbedürftig, aber ich hatte nicht das Gefühl, dass sie gleich zusammenbrechen und mich unter sich begraben würde. Von innen machte sie einen weitaus stabileren Eindruck als von außen. Ich warf einen Blick aus dem Fenster, dessen Scheibe zwar noch heil, aber total verdreckt war. Watson war damit beschäftigt, in einem Mäuseloch zu buddeln, und hatte mich wahrscheinlich völlig vergessen. Immerhin: Er wusste, wo ich war, und würde nicht ohne mich abhauen.

Ich öffnete Cecilias Kleiderschrank, doch er war leer. Enttäuscht setzte ich mich auf ihr Bett, das mit einem relativ sauberen Laken bezogen war. Natürlich gab es auch hier eine Schicht Staub, doch das war mir egal, ich hatte sowieso nur alte Jeans und ein T-Shirt an, das konnte ruhig dreckig werden. Als Nächstes zog ich an der einzigen Schublade des Nachtschränkchens. Bestimmt war sie ebenfalls leer, dachte ich, doch zu meiner Überraschung befanden sich etliche weiße Blätter darin, die in der Mitte ordentlich gefaltet waren. Ich schlug sie auseinander und schmunzelte. Es waren Buntstiftzeichnungen eines kleinen Kindes. In der rechten unteren Ecke war mit großen, krakeligen Buchstaben ein Name eingezeichnet: Francesca. Bestimmt hatte sie die Bilder für ihre Großmutter gemalt, als sie im Kindergartenalter gewesen war. Die Zeichnungen zeigten Blumen und Bäume und immer wieder drei Menschen, die sich an den Händen hielten und lachende Gesichter hatten: zwei große Frauen und ein kleines Mädchen. Cecilia, Anna und Francesca.

Ich legte die Zeichnungen zurück auf das Schränkchen und schob meine Hand tiefer in die Schublade. Ganz hinten ertastete ich einen weiteren Gegenstand aus Papier. Er entpuppte sich als ein verblasstes Schwarzweißfoto mit gezacktem Rand. Im ersten Moment dachte ich, dass Francesca als junge Frau darauf abgebildet war, doch dann erkannte ich meinen Irrtum. Es musste Cecilia sein. Sie hatte unbestritten große Ähnlichkeit mit ihrer Enkelin. Beide besaßen die gleichen ebenmäßigen Gesichtszüge und den gleichen stolzen Ausdruck in den Augen. Doch Cecilia wirkte sanfter und gelassener als ihre Enkelin. Sie strahlte eine natürliche Anmut aus und ein Selbstbewusstsein, das zu ihrer Zeit wahrscheinlich ziemlich ungewöhnlich war. Ich konnte mir vorstellen, dass sie gerade deswegen von einigen Menschen geliebt und von anderen gehasst worden war.

„Cecilia", flüsterte ich und strich mit meinem Daumen behutsam über das Foto, als könne ich sie dadurch zum Leben erwecken. Luisa hatte mir erzählt, dass Cecilia fast hundert Jahre alt geworden war. Dennoch musste sie schon vor rund zwei Jahrzehnten gestorben sein. Eine lange Zeit, in der diese Hütte leer gestanden hatte. Das Dämmerlicht des Waldes sickerte durch die schmutzigen Fensterscheiben, beleuchtete einige Gegenstände des Raumes, während andere sich in den Schatten verloren. Ich versuchte, mir vorzustellen, wie Cecilia hier gelebt hatte. Zuerst allein, später mit ihrer Tochter Anna und zum Schluss wieder allein. Einsam musste es gewesen sein. Und still. Wer konnte heute noch Stille ertragen? – Meine Freundin Carina stellte grundsätzlich den Fernseher oder das Radio an, sobald sie nach Hause kam. ‚Ich kann es einfach nicht ab, wenn es so still in der Bude ist', sagte sie immer.

Mir gefiel die Ruhe in Cecilias Hütte. Von draußen hörte ich den Gesang der Vögel, das Plätschern des Baches und ab und zu ein Schnaufen von Watson. Das grüne Dach der Bäume hielt die Hitze des Tages ab. Die Atmosphäre war rundum freundlich und hatte so gar nichts Bedrohliches an sich. Ich war froh, dass ich allein zur Hütte gekommen war, selbst Luca hätte in diesem Moment nur gestört. Ich lehnte mich zurück und bettete meinen Kopf auf Cecilias Kissen. Ein Gefühl tiefen Friedens durchströmte meinen Körper. Träge schloss ich die Augen und registrierte noch, dass meine Glieder immer schwerer wurden. Fast meinte ich die Gegenwart jener Frau zu spüren, die so viele Jahre hier gelebt hatte.

Cecilia.

Sie war glücklich hier gewesen, das spürte ich ganz genau. Dann schlief ich ein.

Cecilia, mein Schatz, wo bist du? Der große, schlanke Mann mit den dunklen Haaren drehte sich einmal um sich selbst und suchte mit den Augen den bewaldeten Rand der Schlucht ab. Ich hatte mich hinter einem großen Felsen versteckt und Salvatore konnte mich nicht sehen.

„Cia, nun komm schon heraus. Ich weiß doch, dass du hier bist."

Er rief mich bei meinem Kosenamen – Cia. Seine Stimme klang sehnsüchtig. Wir hatten uns eine ganze Woche lang nicht gesehen. Seine Eltern hatten Wind davon bekommen, dass sich ihr kostbarer Sohn mit einem einfachen Mädchen aus den Bergen traf. Das durfte natürlich nicht geschehen. Sie hatten ihm verboten, mich wiederzusehen. Aber Salvatore scherte sich nicht um ihr Verbot. Er liebte mich. Er würde mich heiraten, hatte er mir gesagt. Ich hatte da meine Zweifel. Gefühle gingen vorüber, die Verpflichtung gegenüber seiner Familie blieb. Und dennoch ... bewahrte ich mir ein Fünkchen Hoffnung und genoss einfach jede Minute, die uns geschenkt wurde.

„Cia! Jetzt komm heraus und lass mich nicht länger leiden!"

Er hatte genug gezappelt. Ich erhob mich aus meinem Versteck, wischte die trockene Erde von meinem Kleid und lief hinaus auf die Lichtung. Salvatores Augen leuchteten, als er mich sah.

„Endlich!", rief er und rannte mir entgegen. Ich flog in seine Arme und ließ mich von ihm in die Luft heben. Als er mich wieder auf den Boden absetzte, schlang ich meine Arme um seinen Hals, begab mich auf Zehenspitzen und hob ihm mein Gesicht entgegen. Bevor ich meine Augen schloss, hatte ich in seine geblickt und so viel Liebe darin gesehen, dass es mich schon fast schmerzte. Er drückte seine Lippen auf meine und sie fühlten sich federleicht an. Ich schmiegte mich fester an ihn und hörte, wie er leise stöhnte.

„Cia. Meine geliebte Cia ..."

Ich erwachte aus meinem Nickerchen und fuhr benommen hoch. Ein Blick auf meine Armbanduhr sagte mir, dass ich nur für ein paar Minuten eingedöst war. Doch es war mir wie Stunden vorgekommen. Er hatte sie Cia genannt. Ich hatte noch den Klang seiner rauen Stimme im Ohr und das Gefühl, viel zu früh aus einem wunderschönen Traum erwacht zu sein.

Cia und Salvatore. Die beiden waren ein Traumpaar gewesen. Zwei Menschen, die sich gefunden hatten und nie wieder loslassen wollten. Und dennoch hatte Salvatore letztendlich auf seine Eltern gehört und ein anderes Mädchen geheiratet. Cia hatte es geahnt. Wie bald nach der Begegnung, die ich geträumt hatte, war das Furchtbare passiert, hatte Salvatore sie verlassen?

Ich rieb mir die Augen. Meine Wangen glühten und ich fühlte mich plötzlich so traurig, als sei ich es gewesen, die Salvatore im Stich gelassen hatte.

Und wenn er sie gar nicht verlassen hatte?

Die Frage war wie aus dem Nichts aufgetaucht und schwebte in der Luft.

Ich hielt den Atem an und überlegte. Gab es irgendwelche Anhaltspunkte dafür, dass sich Salvatore und Cecilia trotz seiner Ehe weiterhin getroffen hatten?

Würde Francesca es mir erzählen, wenn ich sie fragen würde?

Ich setzte mich mit einem Ruck im Bett auf und die Federn quietschten. Das Geräusch drang an mein Ohr und setzte weitere Gedanken in Gang. Wenn ich etwas über Salvatores spätere Beziehung zu seiner Geliebten herausfinden würde, dann nur hier. Wie mir die Bilder in der Nachttischschublade gezeigt hatten, war die Hütte nach Cias Tod nicht vollständig leergeräumt worden. Vielleicht hatte Cia noch irgendwo Erinnerungsstücke an ihren Salvatore versteckt.

Ich sprang vom Bett auf und begann zu suchen, rückte den Kleiderschrank von der Wand ab, kroch unter die Küchenanrichte und schaute hinter jedes Kräuterglas im Regal. Unter der Matratze im Bett wurde ich fündig.

Der Brief war viermal zusammengefaltet und enthielt nur wenige handgeschriebene Sätze. Ich zitterte, als ich die letzte Nachricht las, die Salvatore vor hundert Jahren an seine Cia geschrieben hatte. Wenn es stimmte, was dort mit verblasster Tinte in einer geschwungenen Handschrift stand, dann hatte ich den Familienschatz der Baldinis gefunden.

Kapitel 16

Berthold zog seine Kreditkarte aus der Brieftasche und schob sie über den Verkaufstresen. „Eine gute Wahl. Das Tuch steht ihnen vorzüglich", lächelte die Verkäuferin an Francesca gewandt, die sich gerade für ein grünes Seidentuch von Hermès für schlappe 365 Euro entschieden hatte. Wenn das so weitergeht, ruiniert diese Frau mich noch, dachte Berthold und zwang sich, sein Dauergrinsen trotz des Zähneknirschens zu bewahren.

„Tausend Dank für das schöne Tuch, Professor Sandelroth. Hoffentlich war es nicht zu teuer?" Francesca klimperte mit ihren langen Wimpern und nahm die edle Einkaufstasche der Nobelboutique mit einem ‚Grazie' entgegen.

„Keineswegs, meine Liebe. Wie wäre es jetzt noch mit einem Cappuccino in einem netten Café?"

„Eine sehr gute Idee. Ich kenne auch eins", antwortete Francesca, rief der Verkäuferin noch ein fröhliches Arrivederci zu und trat als Erste zurück in die Via San Carlo, die Einkaufsmeile von Salò, die hinter einer Häuserzeile parallel zur Uferpromenade lag.

Berthold folgte ihr und stellte fest, dass Francesca schon wieder das Ruder an sich gerissen hatte. Er musste aufpassen, dass sie ihn nicht ausnahm, wie eine Weihnachtsgans und er am Ende gar nichts von ihr erfahren würde. Natürlich hatte er ihr längst erzählt, dass er ein renommierter Professor für Kunstgeschichte aus München war und einem angesehenen Sohn Tremosines dazu verhelfen wollte, sein rechtmäßiges Erbe zu bekommen. Bei seinen Nachforschungen sei er auf Briefe gestoßen, die der Vorfahre seines Auftraggebers vor über hundert Jahren an Francescas Großmutter geschrieben habe. Nur deshalb habe er sie eigentlich aufgesucht, hatte Berthold der verblüfften Francesca bei seinem ersten Besuch erzählt, im gleichen Atemzug aber hinzugefügt, dass er einfach überwältigt von ihrer Persönlichkeit, ihrem Charme und ihrer Schönheit sei.

Seitdem bemühte Berthold sich, immer neue Komplimente zu erfinden, mit denen er Francesca überraschte. Mal war es ihr üppiges, feuerrotes Haar, das er lobte, mal ihre grünen Katzenaugen oder ihre hinreißende Figur.

Frauen waren doch alle gleich, dachte Berthold. Egal, ob sie 17 oder 70 waren, sie fielen auf jeden Scheiß herein, den man ihnen erzählte, einfach weil sie es liebten, von einem Mann bewundert zu werden. Diese Francesca war auch nicht anders.

Innerlich schmunzelte er bei dem Gedanken, dass sich diese Italienerin inzwischen einbildete, dass er mit ihr anbandeln wollte. Was dachte sie sich? – Sie war fast zwanzig Jahre älter als er!

„So, hier wäre es", deutete Francesca nun auf ein Café, das eindeutig zu den teureren der Stadt zählte. War ja klar, dachte Berthold und rückte Francesca den Stuhl zurecht, bevor er sich selbst setzte.

„Zwei Cappuccinos?", fragte er, als er die Kellnerin herannahen sah. Francesca zog die Stirn kraus und lächelte ihn an. „Zuviel Kaffee ist gar nicht gut. Wie wäre es mit einem Glas Champagner?"

Berthold schluckte. Für einen kurzen Moment gefror das Lächeln in seinem Gesicht. Es war doch etwas ganz anderes, seine schöne Giulia zum Champagner einzuladen, als von dieser Alten dazu genötigt zu werden, ihr den teuren Schampus zu bezahlen.

„Aber natürlich." Er nickte ihr zu, bestellte die Getränke und atmete tief durch.

„Francesca, jetzt, wo unsere Freundschaft schon so weit gediehen ist, kommt es mir fast ungehörig vor, zu fragen, aber Sie müssen verstehen ...". Er hielt inne und legte einen exakt dosierten Anteil Verzweiflung in den Klang seiner Stimme. „Mein Auftraggeber wird langsam ungeduldig."

„Wirklich?" Francesca hielt sich erschrocken eine Hand vor den Mund. „Er bedroht Sie aber doch hoffentlich nicht, mein lieber Professor?"

Berthold schüttelte den Kopf und schaute zu Boden. „Das nicht, aber sehen Sie, das Ganze ist für mich auch eine Ehrensache. Ich habe bisher bei all meinen Suchen nach Altertümern und Schätzen noch nie versagt. Und gerade bei der Villa Baldini ist es für mich eine echte Herzensangelegenheit."

Der Champagner wurde gebracht und Berthold unterbrach seine Rede. Der eisgekühlte Moët & Chandon Brut Impérial perlte in den Gläsern und Francesca griff beherzt zu.

„Salute, mein lieber Berthold. Ich drücke Ihnen die Daumen, dass Sie bald Erfolg haben werden!"

Berthold biss die Zähne zusammen. Am liebsten hätte er den Schampus in Francescas lächelndes Gesicht gegossen. Stattdessen prostete er ihr zu und ließ den Moët langsam durch seine Kehle rinnen.

„Um nochmal auf die Baldini-Villa zurückzukommen, liebe Francesca, Sie können doch nicht ernsthaft wollen, dass eine völlig fremde Person aus Deutschland diesen prachtvollen Palast erbt. Denken Sie daran, dass Ihre Großmutter diesen Salvatore geliebt hat. Die beiden waren ein Paar. Sie würde wollen, dass die Villa im Besitz der Familie ihres Geliebten bleibt, meinen Sie nicht auch?"

Francesca schaute ihn mit großen Augen an und nickte dann bedächtig. „Da könnten Sie recht haben, Berthold."

Erleichtert beugte Berthold sich vor. Langsam wurde die Alte geschmeidig. „Dann helfen Sie mir, Francesca. Sagen Sie mir, was Ihre Großmutter Ihnen über den Familienschatz erzählt hat."

Berthold gewahrte ein kurzes Funkeln in Francescas Augen. Sie nahm einen Schluck Champagner und schien zu überlegen.

„Was springt eigentlich für Sie bei der Sache heraus, Berthold?"

„Nur ein bescheidenes Honorar, meine Liebe. Der Sieg der Gerechtigkeit ist mir eigentlich Lohn genug."

Berthold beglückwünschte sich selbst zur Wahl seiner Worte. Eine edle Gesinnung kam bei Frauen meistens gut an.

Francesca lächelte. „Sie sind ein richtiger Gentleman, Berthold. Eine solche Geisteshaltung trifft man heutzutage nur noch selten an."

Bingo, hatte er es doch gewusst. „Da mögen Sie recht haben, mia bella. Aber ich finde ja auch, dass Sie eine ganz außergewöhnliche Frau sind. Ganz außergewöhnlich, wirklich." Berthold stöhnte innerlich. Langsam gingen ihm die Komplimente für diese grässliche Francesca aus. Hoffentlich würde sie bald auspacken, damit er sich nicht länger mit ihr abgeben musste.

Francesca nickte hoheitsvoll. „Danke, Berthold. Ich würde Ihnen ja auch zu gerne helfen, aber meine Oma ist schon so lange tot. Ich glaube nicht, dass sie wusste, wo das Familienerbe der Baldinis abgeblieben ist. Zumindest hat sie mir nie etwas davon erzählt."

Francesca blicke ihn weiterhin freundlich an und zuckte die Achseln. „Ich würde es Ihnen wirklich sagen, Berthold, aber leider weiß ich nichts."

Berthold wünschte, er hätte seine Tabletten gegen Sodbrennen dabei. Immer wenn er sich ärgerte, bekam er in letzter Zeit Magenschmerzen oder das Gefühl, dass heiße Flammen in seinem Schlund hochschlugen. In diesem Moment war es wieder besonders schlimm. Und der Champagner machte es nicht besser. Dieses rothaarige Weib kostete ihn den letzten Nerv. Er war davon überzeugt, dass sie etwas wusste und dass sie es ihm nur nicht verraten wollte. Aber er musste sich beherrschen. Ein Wutanfall würde jetzt alles kaputtmachen. Er sah Francesca an und nickte ruhig. „Verstehe. Das ist wirklich schade. Aber was ist mit Ihrer Frau Mutter? Ich habe gehört, dass sie noch lebt. Vielleicht könnte sie etwas wissen?"

Francesca setzte eine bedauernde Miene auf. „Vielleicht wusste sie einmal etwas, aber leider ist meine Mutter seit Jahren dement. Von ihr werden Sie leider nichts erfahren."

Bertholds Laune sackte ein weiteres Mal nach unten. „Wie schlimm ist es? Erkennt Ihre Mutter Sie noch?"

„Manchmal." Francesca zuckte die Achseln. „In letzter Zeit hält sie mich meistens für ihre Mutter."

Berthold schwieg. Er schien das Thema abgehakt zu haben. Doch in Wirklichkeit rasten seine Gedanken. Er wusste, dass Demenzkranke manchmal noch lichte Momente hatten.

Sie erinnerte sich also noch an ihre Mutter. Cecilia. Vielleicht wusste Francescas Mutter doch noch Dinge aus der Vergangenheit, die ihm weiterhelfen konnten. Es gab nur ein Problem: Er musste an sie herankommen.

Kapitel 17

Mein Herz wummerte in meiner Brust, als ich die Tür der Hütte hinter mir schloss und Watson zu mir rief. Was ich da gerade in Salvatores eleganter Handschrift gelesen hatte, war einfach unglaublich. Ich kannte die wenigen Sätze inzwischen fast auswendig.

Meine geliebte Cia,

seitdem meine Eltern mich gezwungen haben, eine Frau zu heiraten, die ich nicht liebe, habe ich viele Briefe an dich geschrieben – und sie nicht abgeschickt. Ich war zu feige. Dabei denke ich jede Minute am Tag an dich und in den Nächten begleitest du meine Träume. Ich hoffe und bete, dass auch du noch an mich denkst und deine Liebe zu mir fortbesteht.

Nachdem die feindliche Front nun immer näher an unsere Heimat rückt und ich für unser Land kämpfe, denke ich mehr und mehr darüber nach, was wichtig ist im Leben und was nicht. Ich habe erkannt, dass du es bist, die für mich am allerwichtigsten ist. Und ich habe einen Plan gefasst.

Noch heute Nacht werde ich die wertvollsten Besitztümer meiner Familie in Sicherheit bringen. Sie sollen dem Feind nicht in die Hände fallen, falls er bis zu unserem Palazzo vordringt. Niemand außer Paolo weiß von meinem Vorhaben und dem Ort des Verstecks. Er wird mir helfen, das Gold und den Schmuck meiner Vorfahren zu vergraben. Wie du weißt, ist Paolo mein bester Freund, ich vertraue ihm zu hundert Prozent.

Sobald der Krieg vorüber ist, werde ich die Sachen aus ihrem Versteck holen – sie sind der Grundstein für unsere Zukunft. Ja, du hast richtig gelesen, liebste Cia. Ich werde meine Familie verlassen und mit dir fortgehen – vielleicht nach Amerika, ganz egal wohin, Hauptsache, wir sind zusammen.

Damit du nicht länger an meiner Liebe zu dir zweifelst, verrate ich dir auch das Versteck des Goldes. Sollte mir im Krieg etwas zustoßen, dann nimm es und sichere dein Überleben damit. Paolo und ich werden die Kiste in der alten Höhle am Bach ganz in der Nähe deiner Hütte vergraben.

Pass auf dich auf, geliebte Cia.

Dein Salvatore

Tränen benetzten meine Wangen, als ich zusammen mit Watson zum Bach lief. Salvatore hatte also doch zu einer Jugendliebe zurückgefunden. Und sie, Cia? Hatte sie noch mit ihm sprechen können? War den beiden eine letzte Liebesnacht vergönnt gewesen, bevor Salvatore in den Bergen starb? – Ich würde es wohl nie erfahren. Der Bach plätscherte nur gut hundert Meter von Cecilias Hütte entfernt durch den Wald. Wahrscheinlich hatte sie hier einst ihr Wasser zum Kochen und für die Wäsche geholt. Ich beschloss, dem Bach erst in die eine, dann in die andere Richtung zu folgen, bis ich die Höhle, die Salvatore beschrieben hatte, gefunden hatte.

Sie lag tatsächlich nicht besonders weit von der Hütte entfernt. Eine große Tanne verdeckte ihren Eingang. Ob Cecilia in jener Nacht auf der Lauer gelegen und die ganze Aktion beobachtet hatte?

Ich schob die Tannenzweige beiseite und schlüpfte in die Höhle. Sie war nicht besonders groß und wahrscheinlich wussten nur wenige Menschen überhaupt von ihr. Das Wäldchen lag abseits der Touristenpfade und wer sollte schon herkommen, um nach einer unscheinbaren Minihöhle zu suchen? Mit vor Aufregung trockenem Mund inspizierte ich den Boden. Im hinteren Teil entdeckte ich eine Vertiefung. Hier hatte jemand gegraben und das große Loch dann nur notdürftig wieder zugeschüttet. Watson steckte seine kleine Hundenase hinein und begann mit Feuereifer zu wühlen.

„Vergiss es", sagte ich leise. Vor lauter Enttäuschung war mir sogar ein bisschen übel. „Hier ist uns jemand zuvorgekommen – und zwar schon vor langer Zeit."

Langsam legte ich den Weg zurück, den ich heute Morgen so voller Optimismus gekommen war. Ich hatte mich schon am Ziel meiner Suche gesehen, hatte die Belohnung all meiner Mühe vor Augen gehabt – und dann so etwas. Ich hätte heulen können, so wütend und enttäuscht fühlte ich mich.

„Wer zum Teufel ist hier gewesen?", fragte ich Watson, der mich verständnislos ansah und dann weiter durch das hohe Gras trabte. Natürlich hätte Cecilia die Kiste ausgraben können. Das wäre schließlich auch der naheliegendste Verdacht. Doch hätte sie dann weiter bis an ihr Lebensende in ihrer armseligen Hütte gewohnt? Sicher hätte sie Tremosine doch den Rücken gekehrt und sich woanders ein Leben in einem gewissen Reichtum aufgebaut.

Als ich in die Villa zurückkehrte, war es früher Nachmittag. Luisa war schon gegangen und hatte mir einen Zettel auf den Küchentisch gelegt.

Im Kühlschrank steht selbstgemachtes Risotto.
Vielleicht magst du es dir aufwärmen?

Ich lächelte. Auf Luisa war einfach immer Verlass. Ich wünschte, sie wäre noch hier. Ich musste einfach mit einem Menschen über die ganze Sache reden, sonst würde ich noch durchdrehen. Watson hatte getrunken und begab sich in Ruhestellung. Ich genehmigte mir ein Glas kaltes Leitungswasser und überlegte. Konnte ich Luca stören? Er hatte müde und ausgelaugt gewirkt, als ich ihn zuletzt gesehen hatte. Und er hatte ausdrücklich gesagt, dass er im Moment keine Zeit habe. Aber galt das auch für einen Notfall?

„Watson, vergiss den Nachmittagsschlaf." Ich stupse ihn sanft mit dem Fuß an und er sah leicht genervt zu mir auf. „Wir gehen deinen Freund besuchen."

***

Auf dem Weingut traf ich nur Lucas Mutter an. „Luca ist im Weinberg. Er und sein Vater sind dort mit den Laubarbeiten beschäftigt", sagte sie und musterte mich dabei neugierig. Erst jetzt fiel mir auf, dass meine Kleidung reichlich verschmutzt aussah. Der Staub in Cecilias Hütte hatte seine Spuren hinterlassen und ich hatte überhaupt nicht daran gedacht, mich umzuziehen. Verlegen wischte ich mit den Händen über meine Jeans. Was würde sie über mich denken? Aber jetzt war es sowieso zu spät, ich bedankte mich für ihren Hinweis und lief mit Watson in Richtung Weinberg.

Lucas Vater bemerkte mich als Erster. Er warf mir einen misstrauischen Blick zu und rief dann etwas, das ich nicht verstand, zu seinem Sohn. Luca, der damit beschäftigt gewesen war, Triebe festzubinden, richtete sich auf und sah mich erstaunt an. Dann lächelte er.

„Giulia, was für eine Überraschung! Willst du mir ein bisschen bei der Arbeit helfen?"

Watson überholte mich und sprang mit allen Vieren gleichzeitig auf Luca zu.

„He, mein Freund, und du willst sicher auch helfen, was?"

Während Luca den Hund kraulte, legte ich die letzten Meter zu ihm zurück. Erst jetzt registrierte er mein derangiertes Aussehen. Sein Blick wurde ernst.

„Was ist passiert?"

„Ich muss dir etwas erzählen. Können wir ungestört sprechen?"

Er nickte und sah zu seinem Vater hinüber. „Ich mache eine kurze Pause, Padre."

Dann nahm er meinen Arm und führte mich von seinem Vater weg durch den Weinberg. Im Schnelldurchlauf erzählte ich Luca von meinem Besuch in der Hütte, dem Fund unter der Matratze und der Enttäuschung in der Höhle. Als ich davon sprach, wie ich die Hütte allein betreten und untersucht hatte, schüttelte Luca verärgert den Kopf. „Hatte ich nicht gesagt, es ist viel zu gefährlich ...", begann er, doch ich ließ ihn nicht ausreden und erzählte meine Geschichte hastig zu Ende.

„Luca, jemand ist uns zuvorgekommen!", schloss ich atemlos und sah ihm ins Gesicht. Ich hatte damit gerechnet, dass er völlig überrascht und ungläubig reagieren würde. Doch stattdessen erkannte ich so etwas wie Reue oder Verzweiflung in seinen Augen. Ich fragte mich noch, wieso er nicht völlig schockiert wirkte, als es mir langsam dämmerte.

„Du wusstest es, nicht wahr? Du bist schon einmal in dieser Höhle gewesen und hast dort nach dem Schatz gesucht."

Meine Stimme klang hoch und unsicher. Ich hoffte, dass er es abstritt. Dass er mich in den Arm nahm, mir über den Rücken streichelte und meine Zweifel zerstreuen würde.

Stattdessen schwieg Luca viel zu lange und starrte auf den Boden. Dann hob er langsam den Blick und sah mich mit einem unendlich traurigen Ausdruck an.

„Du hast recht, Giulia. Ich war schon einmal dort. Ich wollte es dir längst erzählen, aber irgendwie war nie der richtige Moment. Ich hatte Angst, du würdest es missverstehen ..."

Er trat näher an mich heran und ich wich zurück. Hob abwehrend beide Hände. Er sagte noch irgendetwas, aber ich konnte es nicht verstehen. Ich sah nur, dass sich seine Lippen bewegten, doch in meinen Ohren summte es plötzlich ohrenbetäubend laut, sodass alle Geräusche um mich herum verstummten. Luca hatte mich hintergangen – von Anfang an. Jetzt sah ich es ganz klar vor mir. Er hatte meine Nähe nur gesucht, um irgendwie an den Schatz heranzukommen. Deswegen hatte er am Tag nach Angelos Beerdigung vor der Tür gestanden. Deswegen hatte er mir unbedingt bei der Suche in der Villa helfen wollen. Und was wäre passiert, wenn wir dort etwas gefunden hätten? Hätte er mich dann niedergeschlagen und wäre mit dem ganzen Zeug getürmt?

205

Ich spürte, dass mir so übel wurde, dass ich schon befürchtete, mich übergeben zu müssen. Der Boden unter mir begann zu schwanken. Reiß dich zusammen, befahl ich mir selbst und versuchte, die kleinen Pünktchen zu ignorieren, die vor meinen Augen tanzten. Ich muss hier weg, so schnell wie möglich, das war alles, was ich noch denken konnte. Mit einem Ruck drehte ich mich um und begann zu rennen. Die Weinreben flogen an mir vorbei, Watson preschte hinter mir her und endlich verschwand das nervtötende Summen in meinen Ohren.

„Giulia, komm zurück! Bitte lass es mich erklären!", rief Luca hinter mir. Doch zum Glück war er stehengeblieben und verfolgte mich nicht. Er brauchte mir nichts erklären, ich wusste schon alles. Völlig außer Puste und mit heftigem Seitenstechen erreichte ich endlich meinen Mini, ließ Watson einsteigen, warf mich hinters Steuer und fuhr mit Vollgas vom Hof.

Im Auto war es mit meiner Selbstbeherrschung vorbei. Ich bekam einen Weinkrampf und konnte kaum fahren, so sehr hatte mich Lucas Verrat erschüttert. Ich hatte mich so sicher bei ihm gefühlt, so beschützt. Die Nähe zwischen uns war etwas ganz Besonderes gewesen – so hatte ich jedenfalls geglaubt. Nun musste ich feststellen, dass alles nur gespielt war. Er hatte mich für seine Zwecke benutzt, das war alles. Ich fuhr in einen kleinen Feldweg ein und hielt erst an, als man das Auto von der Straße aus nicht mehr sehen konnte. Hier ließ ich meinen

Tränen freien Lauf und beruhigte mich erst, als Watson zu mir herüber krabbelte und mir hingebungsvoll die Tränen vom Gesicht leckte.

„Ist schon gut, mein Kleiner", schniefte ich und holte eine Packung Papiertaschentücher aus dem Handschuhfach. Was sollte ich jetzt bloß tun? In die Villa mochte ich im Moment nicht zurückfahren. Vielleicht könnte ich mich von Luisa trösten lassen. Doch dann stellte ich mir vor, wie der grobschlächtige Giuseppe am Küchentisch saß und mir wohlmeinende Ratschläge aus seiner Erfahrung mit Liebeskummer erteilte. Nein, das kam ebenfalls nicht in Frage. Schließlich blieb ich bei Francesca hängen. Ich hatte sie sowieso besuchen und vor Berthold warnen wollen. Vielleicht war jetzt der passende Zeitpunkt dafür.

Kapitel 18

Francesca öffnete die Tür und riss entsetzt die Augen auf angesichts meines verweinten Gesichts und der schmutzigen Sachen.

„Santo cielo", murmelte sie und zog mich am Arm ins Innere des Hauses. „Komm schnell herein, mein Kind. Was ist denn bloß mit dir passiert?"

Ich riss mich zusammen, um nicht schon wieder mit der Flennerei anzufangen. Francesca registrierte, dass ich noch nicht gleich sprechen konnte und bugsierte mich in ihre Küche.

„Setz dich erstmal, ich brühe uns einen Tee auf und dann reden wir."

Während Francesca mit dem Wasserkocher hantierte und irgendwelche Kräuter in ein Teesieb gab, schaute ich mich unauffällig in der Küche um. Sie wirkte einfach und gemütlich. Offenbar hatte es keinen Verflossenen gegeben, der ihr eine chromblitzende High-end-Küche zum Abschied dagelassen hatte. Im gleichen Moment, als ich das dachte, überkam mich ein schlechtes Gewissen. Was wusste ich schon von Francescas Leben? Es stand mir ganz bestimmt nicht zu, über sie zu richten und dass sie Spaß an ihrem Alfa Romeo hatte, konnte ihr niemand verdenken. Mit ruhigen Bewegungen bereitete Francesca den Tee zu, stellte noch eine Dose mit Keksen auf den Tisch und setzte sich dann zu mir. Mir ging es inzwischen schon etwas besser. Ich nahm die dampfende Tasse zwischen beide Hände und pustete hinein. Womit sollte ich anfangen? Schließlich fasste ich mir ein Herz.

„Francesca, es fällt mir schwer, das alles zu sagen, aber im Grunde bin ich hier, um dich zu warnen."

„Wie bitte?" Francesca verschluckte sich fast an ihrem heißen Getränk. „Wovor denn? Und deshalb kommst du hier so verheult an?"

Ich spürte, wie mir die Hitze in die Wangen schoss. „Dafür gibt es noch einen anderen Grund. Den erzähle ich dir später."

Francesca zog die Augenbrauen hoch. „Da bin ich aber nun sehr gespannt ..."

„Ich habe dich in Limone mit einem Mann gesehen, den ich sehr gut kenne. Professor Berthold Sandelroth." Ich legte eine kurze Pause ein und Francescas Augen weiteten sich noch ein Stückchen mehr. „Du kennst ihn?"

Ich nickte. „Er war mein Lieblingsdozent an der Uni." Ich holte tief Luft. „Und später mein Freund. Wir haben uns erst kürzlich getrennt."

Francesca lehnte sich zurück und sah mich fassungslos an. Und dann erzählte ich ihr alles. Von Angelos Ultimatum und davon, dass Berthold Carlo kennengelernt hatte, und offenbar auf eigene Faust hinter dem Baldini-Erbe her war.

„Du meinst, er will dir damit eins auswischen, wenn er das Zeug findet und du die Villa verlassen musst?"

Ich zuckte die Achseln. „Ich denke schon. Aber das ist gar nicht das Schlimmste. Viel erbärmlicher finde ich es, dass er dir offenbar irgendwelche Gefühle vorgaukelt, die gar nicht existieren, nur um an Informationen zu kommen. Es reicht doch, dass Angelo dich in dieser Hinsicht so enttäuscht hat. Ich möchte einfach nicht, dass Berthold der Nächste ist, der dir das Herz bricht."

Um Francescas Mundwinkel zuckte es. Sie begann erst leise zu kichern, um schließlich in schallendes Gelächter auszubrechen.

„Giulia, meine Liebe, du kannst doch nicht ernsthaft glauben, dass ich auch nur eine Sekunde lang auf diesen Mann hereingefallen bin?"

Sie schüttelte den Kopf und wischte sich die Lachtränen aus den Augen. „Dieses ganze schwülstige Gelabere von ihm über meine Schönheit, meinen Charme. Diese treudoofen Dackelblicke, wenn er davon sprach, wie sehr ich ihn in meinen Bann gezogen hätte. Also weißt du, ich musste mich ganz schön zusammenreißen, um nicht einen Lachkrampf in seiner Gegenwart zu bekommen."

Ich starrte sie entgeistert an. „Aber warum hast du sein Spiel denn mitgespielt?"

„Na so viel Spannendes passiert gerade auch nicht in meinem Leben. Ich fand es höchst amüsant, mit diesem Berthold ein wenig durch die Gegend zu düsen. Er hat mich zum Champagner eingeladen, mir teure Klamotten gekauft – und alles nur, um Dinge aus der Vergangenheit zu erfahren."

Sie nahm noch einen Schluck Tee. „Er hat versucht, mich bei der Familienehre zu packen. Er meinte, ich wüsste, wo der Schatz versteckt ist, und sollte es ihm verraten, weil meine Großmutter mal mit Salvatore zusammen war und gewollt hätte, dass sein Besitz in der Familie Baldini bleibt."

Sie legte ihre perfekt manikürte Hand auf meine und drückte sie. „Du bist ein guter Mensch, Giulia. Das habe ich bei unserem Kennenlernen gleich gespürt. Ich bin wirklich gerührt, dass dir meine Gefühle so wichtig sind. Aber du brauchst dir keine Sorgen um mich zu machen. Auf diesen Berthold wäre ich nie und nimmer hereingefallen."

Ich bin es schon, dachte ich und beneidete Francesca für einen Moment um ihre Erfahrenheit und Weitsicht.

„Ich glaube, wir können jetzt etwas Stärkeres gebrauchen", sagte Francesca, ging zu einem Küchenschrank hinüber und kehrte mit einer Flasche Grappa und zwei Gläsern zurück. Während sie die klare Flüssigkeit einschenkte, überlegte ich, ob ich ihr auch von dem Brief aus Cecilias Hütte erzählen sollte.

„Angelo war doch wirklich ein Idiot", unterbrach Francesca meine Gedanken. Sie hatte wohl nochmal über die Sache mit dem Ultimatum nachgedacht. „Was fiel ihm ein, einer netten, jungen Frau eine solche Bedingung zu stellen?" Sie nahm ihr Glas in die Hand. „Du hättest es mir ruhig früher erzählen können, Giulia."

Wir prosteten uns zu und ich entspannte mich etwas, als ich den Grappa sanft auf meiner Zunge spürte. „Ich war mir nicht sicher, ob ich es dir sagen sollte, wir kannten uns ja gar nicht. Inzwischen habe ich die Villa ziemlich auf den Kopf gestellt, leider ohne Erfolg. Heute allerdings war ich mir sicher, es geschafft zu haben."

„Wirklich?" Francesca starrte mich an wie das achte Weltwunder. „Kommen wir jetzt zu dem Punkt der Geschichte, warum du vorhin geweint hast?"

Das hatte wohl eher damit zu tun, dass ich mich mal wieder in einem Mann getäuscht habe, dachte ich. Francesca bemerkte mein Zögern und schenkte unsere Gläser nach. „Trink noch einen Schluck, Giulia. Und dann erzählst du mir die Geschichte."

Und genau das tat ich – ohne etwas auszulassen. Ich zeigte Francesca sogar den Brief, den ich in der Hütte ihrer Großmutter gefunden hatte. Er steckte, leicht zerknittert, in der Tasche meiner Jeans. Nachdem Francesca ihn gelesen hatte, schimmerten Tränen in ihren Augenwinkeln.

„Großmutter hat nie etwas auf Salvatore kommen lassen und ich habe mich oft gefragt, warum sie all die Jahre nach seinem Tod so loyal zu ihm gestanden hat, obwohl er sie doch verlassen hatte. Nun weiß ich es", sagte sie und ließ den Brief auf die Tischplatte sinken.

„Danke, dass du ihn mir gezeigt hast", fügte sie nach einer Weile hinzu. Es fiel ihr offensichtlich schwer, sich von der Vergangenheit loszureißen, doch schließlich sah sie mich forschend an.

„Also ist Luca Romano inzwischen auch hinter diesem angeblichen Schatz her. Ich möchte wissen, wie er auf die Idee gekommen ist, in der alten Höhle zu suchen."

Ich zuckte unglücklich die Achseln. Das war mir eigentlich völlig egal, was zählte war, dass er mich von Anfang an nur für seine Zwecke benutzt hatte. Francesca beobachtete mich schweigend.

„Er scheint dir ganz schön den Kopf verdreht zu haben, Giulia."

Ich wollte protestieren, alles abstreiten, doch ein Blick in Francescas Augen verriet mir, dass sie die Situation genau durchschaut hatte.

„Ich kenne Luca von Kindesbeinen an. So wie ich ihn einschätze, ist er ein ehrlicher Kerl. Ein bisschen stolz vielleicht, ein bisschen heißblütig. Aber ich würde ihn nicht für einen Gauner halten. Vielleicht solltest du ihm noch eine Chance geben, sich zu erklären?"

Ich schüttelte wild den Kopf. „Vergiss es. Ich will ihn nie wiedersehen. Er hat mich belogen und hintergangen. Ich könnte ihm niemals wieder vertrauen."

Francesca schmunzelte. „Schlaf eine Nacht darüber, Giulia. Du kennst seine Beweggründe nicht. Natürlich war es falsch von ihm, dir nichts von der Höhle zu erzählen. Aber ich wette, dass er dir nicht schaden wollte."

Ich presste die Lippen zusammen und blickte auf einen Punkt an der Wand hinter Francesca. Dieser verdammte Luca sollte aus meinem Kopf und meinem Herzen verschwinden. Gut, dass er sein wahres Gesicht gezeigt hatte, bevor es mit uns beiden vielleicht noch enger geworden wäre.

Francesca schob den Brief ihrer Großmutter über die Tischplatte zu mir hinüber. „Du hast ihn gefunden, also behalte ihn ruhig. Und erzähl diesem Berthold besser nichts davon."

„Natürlich nicht, mit dem will ich schon gar nicht mehr reden. Ich hoffe, er verschwindet schnell wieder hier vom Gardasee."

Francesca wiegte den Kopf. „Ich glaube kaum, dass er so schnell aufgibt. Mir scheint, dass er sich wie ein Terrier in die Sache verbissen hat."

Ich stöhnte leise auf. „Warum habe ich mich bloß jemals mit ihm eingelassen? Manchmal habe ich das Gefühl, immer nur alles falsch zu machen."

„Ach was, du bist noch jung. Was meinst du, welche Eskapaden ich mir früher geleistet habe?" Francesca lachte leise. „Zum Glück wissen die Leute hier aus Tremosine nichts davon, sonst könnte ich mich hier gar nicht mehr sehen lassen. Aber mir tut nichts davon leid. Weißt du, später, wenn du mal so alt wie ich bist, wirst du ganz anders auf die Dinge zurückblicken. Es ist auf jeden Fall besser, sich mal etwas getraut zu haben,

Abenteuer erlebt zu haben und die Prüfungen, die uns das Leben schenkt, bestanden zu haben, als immer nur brav zu Hause zu sitzen."

Vermutlich hatte sie recht. Aber mir war nicht danach, daran zu denken, wie ich mit hundert auf mein Leben zurückblicke. Ich war mittendrin in den Prüfungen des Lebens, wie Francesca es so schön formuliert hatte. Und eine Frage beschäftigte mich dabei besonders.

„Was glaubst du, wer Salvatores Besitz aus der Höhle geholt hat? Hast du irgendeine Ahnung?"

Sie sah mich unglücklich an. „Ich weiß es wirklich nicht, Giulia. Auf jeden Fall scheint derjenige mit den Reichtümern über alle Berge zu sein."

Kapitel 19

Francesca nahm Giulia zum Abschied in den Arm, schloss die Tür hinter ihr und lauschte in die Stille des Hauses. Irgendetwas stimmte nicht. Dann wurde ihr bewusst, dass es die Lautlosigkeit selbst war, die so beunruhigend wirkte. Ihre Mutter! Normalerweise regte sie sich, wenn sie die Tür ins Schloss fallen hörte. Sie rief nach Francesca oder Cecilia und machte manchmal einen Höllenlärm, so lange, bis Francesca zu ihr eilte. Doch nun herrschte im oberen Stockwerk Totenstille.

Francesca lief eine Gänsehaut den Rücken hinab. Ihre Mutter war 93 Jahre alt und seit langem krank. Ihr war klar, dass es jederzeit mit ihr vorbei sein konnte. Und doch fürchtete sie sich vor diesem Moment. Widerstrebend lief Francesca die Treppe hinauf und betrat das Zimmer ihrer Mutter.

Sie atmete noch. Gottseidank.

„Mama! Ist alles in Ordnung mit dir?" Francesca nahm die von zahllosen Altersflecken bedeckte Hand ihrer Mutter und drückte sie. Anna hatte blicklos an die Zimmerdecke gestarrt, sie atmete flach und hatte eine wächserne Gesichtsfarbe angenommen. Doch als Francesca sich nun näher zu ihr hinabbeugte, lächelte sie ein wenig.

„Madre! Du bist wieder da, ich habe auf dich gewartet!"

Francesca seufzte. Anna schien völlig vergessen zu haben, dass sie auch eine Tochter besaß. Ihr ganzes Denken kreiste nur noch um ihre Madre Cecilia. Doch sie würde mitspielen, ihre Mutter sollte sich nicht aufregen.

„Natürlich, ich bin doch immer für dich da, meine liebe Anna."

Die Hand ihrer Mutter fühlte sich eiskalt an. Und überhaupt wirkte ihre Mutter ganz anders als sonst. Angst überkam Francesca. Sie würde den Doktor rufen, vielleicht könnte er ihr helfen.

„Ich muss nur kurz telefonieren, Anna. Ich bin sofort wieder zurück."

Sie stand auf und Anna gab einen angstvollen Laut von sich.

„Nein, Madre, du darfst mich nicht allein lassen. Ich fürchte mich."

Francesca setzte sich wieder und holte ihr Handy aus der Tasche. Die Nummer des Arztes war eingespeichert und sie hatte Glück, dass er jetzt am frühen Abend noch in der Praxis war und versprach, gleich vorbeizukommen.

Anna schien zufrieden zu sein, dass Francesca bei ihr blieb. Sie atmete wieder ruhiger, ihr Blick wurde klarer.

„Ich habe niemanden dein Geheimnis verraten, Madre."

Francesca erstarrte. Die Worte ihrer Mutter waren kaum mehr als ein Flüstern in der Dämmerung gewesen. Sie rückte näher an Anna heran, um sie besser verstehen zu können.

„Das hast du gut gemacht, Anna. Aber mir kannst du es nun ruhig erzählen. Welches Geheimnis hast du so lange für mich aufbewahrt?"

Anna sah sie mit einem ungläubigen Ausdruck an. „Aber du kennst es doch, Madre. Du hast es mir doch selbst aufgeschrieben."

Francesca schlug das Herz bis zum Halse.

„Wo ist der Brief, den ich dir gegeben habe, Anna? Wo hast du ihn versteckt?"

Die Türklingel ging. Das musste der Arzt sein. Doch Anna schien das Klingeln gar nicht gehört zu haben. Ihr Blick war fest auf Francesca gerichtet. Sie runzelte die Stirn und schien angestrengt zu überlegen.

„Bitte, Anna, versuche, dich zu erinnern! Es ist wichtig."

Francesca hatte geflüstert, sie spürte, dass ihre Mutter ihr bald wieder entgleiten würde. Dass ihr Geist schon drauf und dran war, in unbekannte Tiefen davonzuschweben.

Wieder klingelte es an der Haustür.

Plötzlich lächelte Anna mit einem Ausdruck der Erleichterung.

„Aber du weißt es doch, Madre. Ich habe den Brief bei dir versteckt. Auf dem Friedhof."

Kapitel 20

Dunkle Wolken jagten über den Himmel, als ich zur Villa zurückkehrte. Ich schlug die Autotür zu und stieg langsam die Stufen zum Eingang hinauf. Ich hätte sonst was darum gegeben, wenn irgendeine freundliche Seele auf mich gewartet hätte. Wie gerne hätte ich nun Luisa um mich gehabt oder Carina, die ein besonderes Talent dafür hatte, gute Laune zu versprühen. Ich hätte mir sogar liebend gerne einen Vortrag meiner Mutter angehört, dass ich mehr Sport treiben sollte. Alles wäre besser gewesen als die unheilvolle Stille, die mich erwartete, als ich mit Watson in der dämmrigen Eingangshalle stand.

„Komm, mein Freund, wird Zeit, dass du etwas zu fressen bekommst", wandte ich mich an meinen Hund, der bei dem Wort ‚fressen' sofort hellhörig wurde. Ich gab ihm Futter in seinen Napf und erinnerte mich daran, dass Luisa ein Risotto für mich in den Kühlschrank gestellt hatte. Ich wärmte es auf, goss mir ein Glas Rotwein dazu ein und setzte mich an den Küchentisch. Der Risotto schmeckte köstlich. Obwohl ich zuerst keinen Hunger verspürt hatte, aß ich es bis zum letzten Bissen auf.

Selten hatte ich mich in meinem Leben so deprimiert gefühlt wie am heutigen Abend. „Wahrscheinlich ist es am besten so", sagte ich in Ermangelung eines Gesprächspartners zu Watson. „Wir müssen den Tatsachen ins Auge sehen. Der Schatz ist weg und ich bin mal wieder auf den falschen Typen reingefallen. Wir sollten unsere Zelte hier abbrechen und Carlo die Villa überlassen."

Watson sah mich mit schiefgelegtem Kopf an, als dächte er über meinen Vorschlag nach.

„Du meinst, das ist der falsche Weg? Nein, mein Kleiner, ich denke, das sollten wir tun. Wir kehren nach Deutschland zurück, ich suche mir irgendwo einen tollen Job und starte eine sehr coole Karriere." Der Vorschlag sollte aufmunternd wirken, aber ich merkte selbst, wie traurig meine Stimme klang. Watson gab einen betrübten Hundeseufzer von sich und legte seinen Kopf zwischen die Vorderpfoten. Ich schwieg und nahm den letzten Schluck Rotwein. Mein Körper fühlte sich schwer an, meine Klamotten waren pottdreckig. Ich war zu müde, um länger darüber nachzudenken, was passiert war und was werden sollte. Also erhob ich mich vom Küchentisch, durchquerte schwerfällig den Raum und löschte das Licht.

Watson folgte mir wie ein Schatten, als ich nach oben ging. Ich mied den Blick auf Salvatores Bild, stieg die Treppe hinauf und duschte ausgiebig. Eigentlich war es noch zu früh, um ins Bett zu gehen. Aber das war mir egal. Ich kroch unter die Laken und rollte mich zusammen wie ein kleines Kind. Der aufkommende Wind in den Bäumen vor meinen Fenstern war das letzte, das ich hörte, bevor ich einschlief.

Cecilia, wo bist du?

Salvatore drehte sich einmal um sich selbst und suchte die von Bäumen und Büschen bewachsene Schlucht mit den Augen ab. Er wusste, dass sie hier war. Cia machte sich gerne einen Spaß daraus, sich vor ihm zu verstecken und dann plötzlich neben ihm aufzutauchen und ihm um den Hals zu fallen. Meistens ahnte er schon in etwa, wo sie sich verbarg, denn sein Körper schien einen unsichtbaren Kompass zu besitzen, der ihm den Weg zu seiner Cia wies. Auch diesmal spürte er ganz genau, dass seine Geliebte in der Nähe war. Und Cecilia schien es ähnlich zu gehen. Denn selbst wenn sie nicht verabredet waren, sagte ihr ein Gefühl, dass Salvatore unterwegs zu ihrem geheimen Lieblingsplatz war. Die kleine Schlucht, die ziemlich genau zwischen Cecilias Hütte und Paolos Weingut lag, war nur wenigen Einheimischen bekannt. Fremde verirrten sich so gut wie nie an diesen Platz, der von üppiger Vegetation eingeschlossen ein verwunschenes Dornröschenleben führte. Perfekt, um ungestört im Gras zu liegen, um sich im Arm zu halten und verrückte Pläne zu schmieden. Schmetterlinge tanzten über sie, wenn er Cia zu sich heranzog und küsste. Dann vergaß er, dass er ein Graf war und sie nur ein einfaches Mädchen. Sie beide waren dann einfach zwei Liebende. Und alles war gut, so wie es war.

Dumpfes Donnergrollen ließ mich erwachen. Ich lauschte in die Nacht, doch das Gewitter schien noch weit entfernt zu sein. Nun war es wieder still, nur ein leichter Windhauch wisperte in den Baumwipfeln. Ich setzte mich im Bett auf und kehrte nur ungern in die Gegenwart zurück. Zu schön war mein Traum gewesen, bei dem ich das Gefühl gehabt hatte, direkt in Salvatores Kopf zu sein. Ich hatte die kleine, verwunschene Schlucht mit seinen Augen gesehen, hatte das Glück gespürt, das er empfunden hatte, als er an seine Cia dachte.

Die Schlucht. Ich erinnerte mich an alle Einzelheiten aus meinem Traum, so als wäre ich selbst schon dagewesen. Warum hatte ich so intensiv vom geheimen Lieblingsplatz der beiden geträumt? Ich war noch nie dort gewesen, da war ich mir sicher. Und doch wusste ich tief in meinem Inneren ganz genau, wo sich die Schlucht befand: zwischen dem Weingut und Cecilias Hütte. Also gar nicht weit von hier.

Plötzlich wurde ich von einer riesengroßen Aufregung erfasst. Ich konnte nicht länger im Bett liegen. Ganz egal, ob es Tag oder Nacht war, die Schlucht rief mich und ich konnte mich ihrem Ruf nicht entziehen.

Ich knipste die Nachttischlampe an, schwang mich aus dem Bett und zog mich an. „He Watson, es geht noch einmal los. Nur ein kleiner Spaziergang, wir sind bald wieder zurück."

Mein Handy lag in der Küche und ich wollte es vor allem wegen der Taschenlampe mitnehmen. Doch blöderweise hatte ich vergessen, es aufzuladen. Der Akkustand zeigte gerade noch drei Prozent an. Egal. Ich ließ das Handy auf dem Tisch liegen und holte mir eine richtige Taschenlampe aus der Küchenschublade. Es war zwar keine Maglite, sondern ein eher altertümliches Ding, aber etwas anderes gab es hier nicht. Ich würde sowieso nur einmal kurz nachsehen, ob die Schlucht so aussah, wie in meinem Traum. Morgen, wenn es hell war, konnte ich wiederkommen und sie genauer betrachten.

Kapitel 21

Der Arzt untersuchte Anna gründlich und nahm Francesca anschließend beiseite.

„Es tut mir sehr leid, Francesca, aber Ihrer Mutter geht es gar nicht gut. All ihre Vitalfunktionen sind im Keller. Ich werde ihr gleich eine Infusion legen, um ihren Flüssigkeitsmangel in den Griff zu bekommen. Aufbaustoffe sind auch mit drin. Viel mehr können wir im Moment nicht tun. Leider kann ich Ihnen auch keine großen Hoffnungen machen."

Francesca nickte. Ihr Herz war schwer geworden. „Vielen Dank, Doktor."

Sie sah zu, wie der Arzt einen Infusionsständer aufstellte und Anna den Zugang legte. „Sie können mich jederzeit anrufen", verabschiedete sich der Arzt schließlich und Francesca nahm wieder den Platz neben ihrer Mutter ein. Sie dachte nach. Es war viel passiert in den letzten Stunden. Wenn Angelo das wüsste, schmunzelte sie leise in sich hinein. Er hatte die letzten Jahre wie ein Wahnsinniger damit zugebracht, das Rätsel um sein Familienerbe zu lösen, anstatt sein Leben zu genießen. Und auch Giulia war ihr heute schon wie eine Getriebene vorgekommen. Als hätte diese verdammte Suche auch sie bereits völlig verändert. Ob sie ihr Glück wegwerfen würde, nur um die Villa zu behalten? – Es ist, als würde ein Fluch auf diesem Haus liegen, dachte Francesca.

Sie betrachtete ihre Mutter, die inzwischen eingeschlafen war. Ihr Atem ging nun wieder ruhig und gleichmäßig. Sie sah sehr zufrieden aus, wie sie da in ihrem Bett lag und vielleicht von glücklichen Tagen mit ihrer Madre träumte.

Francescas Füße waren vom langen Sitzen eingeschlafen und kribbelten. Sie stand vorsichtig auf und registrierte, dass ihre Mutter ruhig weiterschlief. Für den Moment könnte sie Anna allein lassen. Sie musste unbedingt etwas trinken und am besten auch eine Scheibe Brot essen. Als sie sich in der Küche etwas zubereitete, sah sie aus dem Fenster. Heute war es viel dunkler als in den letzten Tagen. Der Wetterbericht hatte ein Gewitter für die Nacht angekündigt, doch noch war es draußen trocken und es war auch kein Grummeln zu hören.

Ständig musste sie an den letzten Satz ihrer Mutter denken. Ob sie wirklich einen Brief von Cecilia auf dem Friedhof versteckt hatte? Ich werde nicht schlafen können, bevor ich Gewissheit habe, dachte Francesca. Besser ich gehe jetzt schnell. Noch regnet es nicht und je eher ich gehe, desto schneller bin ich wieder zurück. Sie steckte sich eine Taschenlampe in ihre Umhängetasche und machte sich zu Fuß auf den Weg.

Es war kaum noch jemand unterwegs, als sie die Straßen von ihrem Haus zum Friedhof entlanglief. Schließlich erreichte sie das Reich der Toten. Hunderte von Grablichtern flackerten in der Dunkelheit. Sie ging den breiten Mittelgang entlang, bog dann nach rechts zur Mauer ab und stand kurz darauf vor Cecilias Grab.

Die Asche ihrer Großmutter ruhte in einem großen Kolumbarium, in dem viele Urnen untergebracht waren. Die einzelnen Nischen waren mit einer Marmorwand verschlossen, die sich jedoch leicht öffnen ließ. Francesca wusste, wie sie vorgehen musste. Sie sah sich noch einmal auf dem Friedhof um, niemand war zu sehen. So stellte sie sich auf Zehenspitzen, um das Fach mit der Urne zu öffnen. Sie leuchtete mit der Taschenlampe hinein und sah hinter dem Urnengefäß tatsächlich einen hellen Briefumschlag schimmern.

Wann hast du ihn hier bloß versteckt, Mama? Der Gedanke flammte kurz auf und verschwand. Sie musste sich beeilen. Falls Anna erwachte, wollte sie bei ihr sein. Francesca reckte ihren Körper und zog den Brief heraus. Dann verschloss sie die Nische wieder mit der Marmorplatte und verließ den Friedhof. Kaum hatte sie die Straße, die zu ihrem Haus führte, erreicht, klingelte ihr Handy. Auf dem Display erschien die Nummer von Berthold Sandelroth.

Ausgerechnet der, dachte Francesca und wollte das Gespräch schon wegdrücken. Doch dann entschied sie sich doch anders und nahm es an.

„Francesca?", meldete sich seine wohlbekannte Stimme. Doch diesmal klang sie alles andere als freundlich. „Sie sollten schnell nach Hause kommen. Ich habe Ihre Mutter. Und ihr geht es gar nicht gut ..."

„Was ..." Was haben Sie bei meiner Mutter zu suchen, hatte Francesca fragen wollen. Doch Berthold hatte einfach aufgelegt. So schnell ihre Füße sie tragen konnten, rannte Francesca zurück zu ihrem Haus. Bertholds Porsche parkte ein paar Meter davor am Straßenrand. War er wirklich in ihre Wohnung gegangen? Und wieso hatte er gesagt ‚Ich habe Ihre Mutter'? Das klang ja fast, als habe er sie gekidnapped und verlange ein Lösegeld für sie. Der Typ war wirklich völlig durchgeknallt.

Als Francesca ihren Lauf vor der Tür stoppte, erkannte sie ihren Fehler. Sie hatte ihren Haustürschlüssel im Schloss stecken gelassen. Das war ihr schon öfter passiert und es war auch nicht weiter schlimm, denn in Tremosine gab es so gut wie keine Kriminalität. Wer konnte schon damit rechnen, dass dieser verrückte Professor aus Deutschland ungefragt in ihre Wohnung eindringen würde.

Sie öffnete die Tür und trat in den dunklen Flur.

„Hallo? Berthold, wo sind Sie?"

Keine Antwort. Francesca drückte auf den Lichtschalter und die Deckenlampe erhellte den Flur und das Treppenhaus. Hier war niemand. Francesca lief die Treppe hinauf, nahm zwei Stufen auf einmal und kam schwer atmend oben an. Die Tür zum Schlafzimmer ihrer Mutter war nur angelehnt, ein schwacher Lichtstrahl drang nach außen. Francesca war sich ganz sicher, dass sie die Nachttischlampe ausgemacht hatte, bevor sie zum Friedhof gelaufen war. Sie verharrte einen kurzen Moment, ihr Puls raste. Dann stieß sie die Tür auf und stieß einen leisen Schrei aus. Ihre Mutter lag im Bett, die wässrigen Augen weit aufgerissen. Neben ihr saß Berthold und hielt den Schlauch des Infusionsgerätes in der Hand.

„Schön, Sie zu sehen, Francesca. Unsere letzte Unterhaltung war leider nicht sehr ergiebig. Ich glaube, Sie sollten nun endlich mit Ihrem Wissen über die Baldinis herausrücken oder wollen Sie, dass Ihre Mutter wegen Ihres Schweigens leiden muss?"

Kapitel 22

Luca versuchte, sich auf die Papiere zu konzentrieren, die vor ihm lagen. Rechnungen, Mahnungen, Zahlungsaufforderungen. Er musste endlich mit seinen Eltern reden. Sein Vater hatte ihn heute schon mehrmals einen langen, nachdenklichen Blick zugeworfen. Er ahnte garantiert, dass es schlecht um das Weingut stand. Aber wie schlecht, das wusste nur Luca. Und er schämte sich, den Misserfolg seinen Eltern gegenüber zuzugeben.

Mit brennenden Augen starrte Luca auf den Computerbildschirm, der ihm die negativen Salden seiner Bankkonten aufzeigte. Der Kreditrahmen war ausgeschöpft, er würde die neuen Rechnungen nicht bezahlen können. Luca loggte sich aus seinem Bankaccount aus, stopfte die Rechnungen in die Schreibtischschublade und raufte sich die Haare. Es hatte sowieso alles keinen Sinn. Seit dem Nachmittag konnte er keinen klaren Gedanken mehr fassen. Der verzweifelte Ausdruck in Giulias Gesicht, als sie erkannt hatte, dass er von der Höhle gewusst hatte, ging ihm nicht mehr aus dem Sinn.

Giulia. Jede Faser seines Körpers verlangte nach ihr. Noch nie hatte eine Frau ihn so um den Verstand gebracht, wie dieses Mädchen aus Deutschland. Jede Minute, die sie zusammen verbracht hatten, war wunderschön gewesen. Wenn er im Weinberg arbeitete, rief er sich die Einzelheiten ihrer Treffen wieder in Erinnerung. Er liebte die Art, wie sie ihn ansah, wenn sie glaubte, er würde es nicht merken. Sein Herz schlug höher, wenn sie über etwas lachte, das er gesagt hatte, und wenn ihre Augen dabei strahlten. Neulich abends hätte er sie fast geküsst. Erst im letzten Moment hatte er sich zurückgerissen und daran erinnert, welche Welten sie trennten. Sie, die Erbin einer prachtvollen Villa und studierte Kunsthistorikerin und er, der Weinbauer, der gerade dabei war, das Gut seiner Eltern gegen die Wand zu fahren. Und dennoch ... Er hatte sich weiter mit ihr getroffen, musste sie einfach sehen, ihre Gegenwart spüren, eine kurze Berührung erhaschen. Er hatte versucht, die Gegensätze, die sie trennten, zu verleugnen. Er hatte gehofft, dass irgendetwas passierte, dass ihn in einen Mann verwandelte, der gut genug für Giulia war.

Doch nichts war passiert. Außer, dass er alles kaputtgemacht hatte, was zwischen ihnen gewesen war. Als er Giulia geholfen hatte, die Villa zu durchsuchen, hatte er öfter darüber nachgedacht, ihr von dem Brief zu erzählen, den er unter seinem Schreibtisch gefunden hatte. Doch irgendwie war nie der richtige Zeitpunkt gewesen, ihr diese Sache zu beichten. Er hatte es vor sich hergeschoben. Und irgendwann beschlossen, es lieber für sich zu behalten. Was für ein Fehler. Luca seufzte und lehnte sich zurück. Er massierte sich den schmerzenden Nacken und fühlte sich elend. Ob Giulia nun wohl allein in der Villa saß und ihn zum Teufel wünschte?

Luca sah auf die Uhr. Es war schon nach 22 Uhr. Vielleicht war sie schon schlafen gegangen. Doch wenn nicht, war es vielleicht besser, die ganze Sache noch heute aufzuklären. Er hoffte, dass sie ihm noch eine Chance gab, ihr alles zu erklären. Und morgen würde er dann mit seinen Eltern reden und reinen Tisch machen.

Nachdem er diesen Plan gefasst hatte, ging es Luca schon ein winziges bisschen besser. Er schaltete den Computer aus und stand auf. Mit dem Pick-up waren es nur ein paar Minuten bis zur Villa. Unterwegs bogen sich die Bäume rechts und links der Straße im Wind. Luca erinnerte sich, dass für heute Nacht ein schweres Gewitter vorhergesagt war. Hoffentlich zog es an Tremosine vorbei. Bestimmt war es für Giulia nicht gerade angenehm, bei einem Unwetter allein in der einsamen Villa zu sein.

Er bog in die lange Einfahrt zum Palazzo ein und sah schon von weitem, dass Giulias Mini vor dem Eingang stand. Gottseidank – sie war zu Hause.

Luca parkte den Wagen neben Giulias Auto und ging langsam die Stufen zum Eingang hoch. Die Villa lag in völliger Dunkelheit und machte einen verlassenen Eindruck. Ob Giulia doch schon schlief? Als er vor der

Tür stand, zögerte Luca, auf den Klingelknopf zu drücken. Bestimmt würde sie sich zu Tode erschrecken, wenn sie schon im Bett lag, und noch so spät jemand an ihrer Tür klingelte. Es wäre vernünftiger, morgen früh wiederzukommen und mit ihr zu sprechen.

Eine Eule flog lautlos über ihn hinweg und stieß einen heiseren Schrei aus. Luca fuhr zusammen. Falls das Unwetter doch noch kommt, kann ich sie hier nicht alleinlassen, dachte er und drückte schließlich doch auf den Klingelknopf.

Jedes Mal, wenn er das in den letzten Wochen getan hatte, war Watson mit einem Riesengetöse an die Tür gerast. Doch nun rührte sich nichts. Die Villa ruhte still in der Dunkelheit, nicht das leiseste Geräusch drang aus ihrem Inneren. Seltsam, dachte Luca und betätigte den Klingelknopf ein weiteres Mal. Auch diesmal ging nirgendwo im Haus ein Licht an, kein Hundegebell war zu hören.

Wo war Giulia? Ihr Mini stand doch vor dem Haus. Konnte sie jemand abgeholt haben? Luca spürte, dass so etwas wie Panik in ihm aufstieg. Giulia kannte doch so gut wie niemanden hier am Gardasee. Was, wenn ihr etwas passiert war?

Mit zitternden Fingern holte er sein Handy aus der Tasche und wählte ihre Nummer. Das Handy war ausgeschaltet. Lucas Herz schlug schneller. Genau wie er gehörte Giulia doch zu der Generation, die ihr Handy fast immer in Betrieb und dabeihatte. Irgendetwas stimmte hier ganz und gar nicht. Da fiel ihm Francesca ein. Giulia hatte ihn kürzlich auf sie angesprochen. Vielleicht hatte sich Giulia bei ihr ausgeweint und die beiden waren noch irgendwo eingekehrt.

Luca versuchte, sich mit diesem Gedanken zu beruhigen. Redete sich ein, dass schon alles in Ordnung sei. Doch seine Angst blieb. Es konnte nicht schaden, mal kurz bei Francesca vorbeizufahren.

Kapitel 23

Ich schlug den gleichen Weg ein, den ich auch schon heute Morgen gegangen war – in Richtung von Cecilias Hütte. Doch während die Landschaft am Vormittag in warmes Sonnenlicht getaucht war und mit einer Sinfonie aus satten Grüntönen verzauberte, konnte man die Wiesen und Wälder jetzt nur noch erahnen. Weder Mond noch Sterne leuchteten in dieser Nacht, die Dunkelheit verschluckte jede Silhouette. Trotzdem lief ich mit einer seltsamen Sicherheit über das Terrain – so, als hätte ich den Weg schon unzählige Male zurückgelegt und nicht erst ein einziges Mal.

Ich wunderte mich über das Fehlen jeglicher Geräusche während meiner Wanderung. Lediglich Watsons gelegentliches Schnaufen war zu hören, ansonsten herrschte die Stille vor dem Sturm. Man könnte meinen, weit und breit der einzige Mensch auf Erden zu sein. In der Ferne erhellte ein Wetterleuchten in rascher Abfolge den Himmel über den Bergen.

Kurz bevor ich Cecilias Hütte erreichte, bog ich nach links in Richtung von Lucas Weingut ab. Ich folgte einem Feldweg, durchquerte ein Wäldchen und dann hatte ich sie erreicht: die Schlucht, in der Cecilia und Salvatore sich heimlich getroffen hatten. Natürlich konnte ich in der Schwärze der Nacht kaum etwas erkennen, doch aus irgendeinem Grund wusste ich trotzdem ganz genau, dass dies der Ort war, von dem ich geträumt hatte.

Ich blieb stehen und sah mich um. Inzwischen hatten sich meine Augen an die Dunkelheit gewöhnt und so konnte ich nun die Konturen von großen Felsen erkennen. Der Wind hatte aufgefrischt, in Richtung Osten zuckten Blitze über den Himmel. Dünne Zweige peitschten gegen die Felswände und Watson drückte seinen kleinen Hundekörper schutzsuchend an meine Beine.

„Alles gut, Watson", beruhigte ich meinen Hund und überlegte, ob ich den Rückweg antreten sollte. Das Gewitter würde bald loslegen. Noch während ich diesen Gedanken verfolgte, fielen die ersten dicken Regentropfen vom Himmel.

Mist. Jetzt war es zu spät, um zurückzulaufen. Das Unwetter würde mich auf freiem Feld erwischen. Vielleicht war es besser, ein trockenes Plätzchen in dieser Schlucht zu suchen und einfach abzuwarten, bis das Gewitter vorbeigezogen war.

Ein heller Blitz erleuchtete die Felsenlandschaft vor mir. Kurz darauf ließ mich ein lautes Krachen zusammenzucken. Der Regen nahm zu.

„Komm schnell, Watson", befahl ich meinem Hund und lief zu den Felsen. Ein schmaler Weg führte mitten durch sie hindurch, den wollte ich einschlagen. Hinter mir brach ein Ast ab und fiel krachend zu Boden. Erschrocken fuhr ich zusammen und beschleunigte meine Schritte. Noch ehe ich den Spalt in den Felsen erreichte, öffnete der Himmel seine Schleusen und der Regen fiel wie ein Sturzbach auf die Erde. Ich war in Sekundenschnelle klatschnass.

Die schmale Felsengasse bot tatsächlich einen gewissen Schutz vor dem Sturm, der nun über die Hochebene von Tremosine fegte. Trotzdem waren wir hier nicht in Sicherheit. Der Wind heulte durch den Pfad hindurch und ich trieb Watson an, schneller zu laufen. Mit den nassen Sohlen meiner Turnschuhe fiel es mir schwer, Tempo zu machen. Immer wieder rutschte ich auf dem glitschigen Boden aus. Zudem konnte ich nicht sehen, was sich vor mir befand, weil der Weg in völliger Dunkelheit lag. Inzwischen verfluchte ich die Idee, einfach losgelaufen zu sein, ohne jemandem Bescheid gesagt zu haben. Ein Besuch der Schlucht hätte auch bis morgen warten können, wenn es hell und das Gewitter vorüber war.

Watson fiepte leise. Wahrscheinlich verwünschte er sein Frauchen dafür, dass es ihn mitten in der Nacht auf einen so idiotischen Ausflug geschickt hatte.

„Alles wird gut, Watson", sagte ich und schaltete die Taschenlampe an.

Ihr Strahl beleuchtete glatte Felswände, die fast senkrecht in den Himmel ragten. Wir gingen weiter, tasteten uns Schritt für Schritt über den unebenen Boden voran. Erneut ertönte ein gewaltiger Donnerschlag. Ich begann zu zittern. Innerhalb von Minuten hatte sich die Luft merklich abgekühlt. Die Felsen vor uns rückten immer näher zusammen, wahrscheinlich ging der Weg gar nicht durch sie hindurch, sondern endete in einer Sackgasse. Links von uns erspähte ich einen niedrigen Felsvorsprung, der Schutz vor dem Regen bieten konnte. Ich bückte mich und leuchtete mit der Taschenlampe hinein. Der Vorsprung war viel größer, als ich zuerst gedacht hatte. Unter ihm fiel das Gelände leicht ab. Der Lichtstrahl reichte nicht bis zur hinteren Felswand und so ging ich in die Knie und robbte auf allen vieren voran. Hier war es zumindest trocken.

„Wir bleiben hier, bis das Gewitter vorbei ist", erklärte ich Watson mit fester Stimme. Ich redete mir ein, den Hund damit beruhigen zu müssen. In Wirklichkeit versuchte ich jedoch, mir selbst Mut zuzusprechen. Ich setzte mich auf den felsigen Boden, während mein Kopf die steinige Decke über mir berührte. Mit einem Satz flog Watson in meine Arme und kuschelte seinen kleinen Hundekörper an mich. Ich war froh, wenigstens nicht ganz allein zu sein. Mit klopfendem Herzen lauschte ich dem Wind und den Donnerschlägen um uns herum. Ich hatte keine Ahnung, wie lange die Batterien der Taschenlampe durchhalten würden. Bestimmt hatte sie schon länger in Angelos Küchenschublade gelegen. Ihr Licht wirkte schon gelblich. Um sie zu schonen, schaltete ich die Lampe aus. Sofort waren wir von völliger Dunkelheit umgeben.

Das Glucksen des Wassers war jetzt lauter zu hören. Das ist der Effekt der Dunkelheit, wenn man nichts sieht, hört man alle Geräusche lauter, redete ich mir ein. Für einen kleinen Moment schloss ich die Augen – und taumelte in der Zeit zurück. Auch diesmal herrschte eine furchterregende Gewitternacht in dieser Schlucht. Man schrieb das Jahr 1916.

Kapitel 24

Francesca blickte abwechselnd zu ihrer Mutter und zu Berthold und konnte es nicht fassen. Dieser Typ saß in aller Seelenruhe neben dem Infusionsständer und hatte ihre Mutter offensichtlich schon drangsaliert, ihm irgendetwas zu verraten – und das alles wegen des verdammen Schatzes.

„Verschwinden Sie!", schleuderte sie ihm in einem Anfall grenzenloser Wut entgegen. „Und wagen Sie es nicht, jemals wieder hier aufzukreuzen."

Berthold schüttelte amüsiert den Kopf. „Aber Francesca, wie können Sie nur so ungastlich sein, nach allem, was ich für Sie getan habe."

„Sie können das Seidentuch gerne wiederhaben. Und jetzt nehmen Sie endlich Ihre Hände da weg und verlassen Sie dieses Haus."

„Oh, aber liebend gerne", antwortete Berthold. Er wirkte völlig ruhig. „Sobald Sie mir gesagt haben, wo das Baldini-Erbe versteckt ist, bin ich hier weg und Sie werden mich nie wieder sehen."

Ihr Gespräch war lauter geworden. Als das Wort Baldini-Erbe fiel, zuckte Anna zusammen. Erschrocken riss sie die Augen auf und starrte den fremden Mann an ihrem Bett an.

„Das Baldini-Erbe?", wiederholte sie flüsternd.

„Ganz recht." Geradezu liebevoll wandte sich Berthold nun an die alte Frau zu seiner Seite. „Oder wollen Sie mir nun vielleicht endlich sagen, wo er versteckt ist?"

„Lassen Sie meine Mutter in Ruhe. Sie ist eine alte, kranke Frau und hat Ihnen nichts getan." Francesca stürzte nach vorne und wollte Berthold zur Seite stoßen. Anna stieß einen angstvollen Schrei aus. Ihr Gesicht, fast so weiß wie der Bezug ihres Kopfkissens, hatte sich in eine qualvolle Grimasse verwandelt. Sie schaute ihre Tochter an.

„Aber Francesca, ich habe es dir doch gesagt. Oder nicht?"

Francesca traute ihren Ohren nicht. Zum ersten Mal seit Monaten hatte ihre Mutter sie mit ihrem Namen angesprochen und nicht Madre genannt.

„Ach, das ist ja interessant." Berthold schien von Francescas körperlichem Vorstoß nicht im mindestens beeindruckt zu sein. „Nun kommen wir endlich zum Kern der Sache. Wer von den Damen möchte mich denn nun aufklären?"

In diesem Moment klingelte es an der Tür.

Francesca hielt den Atem an. Wer könnte das um diese Zeit noch sein? War Giulia noch einmal zurückgekehrt? Doch ganz egal, wer so spät noch an ihrer Haustür klingelte, ihn hatten die Götter geschickt.

Bertholds Gesicht hatte einen genervten Ausdruck angenommen.

„Wer ist das?", fragte er barsch.

In diesem Moment klingelte es ein zweites Mal.

„Ich weiß es nicht", antwortete Francesca wahrheitsgemäß. „Vielleicht ist es der Arzt. Aber ich sollte wohl besser aufmachen, das Licht ist an und wenn ich nicht öffne, wird derjenige sicher die Polizei rufen. Aber wenn es das ist, was Sie möchten ..."

Bertholds Augen blitzten wütend. „Ich komme mit runter. Wer immer es ist, Sie werden ihn abwimmeln. Oder Ihre Mutter wird es büßen."

Während er hinter ihr die Treppe hinabging, wurde unten Sturm geklingelt. Francesca öffnete die Tür und zuckte überrascht zurück. Vor ihr stand Luca Romano und sah reichlich aufgebracht aus.

„Ist Giulia hier?", war alles, was er sagte und schob sie dabei einfach beiseite, um besser ins Innere des Hauses zu sehen. Dabei wäre er fast mit Berthold zusammengeprallt, der sich schräg hinter Francesca hinter einem Vorhang verborgen hatte.

Er fragte sich, wer der fremde Mann sein könnte. Ein Verflossener von Francesca? Er hatte sich schon über den schwarzen Porsche mit Münchner Kennzeichen gewundert, der vor dem Haus parkte. Normalerweise verirrten sich die reichen Touristen am Abend nicht ausgerechnet in diese Straße. Die beiden Männer starrten sich einen Moment lang schweigend in die Augen, dann wandte sich Luca wieder Francesca zu.

„Was ist denn nun? Ist sie hier?"

Francesca schüttelte verwirrt den Kopf. „Nein, sie ist längst gegangen und müsste zu Hause sein. Was ist denn bloß passiert?"

„Das würde mich auch interessieren", mischte sich Berthold ins Gespräch. „Und geht es hier etwa um meine Freundin Giulia Boracher?"

Luca hob die Augenbrauen und musterte den Mann ein weiteres Mal. Seine Worte hatten ihm einen Stich versetzt. Konnte das wirklich der Freund von Giulia sein? Sie hatte nicht davon gesprochen, liiert zu sein, und nur mal einen Ex-Freund erwähnt. Aber bevor er sich weiter um dieses Problem kümmern konnte, musste er ein viel dringlicheres lösen.

„Ich war gerade an der Villa. Giulias Auto steht vor der Tür, aber sie scheint nicht da zu sein."

Draußen ging ein gewaltiger Donnerschlag nieder und die ersten Regentropfen fielen vom Himmel. Francesca war zusammengezuckt. „Sie wird doch bei dem Unwetter nicht mit ihrem Hund durch die Gegend laufen, oder? Hast du versucht, sie anzurufen?"

„Natürlich. Aber das Handy ist ausgeschaltet. Ich hatte gehofft, sie hier anzutreffen."

Luca stand der Schweiß auf der Stirn. Seine Sorge um Giulia war in den letzten Minuten noch weiter gewachsen. Die Stimmung in diesem Haus trug nicht gerade dazu bei, ihn zu beruhigen. Irgendetwas Bedrohliches ging von diesem Deutschen aus, Francesca schien regelrecht Angst vor ihm zu haben. Luca war

243

nicht entgangen, dass sie sich schon zweimal auf die Unterlippe gebissen hatte, die jetzt sogar ein wenig blutete.

Berthold stemmte die Hände an die Hüften und drückte das Kreuz durch. Der andere war größer als er, das wurmte ihn irgendwie. Und was noch schlimmer war: Was hatte dieser Kerl so spät am Abend bei seiner Giulia verloren?

„Langsam wird es mir zu bunt. Ich habe ein Recht darauf, zu erfahren, was mit Giulia passiert ist." Berthold brüllte nun regelrecht, um sich Gehör zu schaffen. Luca warf ihm nur einen kurzen, feindseligen Blick zu und ignorierte ihn anschließend. Stattdessen wandte er sich Francesca zu.

„Sie war heute Morgen in der Hütte deiner Großmutter. Hat sie dir das erzählt?"

Francesca nickte. Und nicht nur das, dachte sie.

„Kann es sein, dass sie noch mehr über das Baldini-Erbe herausgefunden und sich auf die Suche begeben hat?"

Lucas Augen leuchteten wild. Sein ganzer Körper stand unter Strom.

Francesca zuckte hilflos die Achseln. „Ich weiß es nicht. Als sie hier war, wirkte sie etwas verzweifelt, sie wollte zurück zur Villa. Mehr weiß ich nicht."

„So, jetzt reicht's." Berthold trat zwischen die beiden und griff Francesca am Arm. „Sie wissen viel mehr, als Sie zugeben, Francesca, das spüre ich. Und inzwischen geht es ja wohl nicht mehr nur um den Schatz, sondern vielleicht auch um Giulias Leben. Wir müssen sie finden! Und Sie werden mir jetzt sofort sagen, was Sie wissen."

Berthold hatte sich bedrohlich vor Francesca aufgebaut und durchbohrte sie mit seinem Blick. Mit zitternder Hand griff Francesca in ihre Tasche und zog den Brief hervor, den sie erst vor wenigen Minuten in Cecilias Grab gefunden hatte.

Kapitel 25

Der Regen rauschte ohne Unterlass vom Himmel. Er musste die Truhe verstecken, bevor es hell wurde. Allein war sie viel schwieriger zu befördern, als wenn zwei Männer sie gemeinsam trugen. Aber er hatte es geschafft. Schwer atmend lehnte sich der Mann an den kalten Stein in seinem Rücken. Noch ein paar Meter, dann hatte er das Gold da, wo es sein sollte. Hier würde es so schnell niemand finden.

Als er die Kiste gemeinsam mit Salvatore in das erste Versteck, die Höhle in der Nähe von Cecilias Hütte geschafft hatte, hatte ihn ein merkwürdiges Gefühl beschlichen. So, als lauere jemand in der Dunkelheit und würde sie beobachten. Er hatte Salvatore nichts davon gesagt, doch das Gefühl war immer stärker geworden. Kurz nachdem er sich von seinem Freund verabschiedet hatte, war er noch einmal zurückgekommen. Der Schatz war noch dort gewesen, wo sie ihn versteckt hatten. Aber war er dort wirklich sicher? Vielleicht holte derjenige, der sie beobachtet hatte – und davon war Paolo nun fest überzeugt – gerade Verstärkung, um die Kiste abzutransportieren. Er hatte keine andere Wahl – die Truhe musste schnellsten hier weg.

Paolo holte tief Luft, dann bückte er sich, kroch unter den Felsvorsprung und zog die schwere Kiste mühsam hinter sich her. Er war froh, wenn er diesen Ort schnell wieder verlassen konnte. Zuhause lag seine Frau im warmen Bett und wartete auf ihn. Glücksgefühle durchströmten ihn, als er an sie dachte. Noch ein Ruck. Die Kiste folgte ihm schwerfällig. Meter um Meter legte er seinen Weg unter dem Felsvorsprung zurück, langsam erlahmten seine Kräfte. Aber er wollte die Truhe so weit es eben ging an den hintersten Rand des Felsvorsprungs ziehen. Er biss die Zähne zusammen und zog ein weiteres Mal an der schweren Kiste.

Plötzlich konnte er das Wasser hören. Wie ein Staudamm, der brach, strömte der Schlamm in sein Versteck und unterspülte die Truhe. Der Bach musste über die Ufer getreten und zusammen mit dem Regen in den Felsspalt geströmt sein. Paolo versuchte, die Kiste von sich wegzuschieben, doch sie war zu schwer. Außerdem war er schon so weit nach hinten vorgedrungen, dass er fast flach auf dem Boden lag. Panik erfasste ihn. Ich muss hier raus, dachte er verzweifelt. Doch es war zu spät. Die Truhe quetschte ihn gegen die Felswand, das Wasser stieg höher und höher. Bald hatte es das Gold und den Mann vollständig bedeckt.

Mit einem Schrei erwachte ich aus meiner Benommenheit. Ich bebte am ganzen Körper, Watson drückte sich ängstlich an mich. Mit zitternden Fingern knipste ich die Taschenlampe wieder an. Gottseidank, sie brannte. Konnte das wahr sein? War das Baldini-Gold hier versteckt worden? Ich musste es einfach wissen.

Ohne auf den protestierenden Watson zu achten, kroch ich weiter in die dunkelste Ecke des Felsvorsprungs. Das Gelände fiel hier noch stärker ab als im vorderen Teil der Felsformation. Plötzlich bemerkte ich, dass der Untergrund inzwischen nicht mehr trocken war. Wie konnte das Wasser hierher gelangt sein? Ich hatte Zeit und Raum vergessen und nicht mehr auf das Gewitter draußen geachtet. Doch jetzt hörte ich, dass der Regen weiterhin mit ungebrochener Macht vom Himmel fiel. Vielleicht wäre es besser, den Rückweg anzutreten.

Noch einmal leuchtete ich mit der Taschenlampe den Raum vor mir ab. Und dann sah ich sie. Ganz hinten in der Ecke, nur noch ein paar Meter von mir entfernt, stand eine große Kiste auf der Erde.

Vor Aufregung schlug mir das Herz bis zum Halse. Ich hatte ihn gefunden, den Baldini-Schatz – da gab es gar keinen Zweifel. Regen hin oder her, so kurz vor dem Ziel würde ich nicht aufgeben. Ich musste zumindest einen Blick in die Truhe werfen. Dann könne ich immer noch zurückkriechen und schnell nach Hause laufen. Die Taschenlampe in der rechten Hand robbte ich weiter vorwärts. Jetzt hatte ich die Truhe erreicht und versuchte, mit der linken Hand den Deckel zu heben. Es ging nicht. Vielleicht war sie abgeschlossen? Ich schob mir die Taschenlampe zwischen die Zähne und rutschte noch ein paar Zentimeter auf dem glitschigen Untergrund an die Truhe heran. Nun versuchte ich, die Kiste mit beiden Händen zu greifen und zu mir heranzuziehen. Sie war schwer wie Blei. Trotzdem gelang es mir, sie mit äußerster Kraftanstrengung ein paar Millimeter zu bewegen. Hinter der Truhe war nun Platz entstanden, etwas fiel mit einem seltsamen Knacken zu Boden. Ich hob den Kopf und beleuchtete die Stelle mit der Taschenlampe. Hinter der Truhe lag ein Haufen menschlicher Knochen. Gänsehaut überzog meinen gesamten Körper und für einige Sekunden, die sich wie eine Ewigkeit anfühlten, war ich wie gelähmt.

Sämtliche Überlebensinstinkte rieten mir, diesen Ort so schnell wie möglich zu verlassen. Aber es gab auch diese andere Stimme in mir, die mich lockte. Willst du so nah vor dem Ziel aufgeben, Giulia? Du hast es doch fast geschafft. Hol dir Gewissheit!

Ich sah Salvatore vor mir, der mir zunickte. Ich hörte die Stimme des Notars.

Giulia Boracher hat vom Zeitpunkt meines Todes an ein Jahr lang Zeit, das Geheimnis zu entschlüsseln, das Salvatore der Familie hinterlassen hat. Sollte ihr dies nicht gelingen, geht die Villa an meinen Bruder Carlo.

Die Zeit drängte. Immer mehr Wasser floss aus dem Felsenpfad in die Vertiefung, in der ich lag. Ich musste mich entscheiden. Die innere Stimme siegte. Jetzt oder nie. Ich werfe nur ganz kurz einen Blick in diese Truhe und dann haue ich hier ab.

Tief Luft holend, griff ich erneut mit beiden Händen an den Deckel der Kiste und riss ihn nach oben. Die Truhe war nicht abgeschlossen. Mit einem Knall schlug der Deckel gegen die Felsdecke. Es staubte und ich hörte ein beunruhigendes Knirschen über mir. Watson sprang instinktiv zurück. Doch ich lag fast waagerecht auf dem nassen Steinboden und war nicht schnell genug. Ein Stein löste sich aus dem Felsen über mir und traf mich am Kopf, noch ehe ich die Situation überhaupt erfasst hatte. Und dann versank alles um mich herum in Dunkelheit.

Kapitel 26

Nachdem Francesca den Brief vorgelesen hatte, den sie auf dem Friedhof gefunden hatte, war Luca aus dem Haus gestürmt und hatte sich hinter das Steuer seines Pick-ups geworfen. Er spürte, dass etwas Schreckliches geschehen war. Wie ein Verrückter fuhr er auf der schmalen, regennassen Straße zurück zur Villa. Die Augen weit aufgerissen, suchte er die Umgebung ab. Das Gewitter tobte nun direkt über Tremosine. Es war mehr als gefährlich, bei einem solchen Unwetter zu Fuß unterwegs zu sein. Er hoffte inständig, dass Giulia irgendwo Unterschlupf gefunden hatte. Doch sein Gefühl sagte ihm etwas anderes.

Im Rückspiegel sah er die Scheinwerfer eines tiefliegenden Sportwagens aufleuchten. War dieser angebliche Freund von Giulia ihm etwa gefolgt? Der Wagen holte schnell auf und fuhr bald schon dicht hinter ihm. Luca riskierte noch einen Blick in den Rückspiegel. Hinter ihm fuhr tatsächlich ein schwarzer Porsche. Er trat das Gaspedal durch und schleuderte viel zu schnell durch eine Kurve. Doch Luca kannte die Straße wie seine Westentasche und die breiten Reifen des Pick-ups hafteten trotz der Wassermassen verlässlich auf dem Asphalt.

Das traf für den Porsche jedoch nicht zu. Luca sah, wie der Wagen hinter ihm aus der Kurve flog und mit hohem Tempo in einer Wiese landete. Idiot, dachte Luca und richtete den Blick sofort wieder nach vorne.

Ein Blitz zuckte über den Himmel und erleuchtete für einen kurzen Moment die Landschaft vor ihm. Rechts befand sich die Zufahrt zur Villa und vor ihm rannte ein kleines, klitschnasses Tier über die Fahrbahn – direkt auf ihn zu. Watson!

Luca trat in die Bremse und nun kam auch sein Wagen ins Schleudern. In Erwartung eines dumpfen Aufpralls, biss Luca die Zähne zusammen und sah vor seinem inneren Auge, wie er den kleinen Hund, den er längst liebgewonnen hatte, mit seinem Auto zermalmte. Doch das erwartete Geräusch blieb aus. Der Wagen kam zum Stehen und Luca riss die Tür auf. Die Lichtkegel der Scheinwerfer leuchteten gespenstisch in die dunklen Regenschleier. Ein Jaulen ließ Luca herumfahren und im gleichen Moment spürte er ein nasses Fell an seinen Beinen und sah in zwei bekannte Hundeaugen.

„Watson! Gottseidank, du lebst!"

Der kleine Hund begann zu fiepen, leckte Luca die Hand und drehte sich dann sofort wieder um. Ohne sich noch einmal umzublicken, rannte er in die Richtung, aus der er gekommen war.

Kapitel 27

Ich erwachte und hatte im ersten Moment nicht die geringste Ahnung, wo ich mich befand. War das wieder einer dieser Träume, die mich in den letzten Wochen in andere Zeiten getragen hatten? – Schneller als mir lieb war, erkannte ich, dass ich mich keinesfalls in meinem gemütlichen Bett in der Villa befand. Ich fühlte Feuchtigkeit und kalten Fels unter mir. Das war garantiert kein Traum. Die Taschenlampe lag auf der Erde und brannte nur noch schwach. Sie warf ihr gelbliches Licht auf die alte Truhe, die vor mir lag und die mich fast das Leben gekostet hätte. Es war still hier mitten im Felsen, nur das Glucksen von Wasser war zu hören. Wo war Watson?

Ich richtete mich ein paar Zentimeter auf und versuchte, nach hinten zu schauen. Sofort schoss mir ein brutaler Schmerz in den Kopf und mir wurde speiübel. Bestimmt eine Gehirnerschütterung, diagnostizierte ich messerscharf und ließ den Kopf zurück auf die Erde sinken. Watson hatte ich nicht gesehen. Bestimmt war er panikartig nach Hause gerannt. Letzten Endes war er wohl doch der Vernünftigere von uns beiden.

Ich spürte, dass meine Kleidung bereits komplett voll Wasser gesogen war. Der Regen hatte offenbar nicht nachgelassen und langsam, aber sicher lief die Vertiefung, in der ich lag, voll Wasser. Ich musste hier raus und zwar schnell.

Also los, Giulia, reiß dich zusammen und beweg deinen Hintern, befahl ich mir selbst. Ich holte tief Luft, versuchte, den Schmerz in meinem Kopf zu ignorieren, und schob meinen Körper ein paar Zentimeter zurück. Auf dem Hinweg hatte es viel besser geklappt. Erneut wurde mir übel und ich schloss die Augen, weil sich alles um mich herum drehte. Jetzt bloß nicht wieder ohnmächtig werden, betete ich. Schwer atmend legte ich eine Pause ein. Ich musste mich ein paar Minuten ausruhen, bis der Brechreiz verschwand.

Immer mehr Wasser floss nun in die Vertiefung. In Paolos Grab, wie mir auf einmal bewusst wurde. Und vielleicht wird es auch meins werden, erkannte ich. Auf einmal war mir der verfluchte Baldini-Schatz völlig egal. Ich sah meine eigenen bleichen Knochen an diesem Ort liegen und dachte an all die Menschen, die mir etwas bedeuteten und die ich nie mehr wiedersehen würde. Alles, was vor mir lag, eine eigene Familie, ein erfülltes Berufsleben, Reisen in fremde Länder, das Glück, morgens aufzuwachen und einen neuen Tag zu begrüßen – all dies würde nie geschehen. Und ich Vollidiotin hatte es selbst in Schuld.

Aber noch war ich nicht tot. Vielleicht hatte ich noch eine Chance. Zumindest würde ich kämpfen bis zum

Schluss. Ich biss die Zähne zusammen, öffnete die Augen und spürte, wie Adrenalin meinen Körper flutete. Vorsichtig richtete ich mich ein kleines Stückchen auf und drückte mich zurück. Wieder ein paar Zentimeter geschafft. Ich versuchte, das Hämmern in meinem Kopf zu ignorieren. Mach weiter, befahl ich meinem malträtierten Körper. Diesmal kam ich fast bis auf die Knie. Aber geschafft hatte ich es noch lange nicht und inzwischen strömte das Wasser fast wie ein Bach in dieses Loch. Doch neben dem Rauschen und Brausen des Wassers hörte ich plötzlich noch andere Geräusche. Jemand schrie.

Das kann nicht sein, war das Erste, das ich dachte. Wieso sollten mitten in der Nacht bei einem Unwetter irgendwelche Leute hier herumrennen? Hatte ich etwa Halluzinationen? Aber dann war mir alles egal und ich begann so laut zu schreien, wie ich konnte.

„Giulia?! Wo bist du?"

Es war Lucas Stimme. Ich konnte es nicht glauben, Tränen liefen meine Wangen hinab.

„Ich bin hier!", rief ich zurück – so glücklich und erleichtert, wie noch nie zuvor in meinem Leben.

Jetzt hörte ich ein Bellen, das musste Watson sein, doch ich konzentrierte mich einfach nur auf Luca. Er war da. Er würde mich retten. Ganz egal, was vorher geschehen war, ich wolle einfach nur, dass er mich hier herausholte.

Ich hörte, dass hinter mir jemand herankroch. Und dann war er neben mir. Luca. Vorsicht nahm er meinen

Kopf in seine warmen Hände und sah mir tief in die Augen.

„Giulia. Gottseidank, du lebst. Ich bin fast verrückt geworden vor Sorge. Watson kam mir entgegengerannt. Er hat mir den Weg gezeigt. Ach, ich bin so froh ..."

Und dann kam er noch näher an mich heran, drückte seine Lippen auf meine und küsste mich so zärtlich wie ich es mir immer erträumt hatte.

Ich schloss die Augen und gab mich seinen Kuss hin. Alles war gut. Erst als er sich wieder von mir löste, kehrte ich in die Realität zurück. Noch immer floss das Wasser in die Vertiefung.

„Hol mich hier raus", flüsterte ich.

Das ließ sich Luca nicht zweimal sagen. Kraftvoll und vorsichtig zugleich legte er die Arme um mich und zog mich Stück für Stück zurück, bis ich mich bis zur Hocke aufrichten konnte. Watson flog mir entgegen und leckte mir stürmisch das Gesicht ab.

„Er hat mir den Weg zu dir gezeigt. Ohne ihn hätte ich dich niemals so schnell gefunden", sagte Luca und kraulte Watson, der gerade mehr wie eine nasse Ratte aussah als wie ein Hund.

Ich wusste nicht, ob ich lachen oder weinen sollte.

„Ach, Watson", schniefte ich glücklich, „du bist doch wirklich der beste Hund der Welt."

Das Gewitter hatte etwas nachgelassen, als Luca, Watson und ich die Schlucht verließen und in Lucas Wagen kletterten. Kurz bevor wir in die Einfahrt zur Villa einbogen, sah ich auf der linken Seite zwei

Scheinwerfer in einer Wiese leuchten. Am Straßenrand parkte ein Rettungswagen.

„Da hatte jemand einen kleinen Unfall", sagte Luca.

„Er ist wie ein Bekloppter hinter mir hergefahren. Und zuvor hatte er behauptete, dein Freund zu sein."

„Was?" Ich konnte es nicht glauben. Berthold schreckte offenbar vor gar nichts zurück. Aber darum würde ich mich später kümmern.

Kapitel 28

Zwei Wochen waren seit der turbulenten Nacht in der Schlucht vergangen. Ich hatte mich von meiner Gehirnerschütterung erholt, viel nachgedacht und endlich mal die schönen Seiten des Gardasees richtig ausgenutzt. Fast jeden Tag war ich im See geschwommen, hatte eine Wanderung mit Watson unternommen, die Boutiquen in Limone, Riva und Malcesine unsicher gemacht und sogar einige Museen besucht.

Berthold war endlich abgereist – diesmal für immer. Nachdem der Rettungssanitäter seine kleine Kopfverletzung versorgt hatte, war er tatsächlich noch in der Villa aufgetaucht und hatte zu einer theatralischen Rede angesetzt, in der er mir erklärte, dass er nun wüsste, wo der Schatz versteckt sei. Wenn ich wieder lieb und nett zu ihm wäre und sich dieser Mensch – Fingerzeig auf Luca – entfernen würde, könnte er das Geheimnis lüften und es mir verraten. Dieses Mal hatte ich nicht klein beigegeben. Ich hatte ihm angedroht, ihn auf der Stelle anzuzeigen, wenn er nicht sofort und für alle Zeiten verschwinden würde. Luca meinte später, dass ich ziemlich gefährlich dabei ausgesehen hätte. Jedenfalls hatte Berthold danach wirklich das Weite gesucht und ich hatte seitdem nie wieder etwas von ihm gehört.

Heute herrschte eine dieser lauen Nächte am Gardasee, an denen man einfach nicht ins Bett gehen wollte. Die Sonne war längst untergegangen, die Luft immer noch duftig und warm. Ich hatte mein Bestes gegeben, um die Terrasse in einen wahren Sommernachtstraum zu verwandeln. Die lange Tafel war mit einem weißen Tischtuch, dem besten Geschirr und den schönsten Blumen aus dem Garten gedeckt. Überall hatte ich Kerzen und Teelichter aufgestellt. Auf der anderen Seeseite funkelten die Lichter von Malcesine, doch der Trubel der Touristenorte war weit entfernt von unserer Villa in den Bergen.

Unsere Villa sagte ich jetzt immer, wenn ich von ihr sprach. Denn obwohl ich nun hochoffiziell zur alleinigen Besitzerin ohne Wenn und Aber erklärt worden war, fühlte ich mich nicht so. In meinem Verständnis gehörte die Villa uns allen – den Generationen, die einst hier gelebt und geliebt hatten, und denen, die jetzt an der Reihe waren.

Eines meiner Lieblingslieder erklang. Andrea Bocelli und Ed Sheeran sangen ihre wundervolle ‚Perfect Symphony‘. Luca saß neben mir. Er suchte nach meiner Hand, fand sie unter dem Tisch und drückte sie.

„Schöner könnte der Abend nicht sein. Das hast du gut gemacht, Giulia", flüsterte er.

„Na hör mal, du warst der Koch", antwortete ich lachend, während er mir einen Kuss auf die Wange hauchte.

Ich hatte meine wenigen Freunde am Gardasee zu einer kleinen Feier eingeladen. Francesca, Luisa und Giuseppe und Lucas Eltern waren gekommen. Natürlich hatte ich auch meine Mutter und Carina eingeladen, aber die hatten keine Zeit gehabt. Vielleicht ein anderes Mal. Diesmal war es auch ohne sie schön. Luca hatte den Wein mitgebracht und ein fantastisches Essen zubereitet. Antipasti als Vorspeise, Saltimbocca als Hauptgang und zum Dessert Panna Cotta. Nun saßen wir alle pappsatt am Tisch, plauderten und lachten und genossen den Abend.

Es war einiges passiert, seitdem ich mitten in der Nacht zur Schlucht gelaufen und den Schatz dort gefunden hatte. Und nicht nur den Schatz. Die Gebeine, die hinter der Truhe lagen, erwiesen sich als die Überreste von Paolo Romano. Wenn ich an den Traum zurückdachte, der mir die letzten Minuten in seinem Leben gezeigt hatte, lief es mir noch immer eiskalt den Rücken herunter. Ich hatte so ein Glück gehabt, dass ich schnell gefunden wurde, sonst hätte mir leicht das gleiche Schicksal wie Paolo blühen können.

Warum er überhaupt Salvatores Besitz dorthin geschafft hatte, verriet uns der Brief, den Francesca im Urnenfach ihrer Großmutter gefunden hatte.

Ursprünglich hatten Salvatore und Paolo die Truhe gemeinsam in die Höhle nahe Cecilias Hütte gebracht.

Cecilia, die ja davon wusste, hatte sich versteckt und die nächtliche Aktion beobachtet. Paolo musste damals gespürt haben, dass jemand in der Nähe war und ihnen zusah. Noch in der gleichen Nacht kehrte er zurück und schaffte den Schatz woanders hin – in die nahegelegene Schlucht. Das Unwetter wurde zu seinem Verhängnis. Eingekeilt von der schweren Truhe und dem Felsen ertrank er bei dem Versuch, das Gold seines Freundes an einen sicheren Ort zu retten.

Weder Salvatore, der ohnehin kurze Zeit später zu Tode kam, noch Cecilia ahnten, zu welcher Tragödie es in der Schlucht gekommen war. Beide waren jedoch von der Unschuld Paolos überzeugt gewesen. Auch nach Salvatores Tod ging Cecilia noch oft zu ihrem gemeinsamen Lieblingsplatz, an dem sie sich heimlich getroffen hatten. Bei einem dieser Besuche fand sie schließlich die Truhe mit Salvatores Reichtümern. Dass Paolos Leiche hinter der Kiste lag, hatte Cecilia wahrscheinlich gar nicht bemerkt. In ihrem Brief schrieb Cecilia, dass das Gold so etwas wie eine Sicherheit für ihre Familie sei. Sollte es ihrer Tochter oder Enkelin einmal schlechtgehen, dürften sie es an sich nehmen. Ansonsten sollte es bleiben, wo es war, denn laut Cecilia hatte es schon genug Unheil angerichtet.

Luca hatte mir erzählt, dass Francesca wie vom Donner gerührt war, als sie den Brief ihrer Großmutter entfaltet und ihn in Bertholds Anwesenheit vorgelesen hatte. Danach war Luca zurück zur Villa gerast und dabei wäre ihm um ein Haar Watson vor die Räder gelaufen. Mein kleiner, mutiger Lebensretter lag nun ruhig zu meinen Füßen und kaute auf einem dicken Knochen herum, den Luca für ihn mitgebracht hatte.

Ach, Luca. Ich war so froh, dass ich mich doch nicht in ihm getäuscht hatte. Nachdem er mich in jener Nacht zuerst zum Arzt und dann nach Hause gebracht hatte, war er nicht mehr zu bremsen gewesen. Erst steckte er mich in die Badewanne und anschließend mit einem heißen Tee ins Bett. Dann folgte seine Beichte. Sein Weingut sei praktisch pleite, erfuhr ich und dazu dann auch die ganze Geschichte von der Zeichnung seines Urgroßvaters und seiner Hoffnung, den Familienbesitz irgendwie zu retten.

„Noch etwas Wein?" Luca hob die Flasche und sah mich fragend an. Ich nickte und sah zu, wie er den guten Pinot Nero in mein Glas goss.

„Eigentlich gehört er ja dir", sagte Luca leise und lächelte mich an. Ich schüttelte protestierend den Kopf.

„So ein Quatsch. Jetzt hör auf damit oder ich werde mich bei deinen Eltern über dich beschweren."

Die beiden guckten sowieso gerade zufrieden grienend zu uns herüber. Ich erhob mein Glas und prostete ihnen zu. Luca hatte ihnen alles erzählt. Aber zum Glück erst, nachdem ich ihm meinen Entschluss mitgeteilt hatte. Ich wollte Salvatores Erbe nicht für mich alleine haben, denn ich fand, dass es mir nicht zustand. Nachdem wir die Truhe aus der Schlucht geholt hatten, gab es erstmal eine Bestandsaufnahme. Wir sortierten die Goldmünzen und das Silber, die Juwelen und Edelsteine der Familie Baldini.

Was die Schätzung des Goldes und des Schmucks betraf, kam ein hübsches Sümmchen zusammen. Ich erklärte Luca, dass ich einen guten Teil davon seiner Familie schenken würde. Paolo hatte schließlich sein Leben für das Erbe seines Freundes gelassen und ich war überzeugt, dass mein Handeln ganz im Sinne von Salvatore gewesen wäre. Luca hatte mich völlig entgeistert angestarrt, als ich ihm die Summe nannte, die er bekommen sollte – und hatte mein Angebot dann rundweg abgelehnt. Er hatte immer noch ein schlechtes Gewissen, weil er mich nicht von Anfang an in sein Wissen eingeweiht hatte. Und außerdem ... widerstrebte es ihm offenbar sehr, überhaupt Geld von mir anzunehmen.

„Hey – in Wirklichkeit ist es gar nicht meins. Es ist das Geld, dass Salvatore seinem besten Freund gerne überlassen hätte", hatte ich gesagt. Ich musste ihn schon fast anflehen, es anzunehmen. Aber schließlich tat er es doch und versprach mir hoch und heilig, das Weingut wieder ans Laufen zu bringen.

Francesca und ich waren in den vergangenen beiden Wochen schon richtig gute Freundinnen geworden. Sie freute sich, dass die Villa nicht in die Hände des geldgierigen Carlos fiel und besuchte mich oft. Manchmal einfach nur, um ein Schwätzchen zu halten.

Bei einer dieser Gelegenheiten hatte ich Francesca ebenfalls ein Geschenk aus dem Fundus der Truhe überreicht. Eine Goldkette mit einem wunderschönen Rubin, der von funkelnden Diamanten eingefasst war. Das Diadem war wie für Francesca gemacht. Als sie es sich vor dem Spiegel anhielt, schimmerten Tränen in ihren Augen.

Zum Glück ging es ihrer Mutter Anna wieder besser. „In jener Nacht dachte ich, ihr letztes Stündlein hätte geschlagen. Aber wir Frauen aus den Bergen sind eben zäh wie Hundeleder", hatte sie augenzwinkernd gesagt. Und mit einem Blick auf Watson ein erschrockenes Gesicht gemacht. „Sorry, mein Guter, so war es nicht gemeint."

Francesca war auch die Erste gewesen, die mich gefragt hatte, was ich denn nun mit dem vielen Geld anfangen würde, das noch für mich blieb. Darüber hatte ich lange nachgegrübelt. Und war schließlich zu dem Schluss gekommen, mich an Cecilias Ratschlag zu halten. Es würde mein Notgroschen bleiben. Im Moment wollte ich es nicht anrühren, sondern versuchen, selbst Geld zu verdienen. Wozu hatte ich sonst jahrelang studiert? Ich hatte vor, mir eine Arbeit als Kunsthistorikern in Norditalien zu suchen. So könnte ich meinen Beruf und mein Leben in der Villa unter einen Hut bekommen.

Andrea Bocelli stimmte gerade sein nächstes Lied auf

der CD an, als Lucas Vater aufstand und mit einer Flasche Grappa von Gast zu Gast lief. Er war eher ein schweigsamer Typ, aber im Laufe des Abends war er immer mehr aufgetaut und hatte zum Schluss etliche Anekdoten aus der Familie zum Besten gegeben. Als er allen einen goldschimmernden Grappa eingegossen hatte, ließ er sogar noch einen Trinkspruch los: „Auf unsere Giulia! Sie hat dafür gesorgt, dass wir unseren Paolo endlich richtig begraben können und dass es sein Weingut weiterhin geben wird."

„Auf Giulia!", wiederholten alle feierlich und erhoben ihre Gläser in meine Richtung. Mir schossen Tränen in die Augen.

„Alla salute!", war das Einzige, was ich noch hastig herausbrachte, bevor ich den Grappa hinunterstürzte und versuchte, meine Fassung wiederzugewinnen.

Luca legte seine Arme um mich und zog mich an sich heran. Die anderen wandten sich lächelnd ab und setzten ihre Gespräche fort. Ich legte den Kopf in den Nacken und sah hinauf in den Sternenhimmel.

„So ein sentimentales Getöse von deinem Vater. Also wirklich ..."

Luca legte den Finger auf meine Lippen. „Pssst. Da solltest du erstmal seinen Sohn richtig kennenlernen."

Ich spürte Lucas Atem auf meinem Gesicht. Die Stimmen der anderen verloren sich im Universum. Auf einmal sah ich nur noch den großen, schlanken Mann mit den wilden Locken neben mir. Lauschte dem Klang seiner Stimme, fühlte seine Hände an meinem Körper und wollte nirgendwo anders sein.

„Ich hoffe, die ganze Bande verschwindet bald mal von hier", flüsterte Luca. „Denn ich will jetzt endlich mit dir allein sein – und zwar am liebsten bis in alle Ewigkeit."

Ende

Nachwort

Zugegeben: Als Fan von Australien, den Weiten Kanadas und der USA, dem Dschungel von Peru und anderen entlegenen Gegenden der Welt, war ich ein wenig skeptisch, was den Gardasee anging. Doch im Coronajahr 2020 war für mich als Reisejournalistin die Welt auf einmal ziemlich klein geworden. Also ging es an den Gardasee. Massentourismus und lauter Deutsche, dachte ich anfangs etwas missmutig. Und revidierte meine Meinung, als wir nach Tremosine kamen.

Wir kurvten die Strada della Forra, die berühmt-berüchtigte „James Bond-Straße", vom Lago in die Berge hoch und fanden uns in einer anderen Welt wieder. Hier gab es tatsächlich kaum Touristen, dafür aber spektakuläre Ausblicke auf den Gardasee, viel Natur, alte Schmugglerpfade und steile Felsschluchten. Irgendwann – ich glaube, es war bei einem Glas Rotwein – kam mir dann die Idee für diesen Roman.

Wie bei seinen Vorgängern auch, ist die Geschichte komplett erfunden. Etliche Locations gibt es aber wirklich. Zusätzlich zu ihren Erwähnungen im Roman möchte ich Ihnen auf den folgenden Seiten noch einige individuelle Reisetipps geben. Sollten Sie sich auf den Weg machen, wünsche ich Ihnen viel Spaß, einen spannenden Trip und viele magische Momente!

Susan de Winter

Reisetipps der Autorin

Tremosine

Die imaginäre Villa der ebenfalls ausgedachten Familie Baldini liegt irgendwo im Bereich von Tremosine. Diese Gemeinde, die sozusagen den Balkon des westlichen Gardasees darstellt, ist ein Zusammenschluss von 18 Dörfern, die alle auf einer Hochebene des Nationalparks „Alto Garda Bresciano" hoch über dem Lago thronen. Mit einer Ausnahme: das Dorf Campione liegt auf einer kleinen Landzunge am Fuß einer gigantischen, senkrechten Felswand. Und somit haben die Tremosiner auch einen Zugang zum See und können sich von Campione aus in die Fluten stürzen oder am Strand in der Sonne aalen. Wegen der hervorragenden Windverhältnisse ist Campione auch als Top-Revier für Segler, Surfer und Kite-Surfer bekannt.

Die Landschaft in Tremosine ist bergig und grün und lockt vor allem Aktivurlauber, die den Trubel des Seeufers nicht so gerne mögen. Hier oben gibt's tolle Wanderwege und Mountainbikestrecken, mehrere Tenniscenter und die Gelegenheiten zum Canyoning, Drachensegeln oder Pferdetrekking.

Der Hauptort von Tremosine heißt Pieve. Bis zum Beginn des Ersten Weltkriegs bildeten Pieve und seine Nachbarorte die Grenze zwischen Italien und dem

Königreich Österreich-Ungarn. Deswegen war Tremosine auch immer wieder in die Auseinandersetzungen zwischen den beiden Ländern verwickelt. Die ereignisreiche Geschichte sorgt jedenfalls dafür, dass die Einwohner besonders stolz auf ihre Heimat sind. Mehr Infos zum Thema Erster Weltkrieg am Gardasee beschert das relativ neue Museum MUST. Für alle, die Geschichte lieber erwandern, gibt es reichlich geschichtsträchtige Pfade zu erkunden. Der Tremalzo- und der Nota-Pass etwa waren wichtige Stützpunkte zur Verteidigung für die Soldaten. Auch heute noch zeugen spektakuläre, in Felsen gegrabene Militärstraßen und ein Netz von Wanderwegen von den Spuren der Vergangenheit.

Übrigens: Seit 2009 gehört Tremosine offiziell zum Club der schönsten Dörfer Italiens. Ausgezeichnet wurden sowohl die architektonische Schönheit des Ortes als auch die Lebensqualität der Einwohner.

Tipps zum Einkehren:

Mein Lieblingslokal heißt Da Nando (deswegen treffen sich Giulia und Luca auch dort zum Abendessen). Die Trüffel-Raviolo sind zum Niederknien gut. Infos im Internet unter http://danando.info

Die Pizzeria Brasa liegt spektakulär inmitten der Brasa-Schlucht und bietet ziemlich viel Platz für ihre Besucher. Das Essen ist gut, das Ambiente – vor allem draußen – klasse.

Infos: https://www.ristorantebrasa.it/

Essen mit Gänsehauteffekt? – Dann nichts wie hin zum Hotel Paradiso. Es bietet nicht nur gute italienische Küche, sondern den besten Blick überhaupt über den Gardasee. Die Schauderterrassen des Hotels ragen hoch und weit über den Lago hinaus, der Ausblick ist grandios. aus Infos: https://terrazzadelbrivido.it

Der Weg nach Tremosine

Mein Lieblingsweg nach Tremosine führt über die in den Felsen gehauene Strada della Forra. Die spektakuläre Bergstraße ist zwar nichts für schwache Nerven, aber die Fahrt auf dieser Route ist den Adrenalinkick allemal wert. An einigen Stellen ist die Straße so eng, dass sie tagsüber nur als Einbahnstraße (bergauf) zu befahren ist. Wer möchte, kann sich auf Youtube den Ausschnitt aus ‚Ein Quantum Trost' ansehen: Daniel Craig in action (allerdings wurde ein Teil der Szenen auch woanders gedreht). Die Strada della Forra zählt zu den schönsten Panoramastraßen der Welt. Unbedingt ansehen!

Limone

Üppiger Blumenschmuck, bunte Fischerboote, pastellfarbene Häuser: Wer nach Limone kommt, sollte einen Fotoapparat dabeihaben. Im Sommer ist der 1000-Einwohner-Ort meist ziemlich von Touristen überlaufen, trotzdem ist er unbedingt einen Besuch wert. In den engen Seitengässchen und in den höher gelegenen Olivenhainen geht es noch ruhig und romantisch zu. Wer baden möchte, findet südlich von Limone einen schönen langen (Kies-)Strand. Radfahrer freuen sich, in Limone über das bisher wohl spektakulärste Teilstück eines Radweges zu fahren, der einmal ganz um den Gardasee führen soll. Das 2018 eröffnete Teilstück ist knapp zwei Kilometer lang und schwebt zum Teil frei etwa 50 Meter über dem See. Hier in die Pedale zu treten, ist ein echtes Erlebnis!

Salò

Das 10.000 Einwohner-Städtchen Salò am südwestlichen Gardasee galt schon immer als wohlhabend und wurde erst von den Visconti aus Mailand und später auch von den Venezianern zum Verwaltungssitz des Westufers bestimmt. Salò ist weniger touristisch als die anderen Städte am Lago und hat sich seine authentische Atmosphäre bewahrt. Die Einkaufsmeile hält nette Boutiquen, Geschäfte und Cafés bereit.

Botanischer Garten Gardone

Ein Ausflugstipp für Gartenfans ist der Botanische Garten in Gardone. Auf rund 10.000 Quadratmetern sind dort exotische Pflanzen aus der ganzen Welt zu sehen.

Die Anfänge dieses wunderschönen „Welt-Gartens" gehen auf den Beginn des 20. Jahrhunderts zurück. Der Zahnarzt und Botaniker Arthur Hruska (1880–1971) legte ab 1910 das Kernstück an: einen Weinberg und einen Olivenhain. Immer wieder pflanzte er später neue exotische Pflanzen an, erschuf künstliche Berge, Bäche, Teiche und Seen. Nach seinem Tode übernahm die André-Heller-Stiftung den Garten und ergänzte ihn durch Skulpturen, die sich harmonisch in die Landschaft einfügen. 2014 verkauft die italienische Stiftung "Fondazione Andre Heller" den Skulpturengarten an den Österreicher Günter Kerbler. Der Park wird jedoch weiter unter der Marke Heller geführt. Er ist von März bis Oktober täglich von 9 bis 19 Uhr geöffnet. Der Eintritt für Erwachsene kostet 12 Euro. Infos: www.hellergarden.com/de/botanischer-garten-in-Italien-gardasee

Extra-Tipps:

Viele Fotos, Videos, Reisetipps und Geschichten zu den Schauplätzen meiner Bücher finden Sie in meinem Blog unter www.susandewinter.de
Wenn Sie sich dort für den Newsletter anmelden, werden Sie immer über neue Bücher, Aktionen und Gewinnspiele informiert.

Facebook-Mitglieder sind herzlich willkommen, durch Klicken des Gefällt-mir-Buttons Fan zu werden und über neue Bücher auf dem Laufenden zu bleiben: www.facebook.com/SusandeWintersSchreibblog

Ich bedanke mich ganz herzlich und wünsche weiterhin viel Spaß beim Lesen (und beim Reisen!)

Ihre Susan de Winter

Danksagung

Vielen Dank für euer super Lektorat Jutta Lemcke, Peggy Günther und Daniela David!

Einmal mehr mein herzlicher Dank für das schöne Cover, Christiane Baurichter.

Sämtliche Anregungen zu allen Arten von Fahrzeugen in diesem Buch gehen auf das Konto von Dietmar Schulte, dem PS-Experten. Außerdem warst du es, der mich zu deinem Lieblingsort am Gardasee geschleppt hast – ohne dich wäre dieser Roman also gar nicht erst entstanden. Danke für alles!

Ganz lieben Dank, Andreas Scharfenberg. Als profunder Kenner der Gardasee-Region und speziell Tremosine hast du mein Manuskript auf mögliche Sachfehler gegengelesen. Grazie mille!

Außerdem bedanke ich mich bei allen Familienmitgliedern, Freunden und Freundinnen, die mich mit Rat und Tat unterstützt haben sowie bei meinen Leserinnen und Lesern!

„Die Villa am Gardasee" hat Ihnen gefallen? – Dann lernen Sie doch auch meine anderen Bücher kennen!

Romane von Susan de Winter:

Der Stein der Schildkröte (Oktober 2015)
Drei Wünsche im Wind (April 2016)
Das Geheimnis der Traumzeit (April 2017)
Das Lied der Hexe (Februar 2018)
Das Perumädchen (März 2020)
Im Schatten des Zauberbergs (Dezember 2020)
Das Flüstern der Elefanten (Juni 2022)
Das Rätsel in den Highlands (Juni 2023)
Im Nebel der Highlands (Dezember 2023)

Mehr Infos dazu unter www.susandewinter.de

Das Flüstern der Elefanten

Eine geheimnisvolle Flaschenpost, eine unerfüllte Liebe und die Suche nach dem Glück …

„Ich muss ihn finden!" – das ist alles, was Kristin denken kann, als sie eine Flaschenpost entdeckt, die ein verzweifelter junger Mann vor 50 Jahren in die Bucht von Port de Sóller auf Mallorca warf. Er musste damals seine Freundin Eva gegen seinen Willen verlassen und reiste fortan als „Elefantenflüsterer" mit einem Zirkus durch die Welt. Als Eva ein halbes Jahrhundert später von der Flaschenpost erfährt, erleidet sie einen schweren Herzanfall. Ihr Leben hängt an einem seidenen Faden und Kristin muss sich beeilen, um Evas große Liebe noch rechtzeitig aufzuspüren. Doch mit der Suche bringt sie auch ihr eigenes Glück in Gefahr.

Spannender Roman für Mallorca-Fans!

Im Schatten des Zauberbergs

Von Susan de Winter

Jede Familie hat ihr Geheimnis. Und jede Liebe ihren Preis.

Auf dem Dachboden ihres Elternhauses entdeckt die 28-jährige Mia einen verschlossenen Koffer und findet heraus, dass ihre totgeglaubte Großmutter Marlene in Wahrheit verschollen ist. An einem stürmischen Novembertag im Jahre 1969 hatte sie sich mit ihrem Geliebten nach Australien abgesetzt. Mia, deren Mutter erst kürzlich starb, muss einfach wissen, was aus Marlene geworden ist. Schließlich könnte sie das letzte noch lebende Mitglied ihrer Familie sein. Kurzentschlossen reist sie nach Australien und lernt in Sydney den selbstbewussten Backpacker Adrian kennen. Schon bald knistert es zwischen den beiden. Doch ob er wirklich der Richtige für sie ist und was vor langer Zeit mit Marlene geschah – das alles erfährt Mia erst am Ayers Rock. Im Schatten des Zauberbergs, dem magischen Mittelpunkt der Traumzeit, kommt die Wahrheit ans Licht.

Spannung und Romantik vor der atemberaubenden Kulisse Australiens!

Das Rätsel in den Highlands
(Teil 1 der Shannon & Davie-Reihe)

Eine dunkle Gefahr in den Highlands, ein altes Familiengeheimnis und eine leidenschaftliche Liebe – der atmosphärische Spannungsroman von Susan de Winter.

Die junge Amerikanerin Shannon reist in die schottischen Highlands, um dort das Geheimnis ihrer verstorbenen Großmutter zu lüften. Von Anfang an läuft alles schief. Shannon fühlt sich von einem unbekannten Mann verfolgt. An ihrem Ziel, dem kleinen Ort Invermory, ist ihr Hotel überbucht. Ihr bleibt nichts anderes übrig, als in ein einsam in den Highlands gelegenes Tiny House zu ziehen.
Einziger Lichtblick: Davie, der Besitzer der Ferienhäuser. Schon vom ersten Moment an knistert es zwischen den beiden. Während Shannon ein Puzzleteil nach dem anderen über das Rätsel um ihre Großmutter aufdeckt, erreichen sie beunruhigende Nachrichten von zu Hause. Ihr Stiefbruder Neil versucht, sie in ihrer Abwesenheit aus der Firma zu drängen. Zudem taucht der unbekannte Verfolger wieder auf und bedroht sie. Shannon ist kurz davor, die Reise abzubrechen. Einzig ihre Gefühle zu Davie halten sie davon ab. Doch dann verschwindet der Highlander und lässt sie allein zurück …

Im Nebel der Highlands

**Die spannende Fortsetzung der Highland-Reihe!
(Shannon & Davie Teil 2)**

„Shannon darf niemals erfahren, was damals passiert
ist!" – das ist alles, was Davie Mackenzie denken kann,
als die hübsche Alicia in Invermory aufkreuzt und sich
seiner Trekking-Tour in die Wildnis der schottischen
Highlands anschließt. Niemand ahnt, dass Davie und
Alicia sich gut kennen, als er die Gruppe von sechs Urlaubern in die Berge führt. Dichter Nebel zieht auf.
Plötzlich verschwindet Alicia spurlos. Die Polizei
nimmt ihre Ermittlungen auf und Davies gut gehütetes
Geheimnis gelangt ans Tageslicht. Die Verdächtigun-
gen gegen ihn nehmen zu und Shannon, die Liebe seines Lebens, ist maßlos enttäuscht über den Vertrauens-
bruch. Dennoch will sie Davies Unschuld beweisen.
Also reist sie nach Edinburgh und durchstöbert Alicias
Vergangenheit